南半球升起的科幻巨星

宝树

格雷格·伊根是享誉世界的当代澳大利亚科幻作家，他的科幻创作自二十岁出头起步，经过多年的历练，在上世纪九十年代达到了创作的第一个高峰。这一时期，三卷本的长篇系列"主观宇宙学"，以及若干中短篇代表作为他赢得了世界幻坛上的声誉。比如本书的题名作、中篇小说《祈祷之海》(*Oceanic*, 1998)就摘得了翌年的雨果奖、轨迹奖和阿西莫夫杂志读者选择奖，乃至2001年的日本星云赏等。此后伊根更是佳作频出，迄今已经出版了十五部长篇小说和近二十部短篇集。

不过伊根为人非常低调，说是社恐也不为过。外界对其人了解很少，只知道他大抵是珀斯人，毕业于西澳大利亚大学，拥有数学学士学位，毕业后曾在医药机构当过程序员。他从未参加过公开活动（甚至为此拒绝了一些奖项），网络上也找不到他的真实照片（所以理论上不能排除是一位女性）。想必伊根会极赞同钱钟书的那句名言："假如你爱吃一个鸡蛋，又何必认识下蛋的母鸡呢？"因此在这里也不再赘述作者个人，只需介绍其作品的特色。

伊根的创作风格非常硬科幻，而且是上世纪八十年代硬科幻运动复兴的一员干将。他主要的创作题材包括生物工程、脑科学、人工智能，乃至最硬核的前沿物理学等，其中一些"干货"非常高深莫测，有时还配有公式、图表，令许多资深科幻读者都望而却步。

不过与某些硬科幻作家不同的是，伊根作品中的人文关怀和哲学思考与其科技含量相辅相成。他经常被拿来和特德·姜作比较，就其创意精妙奇绝，而又包蕴深邃的哲理维度而言，二人确实可以说是一时瑜亮（因为从未露面，甚至曾有谣言说，伊根是特德·姜的另一个笔名）。不过从产量上来说，伊根可谓远远超过特德·姜了。

伊根作品的丰富多彩自是读者的幸事，除了英语读者外，他的作品也早被翻译为多国语言，以飨各国读者，比如日本早已将其大部分作品翻译出版，其日译本总计获得过七次星云赏，足见日本读者对伊根的热爱！不过对于中国读者来说，遗憾的是长期以来一直只有零星的译介，多年前《科幻世界》曾经做过一个专辑，所收录的也仅是吉光片羽，这与伊根的重要性很不相称。因此，这次引进伊根这本大部头的自选集，令中国读者也能系统领略伊根宇宙的精彩风景，当为之浮一大白。

伊根这部经典科幻作品集因为体量较大，中文版分为三册，《祈祷之海》是其中第一册，收录的是其中最脍炙人口的一部分作品。本书的第一篇《闪光》，是伊根式风格的典型例证。故事有一个看似套路的高科技惊悚小说开头：主角运送某种重要物资，却遭到高科技公司追杀，用巧妙而惊险的方式脱困。但随着剧情的展开，故事出人意料地转向了似乎不着边际的对数学本质的探讨：数学真理是自身就永恒存在的，还是被构造出来的？伊根重述了数学哲学中的直观主义与构造主义的论争，并构想在宇宙起源的时期，某些物理过程构造了数学，但其中有着隐藏的致命缺陷，可能毁灭世界，也令野心家蠢蠢欲动……有点像是《三体》中设想的以数学武器进行的宇宙战争的更具体展现。当然，这些并非只是噱头，而是巧妙地将读者引向对数学和宇宙本质的更深邃思考。

这一卷中的大部分作品，在科技层面的门槛没有那么高，但其哲理思辨却更为浓厚，宛如一个个匪夷所思、却又真实可感、触及灵魂的思想实验。比如《学习成为我》设想未来社会将在人脑中植入某种芯片，用以转移意识，令人类实现永生。主角一直极为恐惧这种转移过程，生怕自己的意识因此会被芯片所取代。然而，一次意外让他发现，事情根本不是他想的那样简单……你以为的自我，真的是自我吗？这篇作品，令人不禁重新思考自我意识、记忆和行为之间的关系。

《亲密》建立在同一个世界观上，但却探索了另一个主题：自我如何能够走向他人？主角特别想要了解自己深爱的恋人，两人都进行了意识转移后，利用芯片的力量进行了许多之前不可能进行的尝试，比如交换身体、心灵感应等，各种体验精妙绝伦。表面看来，二人似乎越来越相通默契，但故事最后却走向了一个令人震撼的反转。若在此剧透，不免影响读者阅读的趣味。但可以说，对于自我与他人关系的思考达到了真正意义上的哲学考问，也许会令部分读者想起列维纳斯（Emmanuel Levinas）的"他者"之思。

其他几篇也大都是对人与非人心灵世界的奇特探索。《植入的公理》探讨了一种类似"思想钢印"的精神控制力对思维的影响，令我们意识到，自己的生活建立在多少认为不言而喻、实则千疮百孔的信念之上。《恰如其分的爱》则设想了一种妻子拯救丈夫的匪夷所思的方案：让丈夫的身体以一种怪诞至极的方式和自己连结在一起，两人的情感模式也因此改变。《水晶之夜》则讨论了人和电脑中培育出的智慧生命之间纠结的关系：人类在赛博空间中制造出了一种数字生物，并通过反复"屠杀"让他们加速进化，最终培养出了一种智慧生命，某种意义上比人还要聪明，但他们将如何看待自己的"造物主"呢？又如何摆脱人类看似绝对的控制呢？

另外两篇作品主题上有着异曲同工之妙，都是探讨宗教信仰和心灵之间爱恨交织的关系。其中,《游离之境》(Unstable Orbits in the Space of Lies,直译当为《谎言空间中的不稳定轨道》)的创意可以说是想象力爆表。故事设想了一个信仰能够产生物理上的吸引力的世界,在其中,不同的信仰自然形成了不同的吸引子,令陷入其中的人无法挣脱。主角生活在不同吸引子之间的自由地带,但在随时变化的吸引力空间中,就相当于行走在钢丝上,不得不规划自己的活动路线,以维护珍贵的自由。不难看出,看似荒诞不经的设定下,是对现代人在不同意识形态和宗教信念夹缝间生活下去的隐喻。但故事也并未走向更感性的文学笔法,其中严格的逻辑推理,尽显推想小说的魅力。

之前已经提到,本卷的压轴之作《祈祷之海》斩获了许多大奖。它的魅力何在呢?故事写到,在遥远未来的某个人类的殖民星球上,数万年间逐渐形成了一种独特的宗教信仰。在海边长大的主角因为在大海中一次难以言表的通灵体验,自此矢志不移地相信神灵。故事的主体讲述了主角怀抱信仰的成长过程,最后却发现,这种信仰并非来自神灵——同样为免剧透,就不具体展开了。主角不得不在痛苦中面对信仰的崩塌和重建生活的艰难任务。

《祈祷之海》在对异星生活的想象方面颇多可圈点处,但就想象力的奇绝而言,并非本卷中最出色的,打动读者的更多是字里行间的真诚与人生本身的挣扎悸动。据说伊根少年时代曾经醉心于传统天主教,但最后挣扎出来,选择成为一名坚定的无神论者,我想这篇作品可能就是他的精神自传,至少也是自白。伊根生长于澳洲西海岸的珀斯,与主角的生平似乎也若合符节。探讨宗教与科学关系的科幻作品在西方科幻史上自成一系,《祈祷之海》仿佛就是其中的《忏悔录》。看来,即便伊根决计在现实中隐藏自己,但在作品中仍然对读者吐露了许多内心的秘密。

目录 Contents

闪　光	*Luminous*	1
学习成为我	*Learning to Be Me*	45
植入的公理	*Axiomatic*	65
水晶之夜	*Crystal Nights*	83
恰如其分的爱	*Appropriate Love*	119
亲　密	*Closer*	139
游离之境	*Unstable Orbits in the Space of Lies*	159
祈祷之海	*Oceanic*	179

闪 光

The Best of Greg Egan

鲁冬旭 译

即使是真理，也会自相矛盾。

Awards
所获荣誉

1996 年 提名雨果奖最佳短中篇小说

1996 年 提名轨迹奖最佳短中篇小说

1996 年 获得澳大利亚奥瑞丽斯奖最佳科幻短篇小说

1996 年 提名《科幻编年史》读者投票奖最佳短中篇小说

2003 年 获得日本星云赏最佳翻译类短篇小说

2011 年 获得西班牙伊格诺特斯奖最佳翻译类短篇小说

我醒来时头昏脑涨,原因不明。我知道自己躺在一张坑坑洼洼的窄床上,跳蚤窝酒店二十二号房的单人床。我在上海已经待了近一个月,这张床垫上的每一处凹凸,我都已了然于胸,真令人抑郁。此刻我觉得有些不对劲,肩颈的每一处肌肉都在大声抗议:没有人会在自然情况下躺成这种姿势,不管睡成什么样都不可能。

我能闻到血腥味。

我睁开双眼。一个我从没见过的女人正跪在我身边,俯身用一次性手术刀割开我左臂的肱三头肌。我侧躺着,面朝墙壁,一只手腕和一只脚踝分别被铐在床头和床尾。

照理说,本能会让我立刻开始愚蠢地猛烈挣扎,试图逃脱。但原始的惊慌不知被什么抑制住了,也许是一种更为古老的条件反射击退了肾上腺素——面对危险时干脆全然瘫痪、僵直不动。抑或,是理智让我决定自己无权惊慌,因为这一幕我在几周前早已料到。

我用英语低声说:"你正试图从我体内取出的东西是一个尸阀。只要我的心脏在没有血液供氧的情况下跳动一拍,货物就会自动烧毁。"

这位业余外科医生身材矮小结实、肌肉发达,留着一头黑色短发,不像中国人,也许是印度尼西亚人。假如我提前醒来让她惊慌了,那她掩饰得可真彻底。我在河内植入了基因定制的肝细胞,不管是吗啡还是箭毒,几乎都可以降解,好在对局部麻醉剂似乎不管用。

她一边目不斜视地继续手头的工作,一边说:"看床边的桌上。"

我扭头看去。一圈塑料管中注满了血液——想必是我的血。一个小泵负责为管中的血液注氧并保持循环。一个大漏斗的底部插入塑料管的环路,交界处有一个控制阀。一些电线连接着小泵和贴在我手肘内侧的传感器,保证人工脉搏与我的真实脉搏完全同步。毫无疑问,她可以从我的静脉中挖出尸阀,移入这个替代系统,中间一拍心跳都不会漏过。

我清清喉咙，咽了下口水，"还不够好。尸阀对我的血压图谱一清二楚。普通人工脉搏骗不过它。"

"别唬人了。"她虽嘴上这么说，手上却明显犹豫了。手术刀悬在了半空中。为了找到我体内的尸阀，她一定用了手持式核磁共振扫描仪。那玩意儿只能看到尸阀的基本构造，查不出详细的工程细节——更别说任何软件信息了。

"我说的都是实话。"我直视着她的眼睛，以目前这种尴尬的体位，做到这点可不容易，"瑞典制造的新产品，提前四十八小时植入静脉，接着用户完成一系列典型的身体活动，好让它记住规律。然后将货物放入阀内就好了。简单，有效，没有任何出错的空间。"鲜血顺着我的胸膛流到床单上。我突然觉得很庆幸——还好没把那玩意儿埋得更深。

"那么你自己如何取出货物？"

"你这个问题的答案，信息量有点儿大。"

"那就赶快告诉我，为你自己省点儿麻烦。"她不耐烦地转动着拇指和食指间的手术刀。我感到一阵寒意流遍全身，神经末端似乎开始噼啪乱响，鲜血潜进深处寻找庇护，毛细血管也紧急关闭了。

我说道："别找我麻烦，那会让我血压升高。"

她俯视着我微微一笑，承认了眼前的僵局。然后她从一只手上扯下血迹斑斑的外科手套，拿出笔记本电脑，拨通一家医疗用品供应商的电话，列出了若干能绕过当前问题的装置：血压探头、更精密的气泵、合适的计算机接口。她用流利的普通话跟电话那头激烈争辩着，要求对方承诺快速送货上门。

接着，她放下笔记本，把没戴手套的手放在我的肩上，"你现在可以放心了。不会等太久的。"

我扭动身体，似乎是在愤怒地推开她的手，但其实是为了把我的血沾到她裸露的皮肤上。成功了。她虽然一言未发，但肯定立刻意识到自己的严重疏忽，爬下床就朝洗手池奔去。我听见放水冲洗的声音。

然后是她开始干呕的声音。

我快活地朝她喊道："解药在我这儿，你什么时候准备好了，就叫我一声。"

我听见她走过来，便转过身面对她。只见她脸色苍白，面孔因想吐而扭曲，黏液和泪水不断从眼鼻中涌出。

"告诉我解药在哪儿！"

"打开手铐，我就给你拿。"

"不！我不会跟你做交易！"

"行，那你就自己找吧，我劝你现在就赶紧开始找。"

她拿起手术刀，伸到我面前挥舞着，"去他妈的货物，我现在就挖开看看！"她像发高烧的孩子般浑身颤抖，徒劳地想用手背挡住从鼻孔里疯狂喷涌而出的液体。

我冷冰冰地说道："如果你再拿刀割我，失去的就不只是货物了。"

她转过身去呕吐起来。稀薄的灰色呕吐物里带着血丝。这种毒物专攻胃黏膜，能让那里的细胞集体自杀。

"打开我的手铐。不然你会死的，这药用不了多久就能弄死你。"

她抹抹嘴，似乎打算振作精神开口说话——但又立刻呕吐起来。她现在有多难受，我太清楚了，因为我亲身体会过。把呕吐物往下压的感觉就像是在吞大便和硫酸的混合物；吐出来则像是开膛破肚，内脏都要被扯出来了。

我说道："再过三十秒，你就会虚弱得无法自救。到时候就算我告诉你解药在哪儿，你也没力气拿了。所以，要是你不赶快打开我的手铐……"

她拿出一把枪和一串钥匙，打开了手铐，站到床尾。尽管她已经抖得不像样了，却仍努力拿枪指着我。我完全不理会她的各种言语威胁,迅速穿好衣服——先是奇迹般地找出一只干净的备用袜子,用它包扎好手臂,然后套上T恤和外套。此时她已经跪在地上,眼睛肿得半闭着,流出黄色的液体,枪口还颤颤巍巍地大致朝着我的方向。我考虑了一下要不要夺走她的枪,但似乎并没有必要冒那个风险。

我收拾好剩下的衣服,然后朝四周扫视一圈,像是怕落下什么东西似的。其实真正重要的东西都在我的血管里。艾莉森教过我,要想安全出行,只有这一个办法。

我转身对歹徒说道:"没有解药。这种毒不会弄死你的,不过在接下来的十二小时里,你会觉得生不如死。再见。"

我向门口走去,但后颈的汗毛忽然倒竖起来。我突然意识到她未必会信我的话。也许她觉得自己反正必死无疑,不如朝我背后开一枪当作告别礼物。

我一边扭动门把手,一边头也不回地说:"如果你敢再来找我,下次我一定杀了你。"

这句谎话似乎挺管用。我关上身后的门,听见她的枪落在地上,然后是她继续呕吐的声音。

我沿着楼梯向下走。才走到一半,逃脱的欢欣就已经荡然无存,一股凉意袭上心头。既然这个粗心大意的赏金猎人能找到我,她那些更厉害的同行还会远吗?工业代数公司的天罗地网已经开始收紧,如果艾莉森不能尽快接入"闪光"系统,我们很快就会走投无路,只能销毁那张地图。可是就算销毁了地图,也只是在拖延时间而已。

我在前台付了房费,还加了一笔适当的小费,希望清洁工明天看在钱的分儿上,别太介意这一室的狼藉。退房时间是次日早晨。我特意强调我的同伴不想被打扰。毒素会在空气中变性降解,血迹几小时后也会变得无害。前台员工狐疑地看着我,但什么也没说。

我走到室外。夏日的清晨温和而晴朗,万里无云。此时还不到六点,控江路上已经挤满了行人、自行车和公交车。几辆奢华浮夸的加长轿车由专人驾驶着,以每小时十公里左右的速度慢腾腾地在车流中前进。骑自行车的人大多穿着橙色的连体工作服,上面印着厂标——看来路口的英特尔制造厂刚刚下了夜班。

走过两个街口后,我突然停下脚步,再也动弹不得。我的双腿几乎无法支撑身体,这不仅是因为迟来的惊恐——我终于体会到要切割我身体的利刃刚才与我只有一线之隔。歹徒的手术刀已足够令人胆寒,但它预示的东西比暴力本身可怕无数倍。

工业代数不惜花费重金、违反国际法,赌上公司和个人的全部未来。"缺陷"已不再是玄妙的抽象之物,它已经被拖入现实世界——这个充满鲜血与尘土、财阀与刺客、权力与实用主义的世界。

在人类所知的所有东西中,最接近于"确定无疑"的那一样已岌岌可危,随时可能化为流沙。

一切始于一个玩笑,一场为争论而展开的争论。艾莉森提出了一套让我十分恼火的异端邪说。

她宣称:"只有当某个数学定理能被某个物理系统证明为真,这个数学定理才为真。所谓证明,就是这个物理系统的某些反应取决于这个数学定理是'真'还是'假'。"

那是1994年6月。我和艾莉森同修一门为期一学期的数学哲学课,聊以调剂繁难硬核的课程。那天,上完最后一堂数学哲学课后,我们打着哈欠、揉着眼睛走出课堂,沐浴着冬日暖阳,在一个地面铺砖的小院里聊着天消磨时光。再过十五分钟,我们就要和朋友一起吃午餐了。那只是一次社交闲聊,有点儿调情的意思,仅此而已。也许在某个黑暗的地窖里,真有疯狂的学者把数学的本质当作信仰,愿意为之献出生命。但我和艾莉森才二十岁,我们明白"数学的本质"和"一个针尖上能站下几个跳舞的天使?"一样,不过是和现实毫无关系的抽象智力题。

我说道:"数学并不是由物理系统创造的。数学不由任何东西创造——它是永恒的。哪怕宇宙里只有一个电子,其他什么也没有,数论里的所有结论仍然成立,和现在的数论不会有丝毫区别。"

艾莉森对我的说法嗤之以鼻,"是啊。因为要想有一个电子,加上放置这个电子的时空,就得有全套量子力学和全套广义相对论——以及像基础设施般支撑这两套理论的所有数学。要想让一个粒子浮在量子真空中,群论、泛函分析、微分几何等等理论的一大半主要结果都必须成立——"

"行了,行了!我明白你的意思了。但如果像你说的那样,那么宇宙大爆炸后,第一个皮秒[1]内发生的事件已经'构造'了所有物理系统所需的一切数学真理。直到大坍缩导致宇宙灭亡,这套支持'万物理论'的数学一直成立、完全够用。有这套数学就足够了,再也不需要别的。就是这样。"

"可惜并不是这样。要把'万物理论'应用到一个特定的系统上,你还得有处理这个系统所需的所有数学——这些数学可以远远超过'万物理论'本身所需要的数学。我的意思是,大爆炸结束一百五十亿年后,仍然可以冒出一个人来证明……比如说证明费马大定理。"普林斯顿大学的安德鲁·怀尔斯最近宣布证出了这个著名猜想,不过同行还在研究他的证明,尚未得出最终的定论。"物理在以前可从来不需要费马大定理。"

我抗议道:"什么叫'以前'?费马大定理和物理学的任何分支都毫无关系。以前如此,以后也是如此。"

艾莉森偷笑起来,"对,和物理学的任何分支都毫无关系。那是因为费马大定理所依赖的物理系统太特殊,特殊得有些荒唐——它依靠的就是正在验证怀尔斯证明的那些数学家的头脑。

---

1. 1皮秒 = 10^{-12}秒

"想想吧，就算是纯到不能再纯的'纯数学'，和宇宙里的任何其他物体都毫无关系，只要你开始试图证明它，这个定理就和你有关了。因为不管是用计算机、纸笔，还是闭上眼睛、疯狂调用脑内的神经递质，你都必须选择用某种物理过程来进行验证。任何不依赖于物理事件的数学证明都是不存在的——证明数学定理的物理事件可以发生在你的脑内，也可以发生在你的脑外，两者都是绝对真实的。"

"好吧。"我小心地退让一步，"但这并不意味着——"

"也许第一个受制于费马大定理真假的物理系统恰好是安德鲁·怀尔斯的头脑——或者是他的身体、他用的草稿纸。但我认为人类行为并没起到什么特殊的作用。如果在一百五十亿年前，一团夸克恰好做了同样的事情——在执行了某些完全随机的互动后，以某种方式检验了费马大定理，那么这团夸克证明费马大定理的时间就比怀尔斯要早得多。但我们永远无法知道。"

我张嘴打算反驳：费马大定理包含无限多种情况，任何一团夸克都不可能把所有情况全测试一遍。但我及时制止了自己。费马大定理确实包含无限多种情况，可既然这没有阻止怀尔斯证明它，就同样不能阻止一团夸克证明它。一组有限多的逻辑步骤连接着费马大定理和数论的公理（其中包括对所有数的简单概括）。如果一个数学家能在有限长的时间里，通过操作有限的物理对象（比如纸上的铅笔或自己脑袋里的神经递质）来检验这组有限多的逻辑步骤，那么从理论上看，所有物理系统都可能模仿此证明结构来证明费马大定理——不管它们是否知道自己的行为正在"证明"费马大定理。

我靠向长椅的椅背，夸张地假装在扯头发，"你这是要逼我成为彻头彻尾的柏拉图主义[1]者啊！费马大定理不需要被任何人证明，也不需

---

1. 柏拉图主义认为数学概念是一种特殊的独立于现实世界的客观存在，是一种不依赖于时间、空间和人的思维的永恒的存在。

要凑巧被一团随机出现的夸克验证。如果费马大定理是真的，那它永远都是真的。逻辑把一组给定的公理和由它们推出的所有东西连在一起，这种联系是不变的、永恒的——就算在宇宙的整个寿命中，不能被任何人或任何一团夸克验证，这种联系仍然存在。"

艾莉森根本不吃我这一套。只要我提到什么永恒、不变的真理，她的嘴角就泛起一丝若有若无的讥笑，仿佛我正在论证圣诞老人存在。她说："那么，从'存在零这个实体'和'每个数字X之后都存在下一个数字X+1'开始，是谁或什么东西把这些公理隐含的结果一路向下推，一直推到费马大定理，甚至更远？而在此之前，宇宙都还没来得及对这条逻辑链进行任何检验呢。"

我坚守自己的阵地，"由逻辑连在一起的东西就是……就是连在一起的啊。不需要发生任何事情，那些结果天然存在，并不需要被任何人或任何东西'推'出来。莫非你是这么想的：宇宙大爆炸后的第一个事件发生时，夸克-胶子等离子体[1]第一次抖动时，还得停下来填补所有逻辑上的空白？莫非你以为夸克会停下来想：好呀，目前我们已经做了A、B、C，现在我们又必须做D，可是D在逻辑上和我们已经'发明'的其他数学矛盾——不管证明这个矛盾是不是得写满五十万页草稿纸？"

艾莉森考虑了一会儿，然后说道："不，夸克不会这样想。但要是事件D就是发生了呢？尽管事件D隐含的数学从逻辑上看与其他数学矛盾，但事件D就是不管不顾地发生了……因为宇宙太年轻，还没来得及算出D和其他东西相矛盾，那会怎么样？"

我当时一定是坐在那里，张口结舌地盯着艾莉森看了十秒钟左右。过去两年半，我们一直努力学习"正统"的数学哲学，如果相信

---

[1] 宇宙大爆炸后的极短瞬间会形成超高能量密度，这使得一种名为"夸克-胶子等离子体"的物质能够在约10微秒（1微秒为百万分之一秒）的极短时间内充斥宇宙，然后再凝聚结合形成原子核等物质。

那套东西，那么艾莉森刚才说的话实在是一番离经叛道的大胆狂言。

"你是说……在时间开始之前，数学里可能已经散布着原发性的矛盾？就像空间里散布着宇宙弦一样？"

"对，就是这个意思。"她装出一副满不在乎的样子，迎着我的目光瞪住我，"既然时空并不是处处平滑相连的，那么数学为什么就非得处处符合逻辑呢？"

我仿佛被这句话掐住喉咙，差点一口气喘不上来，"我该怎么说呢？要是现在某个物理系统试图把互相矛盾的两个定理连接起来，会怎么样？假设过去有一些太心急的夸克判定定理D为'真'，而现在我们用一台计算机里的程序证明D其实是假的，那会怎么样？夸克把D判定为'真'，同时也把A、B、C判定为'真'。而假设我们的软件通过一些逻辑步骤，从A、B、C推导出非D这个可怕的结论，那它究竟是成功了，还是失败了？"

艾莉森回避了我的问题，"假设这两个命题——D和非D——同时为真，听起来像是数学的末日，不是吗？那么整个系统将瞬间崩溃。既然D和非D同时为真，那你就可以由此证明想证明的任何东西：1等于0，日等于夜。但只有老掉牙的柏拉图主义者才持这种无趣的观点——在你的世界中，逻辑可以超光速传播，计算完全不消耗时间。可是现在人类已经生活在欧米伽不一致数论的时代中了，不是吗？"

"欧米伽不一致数论"是一种非标准版本的算术，它基于"几乎"互相矛盾的公理——好在只有用"无限多的证明步骤"才能证明它们之间的矛盾。"无限多的证明步骤"不仅在物理上不可能，而且在数学形式上也不被允许。这套现代数学如今已被普遍接受，但是艾莉森似乎打算把上述理论中的"无限多"替换为普通的"多"——她似乎认为，从实践角度看，"多"和"无限多"的区别并不重要。

我说道："我来把事情理一理。你的意思是要通过有限多的步骤，证明普通算术（不是与直觉相悖的奇怪公理，只是每个十岁孩童都知道的肯定成立的普通数学结果）存在矛盾？"

她轻快地点点头，"对，证明矛盾存在只需要有限多步，但是步骤非常多，所以矛盾几乎不可能在物理上表现出来——从计算的角度看，矛盾离日常计算或者日常物理事件非常遥远。我的意思是，就算在宇宙里的某个地方有一根宇宙弦[1]，也不会摧毁整个宇宙，对不对？它根本不会伤害任何人。"

我干笑道："是啊，只要别靠得太近就行。只要别把那根宇宙弦拖回太阳系，让它随便弹来弹去，把行星切成一片片的就行。"

"我就是这个意思。"

我瞄了一眼手表，"看来是时候返回地球啦。你还记得我们要去见朱莉亚和拉梅什——"

艾莉森夸张地叹了口气，"我知道，我知道。要是我们继续聊这个，准会把那两个没脑子的可怜鬼闷死——所以这个话题到此为止，我保证。"她又淘气地补充道，"文科生的目光太短浅了。"

我们穿过铺满落叶的宁静校园。艾莉森信守承诺，没再提刚才的话题，我们只是静静地走着。要是一路争论到餐厅，见到朋友后一定更难打住这个话题了。

可是，走到半路上，我还是忍不住拾起了刚才的话头。

"要是有人给一台计算机编程，让它沿着一条推论链跨过我们刚才说的'缺陷'，你认为会发生什么？经过那些简单、可信的逻辑步骤后，在最终结果出现在电脑屏幕上的那一刻——大爆炸时的两组夸克，究竟哪一组会赢呢？可别告诉我整台计算机会在那一刻突然消失啊，这种设定对你倒是方便了。"

艾莉森笑了，我的话终于让她有点儿答不上来了，"别傻了，布鲁

---

1. 1981年，维伦金等人提出了宇宙弦这一物理概念。他们认为，宇宙大爆炸产生的威力应该形成无数细长且能量高度集聚的管子，这种管子便叫宇宙弦。

诺。连预测结果所需的数学都还不存在,你叫我怎么回答这个问题?不管怎么答,我的答案既不是'真'的,也不是'假'的,除非有人动手做那个实验,才能判定真假。"

我用那天的大部分时间说服自己没被跟踪——那个业余外科医生的同伙(或竞争对手)也许潜伏在酒店外面,然后一路尾随我。我并不清楚自己是真被跟踪了,还是仅仅在妄想,这种想要甩掉"尾巴"的尝试俨然成了一种卡夫卡式的挣扎——我在人群中寻找的不是一张具体的面孔,而是一个抽象的尾随者,这可太令人不安了。如果能通过整容手术换一张汉族人的面孔就好了,可惜现在为时已晚。在越南的时候,艾莉森就曾严肃地建议我这么做。不过住在上海的外国人超过一百万,只要隐藏得法,就算是说英语的意大利裔也能消失在人海里。

理论上是这样,但我做不做得到又是另一码事了。

我努力混在观光客中,顺着他们的足迹,沿阻力最小的路径前进:从挤到发疯的豫园市场(货架上摆满了廉价的手表电脑、能随情绪变色的隐形眼镜、最新的植入式卡拉OK演唱器,这些东西旁边是关在竹笼里的活鸭和活鸽子),一路走到孙中山故居(星空卫视正在热播孙中山的迷你剧。那部剧的广告在城里的一万辆公共汽车和十万件周边T恤上都能看到);从鲁迅墓(他忠告青年要多思多学,睁眼观察时代现实,了解人民的疾苦——可惜鲁迅的一生没能迎来黄金时代),再到虹口麦当劳餐厅(有人在那儿派发免费的安迪·沃霍尔[1]塑料小玩偶,我实在想象不到是出于何种原因)。

我在景点间假装悠闲地逛着,时刻保持极不友好的肢体语言——

---

1. 安迪·沃霍尔(1928—1987),被誉为二十世纪艺术界最有名的人物之一,是波普艺术的倡导者和领袖。他最喜欢吃的汉堡就是麦当劳的汉堡。

这样即使最孤独的西方人也不会前来搭讪。在上海的大部分地方，外国人都谈不上引人注目。而在这些景点，人们见了外国人更是连眼皮都懒得抬一下，就连外国人也不会关注自己的同类——何况我还尽了最大努力不让任何人有任何理由记住我。

我一边走一边检查艾莉森有没有给我发信息，但始终毫无音信。我在公交车站和公园长椅上留下五个专属于我的抽象的粉笔暗号——五个标记各有微小区别，但传达的信息相同："短暂遇袭，现已脱险。继续前进中。"

傍晚时分，我已用完所有招数。如果想象中的跟踪者还没被甩掉，我也无能为力了。我动身前往下一家酒店——我与艾莉森口头约定过一份酒店清单。上次和她面对面交谈还是在河内。当时我还嘲笑她挖空心思地搞出这些安全措施，如今我却开始后悔暗号覆盖的范围太小——要是那套秘密语言能涵盖极端突发情况就好了，比如："受到致命伤害，在酷刑下背叛了你。对现实的感知正在衰退，其他无碍。"

淮海中路上的这家酒店比上一家稍强一点儿，但还没高级到不收现金的地步。前台接待员礼貌地与我寒暄了几句。我调整出最佳演技，谎称计划在上海观光一周，然后去北京。我塞给行李员一笔过多的小费，他歪着嘴对我假笑了一下。他走后，我在床边坐了五分钟，琢磨那个假笑里是否藏着什么重要的信息。

我试着努力理顺目前的情况。

也许工业代数已经贿赂了上海所有酒店的所有员工，要他们齐心协力把我们揪出来——但这就类似于在说：从理论上看，他们可能已经复制了我们十二年来搜寻"缺陷"的所有步骤，却一直懒得来找我们麻烦。他们一定非常想要我们手上的东西，这一点毫无疑问。但就算真的拿到"缺陷"，他们能用它做什么？拿去做抵押，找银行（或者黑手党、三合会）融资？如果我们手上的货物是一公斤走私钚或者一段价值连城的基因序列，那倒有可能。但在整个地球的人口中，有能力从理论上理解"缺陷"是什么的人最多只有几十万，其中只有极少数会相信这玩意儿真的存在，而钱够多、道德够败坏、愿意投资利用它作恶的人就更少了。

押在"缺陷"上的赌注似乎无限高，但这并不意味着参加这个赌局的赌徒无所不能。

至少目前还没到这个地步。

我更换了手臂上的敷料——从袜子换成了手帕，但伤口比我以为的更深，至今仍在轻微出血。我离开酒店，只走了十分钟就在一家二十四小时营业的百货商店里找到了我要的东西——手术级别的组织修复膏：富含以胶原蛋白为基底的黏合剂、杀菌剂以及生长因子。这并不是一家药店，一排又一排的货架上摆满了毫不相关的各色商品，统统陈列在冷冰冰的蓝白相间的天花板之下。罐头食品、PVC下水管道配件、中药、给老鼠用的避孕药[1]、视频只读储存器。这个随机大杂烩简直像个复杂的有机生态系统——仿佛风刮来什么种子，货架上就会长出什么商品。

我离开商店，挤过汹涌无情的人群，向酒店走去。食物的味道既诱人，又叫我有点儿恶心。没完没了的全息图和霓虹灯从四面八方将我包围，闪烁着我基本看不懂的陌生文字。十五分钟以后，我被喧闹和潮湿的氛围弄得晕头转向，这才意识到自己迷了路。

我在一个街角停下，试着弄清方位。上海在我周围延展开去——拥挤而奢靡，充满感官刺激却又冷漠地遵循着适者生存的经济模型——一个商业的亚马孙丛林。这座拥有一千六百万人口的城市比世界上大多数国家拥有更多种类的工业，更多进出口商，更多批发商和零售商，更多贸易商和经销商，更多回收商和废品处理商，以及更

---

[1] 通过破坏老鼠生殖能力以解决鼠患的药物。

多的亿万富翁和乞丐。

当然，还有更多的计算能力。

除了中国，没有哪个国家拥有像"闪光"这样强大的单一计算机，即使美国的国防研究机构也没有。世界上的其他国家早已屈服于网络化互联。气势恢宏的超级计算机系统结构太复杂，还需要定制的芯片，因此已被数百台大规模生产的最新"工作站"取代。事实上，二十一世纪最大的计算成果皆以去中心化的方式完成：将计算任务通过互联网外包给成千上万的志愿者，当他们机器上的处理器闲置时，便可利用本来会被浪费掉的计算能力完成任务。我和艾莉森正是靠这种方式勘测出了"缺陷"的位置：七千名业余数学家花十二年时间证明，我和艾莉森随口提出的玩笑并不是玩笑。

然而，现在互联网已经帮不上忙了，只有"闪光"能满足我们的需要。可"闪光"并不是谁都能用的机器：只有中国有财力制造它，只有中国人民高级光学工程研究所能把它造出来，只有上海的QIPS公司有权把它的计算时间出售给其他国家——因为目前"闪光"仍被用于模拟氢弹冲击波、无人驾驶战斗机以及实验性的新型反卫星武器。

我终于破解出密码般的路标，弄清了问题出在哪儿：我走出百货商店时转错了弯，就这么简单。

我折回原地，重新出发，很快就回到了熟悉的领域。

我推开酒店房间的门，艾莉森正坐在床上。

我玩笑道："这座城市里的锁都这么差吗？"

我们互相拥抱，又很快分开。我们曾是恋人，但那是很久以前的事情了。之后我们做了很多年朋友，但我不确定"朋友"还能不能准确描述我们现在的关系。我和她的关系如今完全是功能性的，没有感情这种奢侈的成分。如今一切都围绕一样东西开展——"缺陷"。

她说道:"我收到你的消息了。发生了什么?"

我描述了今天早上发生的事。

"你知道在那种情况下正确的做法是什么吗?"

这句话刺痛了我。"我还活着,不是吗?货物依然安全。"

"你应该杀了她,布鲁诺。"

我笑了起来。艾莉森平静地望着我,我把视线转开了。我不知道她的话是不是认真的——也不太想知道。

她帮我涂上组织修复膏。我体内的毒素不会伤害她,因为我们在河内装上了一模一样的共生系统:同一批产品,完全一样的基因型。她赤裸的手指触碰着我破损的皮肤,那感觉让我心里怪怪的:我知道,在这个世界上,除了她没有任何人能像这样平安无事地触摸我了。

性爱同理。但我现在不打算多想。

我穿上外套,这时她说道:"你猜明天凌晨五点我们要干什么?"

"别告诉我:我得飞去赫尔辛基,你得飞去开普敦,就为了甩掉他们。"

她微微一笑。"猜错了。我们要去研究所和袁庭甫见面,他答应让我们使用'闪光'半小时。"

"太棒了。"我俯身吻了一下她的额头,"我就知道你能办到。"

这个消息本该让我欣喜若狂,可事实上我只觉得五脏六腑在肚子里翻搅。今早醒来发现自己被铐在床上时,那种受困的感觉也不比此刻更加强烈。如果不能使用"闪光"(理当如此,按照现在的市价,它的计算时间我们一微秒都买不起),那么销毁所有数据然后期盼上帝保佑就成了我们唯一的选择。工业代数绝对已经从互联网上挖出了数千个原始计算结果的碎片。但显而易见,他们虽然完全清楚我们找到了什么,却不清楚我们是在哪儿找到的。也许他们只能从头开始,再搞一遍随机搜索,因为只有这样才不会暴露手头私有硬件的信息。可这样的话，要找到"缺陷"可能就得花上几个世纪的时间了。

不过现在不一样了。我们已经不可能放手不管，把一切交给机遇。我们必须亲身直面"缺陷"。

"为了用'闪光'，你向他透露了多少实情？"

"全说了。"她走到洗手池边，脱下衬衣，用一块毛巾擦洗脖子和身上的汗水，"除了地图没给他。我给他看了搜索算法和搜索结果，还有我们需要在'闪光'上运行的全部程序——隐藏了具体参数值，但足够他确认我们的搜索技术。他要求看到'缺陷'存在的直接证据，这是当然的，但我没同意。"

"那他信了多少？"

"他没表态。我们谈成的条件是：我们有半小时可以使用'闪光'，不受任何限制；但他可以在旁边看我们的一切操作。"

我点点头——仿佛我的意见很重要，仿佛我们还有其他选择似的。二十世纪九十年代末，艾莉森曾在复旦大学读博士，研究方向是环论[1]的高级应用，袁庭甫是她当时的导师。现在，袁庭甫是世界顶尖的密码学家，也是军方、安全部门和十几家跨国企业的顾问。艾莉森曾告诉我，袁庭甫发明了一套多项式时间算法，可以对两个质数的乘积进行因数分解。虽然官方从未证实此事，但流言传出后，几乎所有人都抛弃了旧的RSA加密方法。袁庭甫的声誉有多高，由此可见一斑。难怪他只要肯开口就能要到"闪光"的计算时间——不过，以错误的理由把"闪光"的计算时间转让给错误的人选仍是可判二十年监禁的重罪，即使对袁庭甫也不例外。

我问道："你信任他吗？也许他答应你是因为还不相信'缺陷'存在，一旦他明白'缺陷'真的存在——"

---

[1] 环是一类包含两种运算（加法和乘法）的代数系统，是现代代数学十分重要的研究对象。环论是研究环的性质及其运算规律的代数分支学科。

"他也一定会做我们想做的事情。这一点我非常确定。"

"好吧。但是你确定工业代数不会监视我们吗？假如他们已经查出我们为什么在上海，然后买通所有人——"

艾莉森不耐烦地打断了我："上海城里还有几件东西是钱也无法买到的。私自监控'闪光'这样的军用计算机无异于自杀。没人敢冒这个险。"

"那监控在军用计算机上运行的非法项目呢？说不定两种罪可以互相抵消，最后不仅没罪还能立功。"

她半裸着身体，一边用我的毛巾擦干脸，一边向我走来，"那我们只能希望情况不是这样了。"

我突然大笑起来，"你知道我最喜欢'闪光'什么吗？他们给埃克森和麦道[1]用的机器和给军方用的机器根本不是同一台。因为每次拔掉插头，整台计算机就会消失。从这个角度看，他们并没有说一套做一套。"

艾莉森坚持轮流睡觉，醒着的人负责警戒。要是在二十四小时之前，我可能还会笑话她神经过敏。现在我什么也没说，只是不情愿地接过她递来的左轮手枪。我坐在被霓虹灯微微点亮的黑暗里，看着门。而她立刻就睡着了，就像一盏灯熄灭那么快。

安静了大半晚的酒店现在活了过来。走廊上每隔五分钟就会响起脚步声，墙壁里有老鼠的声音——它们在觅食、交配，搞不好还在生小老鼠。警笛在远处哀号。楼下的街道上有一对夫妇在尖叫着对骂。

一小时后，我已紧张得坐立难安，没一枪把自己的脚打掉实属奇迹。我卸掉子弹，拿空枪玩起俄罗斯轮盘赌游戏。尽管发生了那么多

---

1. 埃克森石油公司，于1999年与美孚石油公司合并为埃克森美孚公司；麦道一般指麦克唐纳–道格拉斯公司，是美国制造导弹和军用、民用飞机的大型垄断企业，于1997年8月并入波音公司。

事,我还是不想为了捍卫数论公理把子弹射进任何人的脑袋。

工业代数与我们接触的方式非常文明——至少一开始如此。这是一家英国公司,规模不大但进取心很强,设计各类专业的工业和军用高性能计算硬件。他们听说我们在寻找"缺陷"——这本身并不奇怪,毕竟此事已经在网上公开讨论多年,就连严肃的数学期刊也拿它开玩笑。奇怪的是他们联系我们的时间点。艾莉森从苏黎世给我发了一条私信,谈到最新结果"很有希望"。几天以后,工业代数就联系了我们,多么奇怪的巧合。此前,我们有六七次误以为取得了重大进展,可通报后才发现只是程序或设备的小故障所致。我们担心再喊"狼来了"会彻底惹恼一半的合作者,使他们撤回支持,于是决定不再向捐赠计算时间的人通报所有未经证实的发现。公众就更不可能了解搜索的进展了。

工业代数提出,愿意在公司的私人网络上为我们提供大量计算力,数量比任何其他捐赠者给的大好几个数量级。我们自然想知道他们这么慷慨的原因,但他们的答案一直在变。一开始说是因为他们对纯数学抱有深深的敬意;后来号称是因为他们热爱新奇有趣的生活态度,对我们的结果十分好奇;再后来又说是因为想让外界看到他们在资助一个狂野、酷炫、成功概率极小的项目,与之相比,"地外文明搜寻计划"就像蓝筹股投资那么稳健。最后,他们终于"承认",这其实是急于挽救公司形象的无奈之举——虽然他们生产的智能炸弹本身十分友好,却被一些不受欢迎的政府拿去另作他用,这样的丑闻已经在媒体上发酵好些年了。

被我们礼貌拒绝后,工业代数又开出高薪,想聘请我们当顾问。我们对此深感迷惑,暂停了所有基于互联网的计算,并开始给邮件加密——用的是艾莉森从袁庭甫那里搞来的一套算法,虽然简单,却极为有效。

艾莉森一直用个人工作站收集整理搜索结果，工作站就在她位于苏黎世的家里。我则在悉尼配合她做一些工作。毫无疑问，工业代数一直在悄悄监控我们导入的数据，但他们显然开始得太迟，无法用这些信息生成自己的地图——如果不把计算碎片拼起来，每个碎片本身意义不大。但后来艾莉森的工作站被整个偷走了。虽然文件都是加密的，偷走机器也提取不了任何信息，但这迫使我们开始考虑一些更严重的问题：如果"缺陷"真的存在，如果我们当年的玩笑其实并不是玩笑，到底会有什么后果？会涉及多少金钱？多少权力？

2006年6月7日，我和艾莉森终于见了面，地点是河内的一个闷热拥挤的广场。艾莉森丝毫没打算跟我寒暄，而是直奔主题。她的笔记本里存有从失窃的工作站备份下来的数据。这一次，她庄严地宣布："缺陷"确实存在且已被找到。

此前，我们通过网络计算对算术语句空间进行了拖网式的随机搜索。搜索过程非常长，而笔记本电脑的处理器太小，独立重复全部操作得耗费几个世纪的时间。但是，如果已经找到计算路径，直接让笔记本重复相关计算步骤，只花几分钟便可确认"缺陷"确实存在。

这个过程从命题S开始。命题S涉及一些大得难以想象的数字，但命题本身从数学角度看非常简单、毫无争议。它既不讨论无限集，也不对"每一个整数"下任何论断。命题S仅称：对某些（极大的）正整数进行某些（极复杂的）计算后，应得到某种结果，从本质上看，该结果和"$5 + 3 = 4 \times 2$"没什么区别。若用纸和笔确认命题S的真假，可能需要花费十年的时间。但从理论上看，只要懂小学数学且足够有耐心，谁都可以完成这个任务。命题S要么为真，要么为假，绝不可能无法判断真假。

经笔记本电脑判断，命题S为真。

接着，笔记本电脑从命题S出发，通过四百二十三个简单明了、无懈可击的逻辑步骤，证明"非S"也为真。

我在自己的笔记本上用另一种软件包重复了那些计算。结果完全一样。我盯着屏幕，努力编出一个合理的理由，解释为什么两台不同机器上的两套不同的程序可能会产生完全一致的错误结果。以前确实有过这样的案例：因为某本计算机教科书上的算法里有一处印刷错误，上千个程序出现了同样的错误。但我面对的这些计算操作太简单、太基本了，不可能出现那种情况。

那么就只剩下两种可能性：要么常规算术存在内在缺陷，关于自然数的柏拉图式的理想确实自相矛盾。要么艾莉森是对的，早在数十亿年前，在一个从计算角度看极为"遥远"的区域内，已有另一套算术占据着统治地位。

我震惊不已，但我的第一反应仍是努力淡化这个结果的重要性。"如果以立方普朗克长度[1]为单位度量可观测宇宙的体积，那么命题S里的数字比这样度量的整个宇宙的体积还要大。假如工业代数打算利用'缺陷'搞不正当的外汇交易，我看他们在尺度上多少有些误判。"我虽嘴上这样说，心里却十分明白问题没这么简单。虽然命题S中的原始数字是超天文尺度的大数，但笔记本电脑的二进制表示中确有一千零二十四个比特在物理上出了毛病。每一种数学真理都以无数种其他形式被编码、被反映。因此，虽然"缺陷"初看上去只是一种抽象争论，仅涉及某些即使在最宏大的宇宙学讨论中都不会出现的大数，但它却可以切实影响一块五克重的硅芯片的行为。既然能影响芯片的行为，那么威胁地球上的数十亿种其他系统显然易如反掌。

但这还不是最糟糕的。

从理论上看，我们已经找到了两套互不相容的数学之间的边界。这两套数学在物理上都成立——分别在各自的领域中成立。只要一

---

[1] 普朗克长度是物理学意义上最小的距离单位，在这一距离单位下，重力和时空不复存在，量子效应占据支配地位。

串逻辑演绎操作完全处于边界的一侧（不管是常规数学成立的"近侧"，还是另类数学成立的"远侧"），就不会出现矛盾。但任何跨越边界的逻辑链都会导致荒谬的矛盾结果，即由S推出非S。

因此，应该可以通过检验大量逻辑推理链（其中有自相矛盾的，也有自洽的）精确绘出"缺陷"的周边区域——即判定每一个命题究竟属于近侧还是远侧。

艾莉森向我展示了她绘制的第一幅地图。图上远近两侧的边界形状非常复杂，是一个锯齿状的分形[1]，颇像显微镜下两块冰晶之间的界限。两个系统仿佛从不同的起始点随机向外扩散，相撞后挡住了对方继续扩散的道路。此刻我已几乎相信，这就是数学诞生时的景象——这幅地图犹如一块化石，封存了时间开始之初划定真假间的界限的那一刻。

然后，她以同一组命题画出另一幅地图，并把两幅图叠在一起。"缺陷"及其边界移位了——有些地方推进，有些地方后撤。我觉得浑身的血都凉了，"一定是软件出错了。"

"没有。"

我深吸一口气，朝四周扫了一圈。广场上挤满了无忧无虑的游客、小贩、顾客和经理。我多希望能从他们身上找到某种比数学更颠扑不破的"人性"真理。但我唯一能想到的东西是《1984》：经不住拷打的温斯顿·史密斯终于屈服，放弃理性的最后一块试金石，承认二加二等于五。

我说："好吧。继续。"

"在早期宇宙中，一定有某种物理系统检验过另一套数学——那套孤立的数学与所有已经确立的结果隔绝，它独立存在，可以自行随

---

[1]. 数学术语，指一个形状可分成数个部分，其中每个部分都（至少近似地）是整体缩小后的形状。

机决定结果。这就是'缺陷'的起源。但是现在，在我们这个区域里，所有数学都已被检验过，所有逻辑空白都已被填补。在我们'近侧'，当物理系统检验一个数学定理时，不仅该定理早已被检验过十亿次，而且所有逻辑上与之相邻的命题也早已确定真假。有了这些相邻的命题，只需一步就能正确判定待检验的命题是真是假。"

"你是说……来自邻里的'同侪压力'？因为不允许出现不一致，所以必须服从相邻的结果？如果 $x-1=y-1$，且 $x+1=y+1$，那么 x 别无选择，只好等于 y……因为'附近'没有其他东西能支持'$x=y$'以外的结论？"

"正是如此。真理是在'局部'层面上决定的。在遥远的'远侧'，情况同样如此。在那里，'另类数学'占统治地位。不管物理系统想检验什么命题，它周围已经确立的定理都会彼此验证、互相加强，产生'正确'的结果——只是远侧的'正确'标准与我们近侧不同。"

"但是在边界上——"

"在边界上，每当你想检验一条定理，就会收到两种截然相反的意见。一位邻居说 $x-1=y-1$，另一位邻居却说 $x+1=y+2$。由于边界的拓扑结构非常复杂，所以对一个近侧定理而言，它的远侧邻居可能比近侧邻居更多——反之亦然。

"因此边界处没有稳定的真理，不仅远古时代如此，现在仍然如此。近侧和远侧这两个区域都可以推进或后撤——这完全取决于物理系统以什么顺序检验命题。如果一个坚定效忠近侧的定理先被验证为真，它就可以支持附近脆弱的邻居，保证它和邻居都能留在近侧区域内。"说到这里，她调出一段简短的动画来演示这种效应，"但是，如果调换检验顺序，脆弱的邻居就可能被远侧攻陷。"

我看着她的演示，只觉得头晕目眩。真理纵然晦涩难解，也是永恒不变的——我一直这样相信。可如今真理却像棋盘上的棋子般摇摇欲坠。"那么,你是说,偶然的分子事件在边界上漫无目的地不断检验、再检验各种理论,这种目前正在发生的物理过程会使两个区域不断地扩大和失去领土?"

"对。"

"也就是说,在过去的几十亿年中,一直有一种……一种随机的潮水,在两种数学的交界处涨潮退潮、来回冲刷?"我不安地笑了笑,在头脑中粗略估算了一番,"随机游走[1]的期望值是N的平方根。既然如此,我想我们没什么可担心的。直到宇宙寿终正寝,这潮水也不会冲走任何有用的算术定理。"

艾莉森干笑一声,又拿起了笔记本。"潮水确实没什么好担心的。但是要挖出一条隧道,让随机流动产生偏差,这是再容易不过的事了。"她又播放了一段动画,向我展示如何在一小段战线上通过一系列检验迫使远侧系统后撤:利用偶然形成的一小块"滩头"乘胜追击,攻陷一连串定理。"不过据我猜测,工业代数可能对反向操作更感兴趣:他们想建立一个网络,让许多狭长的另类数学隧道深入常规算术领域,然后就可以利用这个网络部署攻击,击溃某些会产生实际后果的定理。"

我陷入沉默,试图在脑海中想象另类算术的细小触角如何伸进我们的日常世界。毫无疑问,工业代数希望以外科手术般的精确度展开攻击,破坏某些金融交易的数学基础,以谋取数十亿美元的利润。可一旦开始破坏数学,后果便无法预测,更无法控制。根本不可能在空间上限制攻击的作用范围——也许工业代数的攻击目标只是某几条数学定理,但他们无法保证其他地方不会因此产生变化。受影响的可以是几十亿美元,也可以是几十亿个神经元,几十亿颗恒星……或几十亿人。一旦基本的计数规则遭到破坏,就连最坚固、最明确的东

---

1. 是一种数学统计模型,其轨迹的每一步都是随机的。

西也会变得如盘旋的雾气般不确定。就算有人道德堪比特蕾莎修女、头脑不逊卡尔·弗里德里希·高斯[1]，我也不放心把这么大的权力交给他。

"那我们该怎么办？删除这张地图，然后祈祷工业代数永远不会自主发现'缺陷'？"

"不。"艾莉森的语气相当冷静，这倒也不是全无理由。一来她一直视若珍宝的自创哲学刚刚得到证实，我的看法却被彻底推翻，她的心态自然比我好些；二来她刚从苏黎世飞过来，想必已经利用航班上的漫长时间把真实数学的事情彻底梳理过一遍。她说："只有一种方法，能确保他们永远无法利用'缺陷'——我们先下手为强。我们得找到足够多的计算力，把整个'缺陷'区域测绘出来。然后有两个选择：要么把边界烫平，让它再也不能移动——这就好比把螃蟹的螯都折断，它就再也不能夹你了；或者我们还可以做得更好：如果能调动足够多的资源，就能从四面八方把边界推向远侧，让远侧不断缩小，直到完全消失。"

我犹豫了，"到目前为止，我们只画出了'缺陷'的一个很小的部分。我们不知道远侧究竟有多大。但有一点可以确定，它肯定不小，不然早就被随机波动完全吞噬了。远侧可以无穷无尽，可以是无限大的，我们没法排除这种可能性。"

艾莉森用奇怪的表情看着我，"布鲁诺，你还是没明白，是吧？你还在用柏拉图主义的思维想问题。宇宙只存在了一百五十亿年，它还没有时间去创造无限。远侧不可能无限延伸，因为在'缺陷'区域之外，一定还存在不属于任何系统的定理。那些定理从未被触及、从未被检验、从未被判定为真或假。"

---

1. 约翰·卡尔·弗里德里希·高斯（1777—1855），德国著名数学家、物理学家、天文学家、大地测量学家，近代数学奠基者之一，享有"数学王子"的美誉。

"宇宙中现已存在的数学一定有边界。假如必须越过那条边界才能包围远侧,那我们就越过它。没有什么理由说那不可能——我们要做的就是抢在工业代数前面。"

凌晨一点,艾莉森与我换岗,可我确定自己不可能睡着。三小时以后,我被她摇醒,却感觉自己根本没有睡着过。

我用笔记本向我静脉里的数据内存发送了一段启动代码。然后我和艾莉森并肩而立,我的左臂对着她的右臂。两块芯片先互相确认磁场和电子签名,互相验证、确保对方的身份毫无问题后,芯片开始发射低功率微波。艾莉森的笔记本接收微波,将我们的数据流合二为一,拼成完整的数据。笔记本上的数据虽仍经过高度加密,但经过这么多安全步骤后,我觉得现在把地图导入手持计算机就跟把它纹在我们俩的额头上没什么区别。

楼下有一辆出租车正等着我们。中国人民高级光学工程研究所位于闵行,是市中心以南约三十公里处的一座庞大的科技园区。出租车在黎明前灰暗的微光中前进,经过丑陋的巨型高层住宅。因为尸阀和其中的货物刚刚在血液中溶解,我俩都发着烧。我们一路沉默不语,等待那热度褪去。

出租车转了一个弯,驶上一条生物技术公司和航空航天公司林立的大道。艾莉森说道:"如果有人问起,就说我们是袁庭甫的博士生,他正在指导我们检验一个代数拓扑领域的猜想。"

"你倒是早说啊。万一对方要求我们详细解释这个猜想怎么办?我估计你根本没有准备一个特定的猜想吧?"

"还会有人想在凌晨五点,听别人详细解释一个代数拓扑猜想?"

研究所的大楼并不怎么起眼——三层高,外墙贴着参差不齐的黑瓷砖,但外面有一道五米高的通电网墙,入口处站着两名荷枪实弹的军人。我们付清车费,徒步走向入口。袁庭甫给了我们两张访客通行证，上面照片和指纹俱全。名字都是真名，在这种地方搞不必要的欺骗实在毫无意义，如果被抓住，假名只会让我们的处境更糟糕。

两名军人察看了通行证，然后领我们走过核磁共振扫描器。站在一旁等待结果的时候，我强迫自己平静地呼吸：从理论上讲，这台机器可以在我们身上发现不少疑点——共生系统的外来蛋白质，尸阀溶解后的残余产物，还有另外十几种可疑的化学物质残留。但一切都取决于他们想在我们身上找什么。虽然收录了数十亿种分子的磁共振波谱，但是再厉害的机器也不能同时检测几十亿种物质。

其中一名军人把我叫到一边，要求我脱掉外套。我强忍住一阵恐慌，然后又努力提醒自己别矫枉过正——就算我没什么要隐藏的，被叫到一边脱衣服时也应该表现出适度的紧张。他戳了戳我上臂的医用胶布，周围的皮肤仍然有些红肿，"这是什么？"

"我长了个囊肿，医生把它切除了，今天早上刚切掉。"

他狐疑地看看我，用没戴手套的手撕开了伤口上的胶布。我转过头去，不敢朝那里看。修复膏应该已经把伤口完全封住了——最多有点儿干涸的血迹，但我却模糊地觉得切口处有温暖的液体渗出。

我吓得咬紧了牙关。军人先是被我的狼狈相逗笑了，然后露出厌恶的表情，挥手叫我走开。他以为我藏了什么？我一点儿也猜不出。我看到几颗红色的新鲜血珠从伤口渗了出来，伸手重新贴好胶布。

袁庭甫在大厅里等我们。他年近七十，体型结实高挑，衣着随意——穿着牛仔裤。我一言不发，把谈话的任务全部交给艾莉森：她先为我们不够守时道歉（尽管我们并没有迟到），然后滔滔不绝地感谢袁庭甫，说他肯为我们微不足道的研究提供这么宝贵的机会，实在让我们受宠若惊。我跟在他俩身后，努力表现出适度的恭敬。四名军人面无表情地看着我们，似乎一点儿也不觉得这套虚浮的逢迎之词有什么不妥。也对，假如我真是袁庭甫的学生，导师竟愿意为我平平无奇的论文提供"闪光"的计算时间，我确实会因敬畏而晕头转向吧。

袁庭甫轻快地走过第二层检查站和扫描仪，我们跟在他身后。这次没有人拦住我们。过关后，我们踩着柔灰色的人造地板，走过一条长长的走廊，路上遇见了好几个穿白大褂的技术人员，但谁也没多看我们一眼。我本以为两个显然非本国人的家伙在这里走动会像是在军事基地里乱逛一样引人注目，但显然我的想象太荒谬了。"闪光"有一半的计算时间卖给了外国公司，再加上这台机器绝不可能与任何通信网络相连，所以商业用户必须亲自来这里提交任务。可袁庭甫真会经常动用特权，把"闪光"的闲置机时免费拿给自己的学生（不管他们是哪国人）来用吗？这又是另一个问题了。既然袁庭甫认为这是掩护我们的最佳借口，我也没什么好说的。我只希望他在大学的登记系统和其他地方也严丝合缝地安排好了环环相扣的谎言，这样即使研究所的管理部门详查此事，也不至于立刻穿帮。

我们走进操作室，袁庭甫和几个技术人员闲聊了几句。房间的一面墙上镶满了一排排的平面显示器，上面显示着各种状态直方图和工程示意图。这里看起来就像一个小型粒子加速器的控制中心——事实上差不多就是那样。

"闪光"是一台用光造出的计算机——这句话没有任何修辞比喻，就是字面意思。让三个巨大的高功率激光阵列产生一组精心设计过的复杂驻波，再用这组驻波填满一个五米宽的立方体真空室，"闪光"就诞生了。一束相干电子射入了真空室——正如以固体物质精心制造的光栅可以衍射光，足够有序（且足够强烈）的光也可以衍射物质。

在这个光立方中，电子束层层转向，每一阶段都会重组和相互干涉。电子相位和强度的每一点变化都进行了相应的运算。在纳秒级的时间内，整个系统就可以为当前的计算任务不断配置出最合适的复杂的新"硬件"。不管是针对何种程序，负责控制激光阵列的辅助超级计算机都能根据具体的计算阶段设计出最完美的机器，然后用光把这种机器瞬间制造出来。

当然，这是一种极为困难的技术，不仅耗资惊人，而且很不稳定。如果有人提议制造这种玩意儿，会计师一定不会点头，只会目不转睛地继续玩俄罗斯方块。因此在任何一个西方国家，都不会有人去追求这种项目。

但这台巨大、笨重、超现实的机器速度极快。把目前联入因特网的所有硅芯片加起来，计算速度也赶不上它。

我们继续向前，走进编程室。乍一看，这像是一所规模不大的小学的电脑室，白色的塑料电脑桌上放着六台平平无奇的工作站。但它们并非普通的工作站：世界上只有六台工作站连接"闪光"，六台都在这个房间里。

此刻只剩我们三个人。艾莉森跳过正式程序，只朝袁庭甫的方向瞟了一眼就算征得了他的同意。她迅速让自己的笔记本连上一个工作站，上传了加密地图。本来我一直在琢磨，要是门口的卫兵检查我的伤口时中了毒怎么办，各种画面在我脑子里走马灯似的打着转，但在艾莉森输入解密指令的那一刻，一切都烟消云散了。我们必须在半小时以内消灭"缺陷"，而此刻我们甚至还没弄清"缺陷"究竟有多大。

袁庭甫转向我。紧张的表情泄露了他内心的焦虑，但他仍若有所思地说出了一番颇有哲理的话："如果面对这些大数，我们的算术看起来失败了，那究竟意味着什么？说明数学这种理想本身就有缺陷，就是可变的？还是说，那仅仅表示物质行为总是与数学理想有差距？"

我答道："假如从巨石到电子，再到算盘上的算珠，每一类物理对象都以完全一样的方式与我们的数学理想拉开了'差距'，那么它们的共同行为所服从的——或者说定义的——如果不是数学，又是什么呢？"

他迷惑不解地笑了，"我还以为你是柏拉图主义者，艾莉森好像是这么认为的。"

"我们的真理失效了——或者说被打败了。如果所有真实对象都不再能反映标准数论，那么，为什么还要硬说标准数论在某种含糊的柏拉图主义意义下仍然成立？我看不出那有什么意义。"

"我们仍然可以想象真理，仍然可以思考抽象事物。只不过是没办法完成'检验'这一物理行为而已。想想超限算术：康托尔[1]的绝对无限，没有人可以在物理上检验其性质，对不对？我们只能从远处推理其存在。"

我没有回答。自从在河内得知"缺陷"真的存在，我已几乎不再相信自己具有"从远处推理"的能力。不管是什么东西，只要没法亲自在一张纸上用阿拉伯数字表示它，我就不敢确定它真的存在。也许艾莉森说得对，真理仅存在于局部。我们不能指望更宏大的东西，任何更具雄心的数学概念看起来都有点儿像漫画书里的"物理学"，仿佛在头顶旋转一根一百亿公里长的刚性梁，就可以预测其远端会超过光速。

图像在工作站的屏幕上展开：起先是我们熟悉的那幅描绘"缺陷"区域的地图，但"闪光"以令人难以置信的速度把它越铺越大。在边界附近，数十亿个推论环在旋转：一些验证了自身的前提，勾画出单一、自洽的数学主导的区域；另一些则陷入自我矛盾，于是歪向边界另一侧、投入敌营。我试图在头脑中想象一条莫比乌斯带状的逻辑环，沿着它走会怎么样？这里不涉及任何艰深难解的概念，只不过因命题规模太大才无法得到结果。可是，矛盾出现时我究竟会做何反应？是被它逼疯，胡言乱语起来？还是相信每一步都完全符合逻辑，因此结论就板上钉钉了？我会冷静而快乐地接受二加二等于五吗？

---

1. 格奥尔格·康托尔（1845—1918），德国数学家，集合论创始人。他提出的"超限数"指超过所有的有限数的数字；"绝对无限"则是超越超限数的无限概念。

地图不断扩展，工作站不断平滑地自动缩小其尺寸，确保屏幕上放得下全图。这种动画的视觉效果令人不安：仿佛我们正在全速逃离另类数学，却只能勉强不被它吞噬。艾莉森坐在那儿，弓着背、伸着脖子，等待全局图揭晓。地图将命题组成的网络描绘为三维空间中的复杂网格（虽然这种常规表示方法很粗糙，却也找不到更好的方法了）。到目前为止，两个区域间的边界没有出现任何整体弯曲迹象，只能看到两个方向上都有许多大小不一的随机侵入。也许远侧数学最后会将近侧数学完全包围，目前无法排除这种可能性。我们一直深信，我们的数学可以延伸至无限，可事实上它也许只是一座小小的孤岛，漂浮在自相矛盾的真理构成的海洋里。

我朝袁庭甫的方向瞟了一眼。他正盯着屏幕，脸上明显露出痛苦的表情。他说道："我看过你们的软件。当时我心想：行，这个看起来没问题，那就一定是你们的机器上有什么故障，不可能有其他解释。我以为'闪光'很快就能纠正问题，证明'缺陷'并不存在。"

艾莉森突然欣喜地大声叫道："看，它转向了！"

她说得对。在那幅不断缩小的地图上，边界上的随机分形终于融入一个巨大的凸起——远侧的凸起。仿佛我们一直在近距离观测一只带尖刺的巨大海胆，现在视点终于后撤，能看出海胆其实是圆形的了。短短几分钟后，地图上已经出现了一个粗糙的半球，每一个尺度上都展示出复杂的晶体挤压结构。我比从前任何时刻更强烈地感到，我正在观赏某种古数学的遗迹：这个定理组成的怪团真的像是以某个前提为核心，从那里爆炸开来，溅入尚无确定真理的真空。这次爆炸也许发生在宇宙大爆炸后的十亿分之一秒内，直到此刻与我们的数学相遇，它才首次得到了检验。

半球缓缓拓展为四分之三个球体，然后又拓展为一个带尖刺的完整的球。远侧被边界完整包围，它是有限的。远侧才是孤岛，我们不是。

艾莉森不安地笑起来,"我们动手前它就长这样吗?还是说,是我们把它变成了这样?"数十亿年来,近侧一直这样包围远侧吗?抑或是"闪光"刚刚主动出击,将近侧延伸进从未被任何物理系统检测过的未知数学疆土,为我们打下了新的江山?

我们永远无从知晓这些问题的答案。设计这个软件时,我们要求它在确定能将待定命题拉入近侧时,就立刻沿边界拓展地图。因为假如盲目推进前线,进入深不可测的虚空,就可能制造更多麻烦:也许会检验到某个孤立的命题,从而无意中拓出一整块与远侧不同的新的另类数学。

艾莉森说道:"好,现在我们必须决定——是封住边界?还是彻底消灭远侧?"

我知道,软件此刻正忙着对比这两个任务的难度。

袁庭甫立刻答道:"封住边界,不要再做更多干预了。你们不能毁掉它。"他转向我,恳求道:"你会砸掉南方古猿的化石吗?你会把宇宙背景辐射完全消除吗?也许它的存在会动摇我们所有信仰的根基,但它也蕴含着关于我们的历史的真相。消灭它就好比破坏文物,我们无权这么做。"

艾莉森紧张地看向我。什么意思?少数服从多数?其实,这里有实权的只有袁庭甫,他可以一把拔掉"闪光"的电源。但他的言行清楚地表明,他希望我们三人达成共识。不管最终决定是什么,他都希望我们能在道义上支持这个决定。

我小心翼翼地说:"如果我们烫平边界、把它封住,工业代数就绝不可能利用'缺陷'作恶了,是这样吧?"

艾莉森摇摇头,"这没法保证。就算是看起来已处于完美均衡状态的命题,也可能因某些量子态成分自发产生矛盾。"

袁庭甫反驳道:"那么任何地方都可能自发形成矛盾,就算远离边界的地方也一样。即使把整个结构抹掉,也保证不了什么。"

"可以保证工业代数找不到'缺陷'在哪里！也许针尖大的小矛盾确实会自发形成，也一直在自发形成。但是下次检验的时候，它们一定会自行消失。因为它们被显而易见的矛盾所包围，根本没有立足的机会。那些只是转瞬即逝的小矛盾，而我们面对的这个东西，相当于一座反数学的军械库，两者根本不能相提并论。"

屏幕上，"缺陷"竖着尖刺，像一朵巨大的蒺藜。艾莉森和袁庭甫都看向我，脸上带着期待的表情。我正要开口，工作站叮地响了一声。软件已经详细评估了两种方案："闪光"完全消灭远侧要花二十三分十七秒——比我们剩下的时间少一分钟左右；而封住边界需要一个多小时。

我惊讶道："这不可能吧。"

艾莉森咕哝道："明明有可能！边界上一直有来自其他系统的随机干扰，因此要在边界上完成精细操作，就得与这种干扰相互对抗、博弈；直接全力冲锋，把边界往里推则不同：你反而可以利用干扰加快推进速度。所以这两个方案并不是'只处理表面'和'处理整个物体'这样的差别，而更像是……一个是一边对抗不断冲刷沙滩的浪头，一边把一座岛刻成完美的圆形；另一个则是直接用推土机把整座岛铲进海里。"

我们有三十秒时间做决定，不然今天就两样都做不成。也许我们可以等"闪光"的下一个空闲时段，可是那得等上一个月或更久。也许在此期间，袁庭甫能利用他手上的资源保证地图不被工业代数发现。但不确定性太高，我不想接受这么危险的方案。

"把整个远侧消灭吧。否则就太危险了。未来的数学家依然可以研究这张地图——要是没人相信'缺陷'真的存在过，那只能说太糟糕了。工业代数随时可能得手，我们不能冒这个险。"

艾莉森的一只手已经放在了键盘上。我转过身去，只见袁庭甫神情痛苦地盯着地面。他已经让我们表达了意见，但归根结底，有权做决定的人是他。

他抬起头，悲伤但坚决地说道：

"好吧。动手。"

艾莉森按下了键钮，此时多余的时间只剩三秒。我瘫进椅子里，如释重负的感觉让我一阵眩晕。

我们看着远侧不断缩小。这个过程并不像用推土机铲平一座岛那么粗暴，而更像是让某种奇异美丽的晶体溶解到酸液里。危险在我们眼前渐渐退去，一种模糊的悔恨却开始刺痛我的心。我们的数学已经与这种奇怪的异常共存了一百五十亿年，而我们才发现它几个月就把自己逼入了死角，不得不将其摧毁。一想到这点，我就羞愧难当。

袁庭甫目不转睛地看着屏幕，"那么我们是在推翻物理定律，还是在执行物理定律？"

艾莉森回答："都不是，我们只不过是在改变物理定律隐含的结果。"

袁庭甫轻轻地笑了，"好一个'只不过'。对于一些深奥难解的复杂系统，我们改写了系统行为的高阶规律。希望这些系统不包括人的大脑。"

我起了一身鸡皮疙瘩，"改变人类大脑的行为规律，你不觉得那……不太可能吗？"

"开个玩笑。"袁庭甫犹豫了一下，又严肃地补充道，"也许不太可能改变人类的大脑。但在某些地方，可能有某些生物正依赖着被我们改变的规律生存。也许我们的行为会完全摧毁他们存在的基础：那些东西对他们而言是那么确定、那么基础，就像我们小时候学的乘法口诀那样。"

艾莉森无法掩饰心中的轻蔑，脱口说道："那不过是些垃圾数学，是一场毫无意义的事故留下的遗迹罢了。对任何从简单形态进化到复杂形态的生命，那种数学都不可能有什么用处。我们的数学非常管用，对石头、种子、动物群、人类部落都管用。而那种数学只有当数字大于宇宙内的粒子总数时才会生效——"

"对较小的系统也可能生效，如果那些系统代表你说的大数。"我提醒她。

"你难道真的认为，某些地方的生命会迫不及待地做超天文尺度的非标准算术，否则就没法生存下去？对此我非常怀疑。"

我们都沉默了。以后再让心中的愧疚与解脱感慢慢争斗吧，至少现在我们中没人要求停止程序。毕竟用"缺陷"做武器可能造成的破坏实在太大，也许为了消除这种威胁，付出任何代价都是值得的。我迫不及待地想给工业代数写一封长信，一五一十地描述我们是如何将他们的野心彻底扼杀掉。

艾莉森指着屏幕的一角，"那是什么？"一根细长的暗色尖刺从不断缩小的命题团上伸出来。有一小会儿，我以为那只是远侧躲避近侧攻击的权宜之计。但事实并非如此。尖刺缓慢而稳健地逐渐增长，越伸越长。

"可能是测绘软件出错了。"我抢过键盘，将这部分结构放大。特写之下，我看出尖刺有几千个命题的宽度。在边界上，可以看到艾莉森的程序正在进攻：按设计好的顺序检验命题，将近侧的触须不断插入远侧深处。这条细长的尖刺仿佛是挤压出来的结构，它完全被近侧的数学包围，应该不到一秒钟就会被我们的程序吞噬才对。但某种东西正在积极反抗我们的进攻——它在不断修复每一寸失地，不让近侧的势力蔓延。

"就算是工业代数在搞鬼——"我转身对袁庭甫说，"他们也没有直接战胜'闪光'的实力，所以阻止远侧缩小是不可能的。但如果只是这样一个微小的结构的话——你怎么看？他们有能力让这个结构稳定存在吗？"

"也许能做到。"袁庭甫承认道,"用四五百台极速工作站就能做到。"

艾莉森狂敲着笔记本上的键盘,说道:"我在写一个补丁,它能找出任何系统性干扰,然后把我们的资源全部调过去对抗干扰。"她撩了撩挡住眼睛的头发,"布鲁诺,你站到我背后看着我的屏幕,好不好?我一边写,你一边帮我检查。"

"好的。"我把她写好的程序读了一遍,"没问题的。保持冷静。"我看到她的手在发抖。

尖刺继续增长,地图的比例尺不断缩小,好把它完整地显示在屏幕上。补丁终于写好了。

艾莉森开始运行补丁。尖刺罩上了一层电光蓝,表示我们的计算力现在集中在这个区域。尖刺突然冻住了,不再继续增长。

我屏住呼吸,等待工业代数发现我们的操作。他们会把资源调去别处吗?如果他们调走资源,应该不会再出现第二根尖刺,他们没有那么强的计算力。但电光蓝的区域应该移到别处,标出他们重新组织资源意图再造尖刺的地方。

然而,那团蓝光没有移动,仍停留在现存的尖刺上。尖刺没有消失的意思,尽管"闪光"正全力以赴、集中所有资源消灭它。

尖刺缓慢地动了起来——它又开始增长了。

袁庭甫脸色发白,"这不是工业代数所为,在这颗星球上,没有任何一台计算机能——"

艾莉森嘲讽地大笑起来,"你想说什么?远侧的外星人正在捍卫他们赖以生存的数学?哪儿来的外星人?我们的任何操作现在都还没来得及传到……连木星都还没到。"她的声音里带着一丝歇斯底里的意味。

"你测量过这些变化的传播速度吗?你确定它们真的不能超光速传播吗?绝对确定吗?要知道,远侧数学确实有可能破坏相对论的逻辑基础!"

我说道:"不管是谁在反击,他们并没在整条边界上全面反攻,而是把手上的所有资源都放在这根尖刺上了。"

"他们一定有什么目的。一个特别具体的目标。"袁庭甫伸手越过艾莉森的肩膀去抢键盘,"我们必须停止运行程序,立刻停止。"

艾莉森护住键盘,转身面对袁庭甫,"你疯了吗?我们就快击退他们的反攻了。让我重写一遍程序,做些微调,在效率上超过他们——"

"不,我们应该停止威胁他们,看对方有什么反应。我们不知道自己的行为到底会造成多大的伤害……"

他再次伸手去抢键盘。

艾莉森用手肘猛击他的喉咙,下手真够狠的。袁庭甫喘着粗气,踉踉跄跄地后退几步,摔倒在地,还被他自己带倒的一把椅子砸中。艾莉森发出毒蛇一般的嘶嘶声,对我吼道:"快点儿——让他闭嘴!"

我犹豫了。我们的团队分崩离析了。袁庭甫的意见在我看来完全合理,可如果他开口大叫警卫……

我蹲下,骑到袁庭甫身上,推开椅子,捂住他的嘴,用力推他的下颌,逼他向后仰着头。事到如今,我们只能把他绑起来,然后试试能不能在没有他的情况下明目张胆地从楼里走出去。可是,警卫应该用不了几分钟就会发现他。就算侥幸闯过安检门,我们也完蛋了。

袁庭甫喘过气来,开始挣扎。我笨拙地用膝盖压住他的双臂。我能听见艾莉森敲键盘的声音,那时快时慢的节奏牵动着我的心。我想转身看一眼工作站的屏幕,但那样袁庭甫就会挣脱。

我说道:"也许他说得对,或许我们应该暂时停下,看看会怎么样。假如这种改变能超光速传播……那这会儿已经有多少遥远的文明感知到我们的操作带来的效应了?我们人类第一次和地外生命接触居然是在尝试摧毁他们的数学,那套数学对他们来说……是什么呢?

珍贵的资源？神圣的遗迹？整套世界观不可或缺的重要组成部分？"

敲打键盘的声音突然停止了，"布鲁诺，你有没有觉得……"

"什么？"

沉默。

"什么？"

袁庭甫似乎已经放弃了挣扎。我冒着风险转过身。

艾莉森弓着背坐在那里，把脸埋在双手中。在工作站的屏幕上，尖刺已停止不懈地线性增长，但尖端上像开花一样绽放出一团复杂的枝状结构。我低头看了一眼袁庭甫，他根本不理会我的存在，似乎已被眼前的景象完全震住。我小心翼翼地移开手，不再捂住他的嘴。他平静地躺在地上，脸上似笑非笑，眼睛扫视着某种我看不见的东西。

我站起身来，把手放在艾莉森的肩膀上，轻轻地摇了摇她的身体。她把脸埋得更深了。尖刺顶端的奇异花朵还在生长，但并没有占领更多领土，只是不断抽出纤细的芽，向自己内部卷曲，以越来越精细的结构不断交错着填满同一块领域。

它在做什么？在织一张网吗？还是在探寻什么？

顿悟的惊雷击中了我。有生以来，我从未受过如此强烈的冲击。我仿佛回到了遥远的太初，重新经历了数字概念被创造出来的那一瞬间。但经历这一刻时，我仍拥有成年人的头脑和知识，我理解数字的诞生开启了什么，意味着什么。这启示如闪电般击中我，但一切都清晰明了，没有一丝神秘或迷惑：没有麻药般的朦胧欣快，也没有性快感般的冲动。在最简单的概念和最清晰的逻辑中，我看到并理解了世界运行的方式。

可那一切都是错的，都是假的，都是不可能的。

流沙。

我在眩晕中扫视整个房间，心中疯狂地数着：六台工作站，两个人，六把椅子。我又试着把工作站分组：三组，每组两台；两组，每组三台。一加五，二加四，四加二，五加一。

我交叉检查了十几次，确保一切没有矛盾——确保我没有丧失理智。一切仍然自洽。

他们没有偷走我们的数学，只是把他们的新数学灌进了我的头脑，让它与我们的老数学共存。

不管是谁在反抗"闪光"的进攻，他已成功利用那根尖刺触碰到我们，并稍稍改写了我们神经系统中的元数学——也就是决定我们的头脑如何进行数学推理的数学——好让我们理解自己试图摧毁的东西到底是什么。

艾莉森一言不发，但她在缓慢而稳定地呼吸。袁庭甫看起来挺好，似乎沉浸在快乐的冥想中。见同伴没事，我稍稍放松了一些。远侧的算术如潮水般涌入我的大脑，我开始试图理解它。

从他们的角度看，那些公理都很简单、很显然。我可以看出那些公理对应着一些关于超天文大数的复杂命题，但没有能力说出那些命题究竟是什么。硬要从大数角度理解那些公理描述的本质，就好比硬要用十进制展开的前一万位理解圆周率或二的平方根：这样做完全弄错了方向，搞错了重点。这些来自异域的"数字"——另类数学的基本对象——以它们自己的方式嵌入我们的整数，并以一种简单、优雅的方式彼此联结。如果在转化的过程中，产生了一些乱七八糟的推论，与我们的整数应该服从的规则相矛盾，那也仅仅是颠覆了一小块很遥远、很模糊的真理。

有人碰了碰我的肩膀。我吓了一跳，却见袁庭甫正亲切地对我笑着。刚才的争执和暴力已被抛在脑后。

他说道："光速不可超越的原理没有被违背。所有以此为前提的逻辑都完好无损。"我不知道他是如何得出这个结论的，只能相信他说得没错，要我证明这个结论，可能得花上几个小时。也许外星人向他传递信息的效率比向我传递信息的效率高；也许他的数学水平就是比我高，不管是我们的数学还是另类数学。

"那么——他们在哪里？"即使以光速传播，我们对远侧的攻击现在最多能传到火星，可对方阻挡我们侵蚀尖刺的策略显然是即时的，哪怕有几秒钟的时差，对方的防守也不可能成功。

"在大气层里？"

"你是说，在地球的大气层里？"

"不然呢？也可能在海洋里。"

我重重地跌坐在椅子上。这个结论也许并不比其他可以想象的解释更加奇异，但我还是不敢相信它意味着什么。

袁庭甫说道："从我们的角度看，这些外星生命的结构根本不算'结构'。最简单的单位也许包含数千个原子，代表一个超天文尺度的大数。这些原子甚至不一定要以我们能理解的常规方式结合在一起，它们可以打破我们的物理定律，服从另一套规则——另类数学产生的某种高级规则。人们常常遐想，智慧生命也许存在于某个遥远的巨大气体行星上，存在于行星经久不退的气旋里……但这些智慧生命并不在飓风或龙卷风里，它们就飘浮在最普通、最平静的空气里，像中微子一样是我们肉眼看不见的。"

"那它们应该是不稳定的——"

"只是我们的数学认为它们应该不稳定，但它们不服从我们的数学。"

艾莉森突然怒气冲冲地打断我们，"就算你们说的都对，但那又有什么用？不管'缺陷'是否支持着一整套隐形的生态系统，工业代数都会找到'缺陷'并加以利用。"

我一时哑然。我们很可能会证实人类正与一种从未被发现过的文明共享着地球，都这样了，艾莉森居然只关心工业代数的阴谋诡计？

但也许她完全正确。证实或证伪这些缥缈华丽的幻想需要很久很久，而在这之前，工业代数仍有可能造成数不尽的破坏。

我说道:"让测绘软件继续运行,但关闭进攻程序。"

她看了看屏幕,"不用了,进攻程序已经被制伏,或许他们破坏了支持进攻程序的数学。"远侧已经恢复到初始大小。

"那我们更没什么可损失的了。关闭程序。"

她照做了。不再受攻击后,那根尖刺开始收缩。我对远侧数学的那一点儿皮毛的理解也如露水般随之蒸发了。一阵失落刺痛了我的心。我想抓住刚才理解的东西,就像想要握紧空气一般,到头来只是徒劳。

最终,尖刺完全消失了。这时我说道:"现在让我们扮演工业代数的角色,试试把'缺陷'拉近。"

时间已经所剩无几,好在这个任务很容易完成。我们只花三十秒就修改了进攻算法,使其向相反方向进攻。

艾莉森设置了一个让攻击程序恢复初始版本的功能键。如果实验失败,只要按下它,"闪光"便会立刻调集所有资源,全力防守近侧。

我与袁庭甫紧张地对视了一眼。我说道:"也许这不是个好主意。"

艾莉森反对道:"我们必须搞清楚,如果我们帮远侧进攻近侧,对方会如何反应。我们先搞清楚,总比让工业代数先搞清楚强。"

她开始运行程序。

屏幕上的海胆开始缓慢膨胀。我紧张得出了一身汗。到目前为止,远侧并没有伤害我们。但此刻我们的所作所为仿佛用力拽着一扇门的把手,而这扇门是你确定、一定以及肯定不希望打开的灾难之门。

这时,一位技术员探头进来,轻快地宣布道:"两分钟后进行停机维护。"

袁庭甫说道:"很遗憾,已经没时间……"

突然,整个远侧变成了电光蓝色。艾莉森之前写的那个补丁侦测到系统干预。

我们将那块区域放大。"闪光"不断挑选较脆弱的近侧命题予以攻击，但同时另一种东西在不断修复"闪光"造成的破坏。

我仿佛被人勒住脖子似的，发出一声怪叫。也许那其实是一声欢呼。

艾莉森笑得很平静，"我很满意。工业代数没有任何可乘之机。"

袁庭甫若有所思地说道："也许出于某种理由，他们想尽力保持现状。也许他们的生存不仅依赖远侧，也依赖边界。"

艾莉森关闭了反向攻击程序。蓝光熄灭；两侧都不再进攻"缺陷"。虽然我们心中还有一千个尚未解答的疑问，但此时技术人员已经拉下总闸。"闪光"瞬间消失了。

坐车回城的路上，太阳冲破了天际线。出租车在酒店外停下，艾莉森浑身发抖地抽泣起来。我坐在她身边，紧紧地握着她的手。我知道，一直以来，她肩上的担子远比我肩上的沉重。

我付了车费。下车后，我们在街上站了一会儿，默默地看着人们骑着自行车来来往往。现在，我们的世界有了新的矛盾：外来的奇异与尘世的日常之间的矛盾，实用主义与柏拉图主义之间的矛盾，可见与不可见之间的矛盾。世界将如何拥抱这些新矛盾？此刻的我们，只能努力想象。

《闪光》，首次发表于美国《阿西莫夫科幻杂志》，1995年9月。

学习成为我

The Best of Greg Egan

阿 古译

被替换的我,是死还是活?

Awards
所获荣誉

1991 年 提名轨迹奖最佳短篇小说

1991 年 提名英国科幻小说奖最佳短篇小说

1991 年 获得英国《中间地带》杂志读者投票奖最佳短篇小说

1995 年 获得日本早川书房《科幻杂志》读者投票奖最佳翻译类短篇小说

2007 年 获得西班牙伊格诺特斯奖最佳翻译类短篇小说

2007 年 获得西班牙赫塔费电子暗黑奖最佳翻译类短篇小说

六岁时，父母告诉我，我的头颅里有一颗小小的黑宝石，正在学习如何成为我。

微型蜘蛛在我脑中织了一张细密的金丝网，好让宝石的指导器倾听我思维的低吟。宝石自身也能偷听我的感官，读取我血液里携带的化学信息素。它和我一样，会看、会听、会闻、会尝，对世界有着与我相同的感觉。指导器监视着宝石的思想，并与我的进行比较。每当两者出现偏差，指导器就会对宝石进行微调，用比思维更快的速度帮助它重回正轨。

为什么要这么做呢？因为当我不再是我时，这块宝石就能替我成为我。

我思索着：要是听到这些会让我感觉奇怪和眩晕，那这块宝石又会有什么感想呢？我自言自语地辩解着：它并不知道自己是那块宝石，它也在好奇那块宝石会有什么感想，它是否也在思索："它并不知道自己是那块宝石，它也在好奇那块宝石会有什么感想……"

它也会好奇……

（我知道，因为我就在好奇）

——它也会想知道：自己就是那个真正的我，抑或只是那块正在学习如何成为我的宝石？

身为一个心高气傲的十二岁男孩，我理应嘲笑那些幼稚的想法。每个人的头颅里都有一颗宝石，除了那些地下宗教团体的信徒。因此，要是有人质疑这种状况是否合理，简直就是一种不可容忍的自负。宝石就是宝石，只是日常生活的一部分，和排泄物一样平常。和朋友们在一起时，我们拿宝石开各种低俗的玩笑，越是这样，越说明拿它不当回事儿。

然而，我们并不像自己假装的那样迟钝和淡定。有一天，我们一群人在公园里游荡，其中一个小子，名字我忘了，但在我的印象中他

47

总是表现得机灵过头。他挨个问了我们同一个问题："你是谁？宝石，还是真人？"我们全都不假思索、义愤填膺地回答："当然是真人！"当最后一个人回答完毕，他咯咯直笑道："好吧，我不是，我是宝石。吃我的屎吧，你们这帮废物，因为你们将被冲进宇宙的马桶，而我将永生。"

我们狠狠地揍了他一顿，直到他头破血流。

十四岁时，尽管僵化枯燥的学校课程极少提及宝石，又或许正因如此，我花了更多心思去思考这个问题。当被问及"你是宝石还是人类？"，正确答案一定是"人类"——因为只有人类大脑具备回答机能。宝石能接收感官的输入，但不能控制身体，它意欲做出的回答和说出的答案碰巧相同，仅仅是因为整个装置就是对大脑的完美模仿。向外部世界宣告"我是宝石"——不管是口说、笔写，或用身体表达——都明显是个伪命题（就算是在脑海中默想也是如此）。

不过，从更广义的角度看，我觉得这个问题其实并不存在。只要宝石和人类大脑共享着完全相同的感觉输入，只要指导器使它们的思想保持一致，就只存在一个人，一个个体，一个意识。这个人不过是凑巧拥有这种极为理想的能力：如果宝石和大脑中有一个受损，他/她仍然可以生存下来，免受损害。人类的身体拥有两个肺叶、两个肾脏，而且在几乎长达一个世纪的时间里，很多人的胸腔装着两颗心脏。所以，有两个大脑也不足为奇，多一个冗余备份，就多一份系统安全，仅此而已。

就在这一年，父母觉得我的心智已经足够成熟，是时候知道他俩已经在三年前完成了切换。我假装平静地接受了这个消息，但一想到他们居然没有及时告诉我，心里就恨透了他们。他们当时假装去海外出差来掩饰住院。都三年了，原来我一直在和两个宝石脑袋一起生活，他们居然瞒了我这么久。可真是一对称职的父母啊。

"我们看起来没什么两样,对吧?"母亲问道。

"没错。"我实事求是地回答,可心中不禁喷涌出一股愤懑。

"我们不告诉你,"父亲说道,"是因为如果你当时就知道我们做了切换,必然会疑神疑鬼,总觉得我们的行为模式有异样。等到现在才告诉你,就更容易让你相信我们还是和以前一样,一点儿也没变。"他伸出一只胳膊,抱住我。我差点儿尖叫出声:"别碰我!"还好我及时提醒自己:切换成宝石其实没什么大不了的。

在他们坦白之前,我早该猜到他们已经完成了切换;毕竟我很早就知道,大多数人刚过三十岁就会做切换。因为过了三十岁,大脑就开始走下坡路了,让宝石把这种衰退也模仿了去是很不明智的。于是,人们重新链接神经系统,把身体的控制权转交给宝石,将指导器拆除。在接下来的一个星期,把大脑发出的神经脉冲信号与宝石发出的信号进行比较,就会发现此时的宝石已经成了大脑的完美备份,无法侦测到任何差异。

然后大脑就会被移除并丢弃,取而代之的是一块海绵状的组织培养物,它的形态与大脑完全相同,精确得连毛细血管都一样,却已经像肺和肾脏那样不会思考了。这颗假脑从血液中消耗氧气和葡萄糖的数量与真脑完全一致,能忠实地执行许多低级的基本生化功能,但过一段时间后,也会和人体器官一样衰竭,需要更换。

然而,宝石是永生的。只要不掉进核爆炸的火球里,就能存续十亿年之久。

我的父母是机器。我的父母是神。这并不稀奇。我恨他们。

十八岁时,我坠入爱河,又变回了一个孩子。

我和爱娃在沙滩上共度了很多个温暖的夜,绝对无法相信一台机器能有像我这样的感受。我当然知道,倘若此刻是宝石在控制这具身体,肯定会说出和我一样的话,而每一下羞涩的爱抚,也能表现出一样的温柔和笨拙。但我绝对不会相信它的内在世界会和我一样丰富、神秘和愉悦。性爱，无论多么愉悦，都是一种纯粹的生理机能，但在我和爱娃之间有某种无形的纽带，无关欲望，无关言语，也无关身体的缠绵。浓情蜜意之后，我们静静仰望头顶夜空中寥寥可数的星辰，我们的灵魂升华了，共同到达了一个神秘的境界，紧紧地结合在一起。那个境界，任凭那颗宝石计算机拼命运算十亿年也无法企及。如果我将这些话讲给十二岁时的自己听，那个敏感又爱开玩笑的家伙一定会笑到吐血吧。

这时的我已经知晓，宝石的指导器并不会监听大脑的每一个神经元。全面监听是不切实际的，不仅缺乏足够的运算能力去处理海量数据，还会对大脑组织造成物理干扰。因为只需对特定的关键神经元进行采样，得出的结果就能与全面采样相差无几——而且基于一些非常有说服力的假说——利用严格的数学模型就能把偏差限定在一定的区间内。

一开始，我坚持认为：无论那些偏差多么微小，都标志着大脑和宝石、人类和机器、真实的爱与仿造的爱之间存在差异。但爱娃立刻指出，根据采样密度来推断两者的本质区别是极其荒谬的：要是下一代的指导器能采样更多的神经元，将偏差值减半，那么这颗宝石会变成"半机器、半人类"吗？无论从理论还是实际情况来看，偏差值都会不断缩小，小到可以忽略不计。可难道我真的认为仅靠那百万分之一的差异，就会造成什么差别吗？要知道，人脑每天都有成千上万的神经元在代谢。

她说得没错，当然了。但我很快就发现另一个更有力的论据，于是辩解说：宝石内部所谓的"神经网络"其实就是一些粗制的光学开关，而人体执行同等功能的神经元内部却具有更复杂精密的结构。神经元是否发射脉冲仅仅反映其活动的一个层面，谁又知道有哪些微妙的生化反应影响了人类意识的本质呢？比如特定有机分子活动中的量子力学。仅仅把抽象的神经拓扑图复制下来是不够的。宝石的确能通过愚蠢的图灵测试——外部观察者不会发现它并不是人类——但这并不能证明宝石能达到人类的意识水平。

爱娃问："这是不是意味着你永远不会做切换,而是把宝石移除掉?当大脑开始老化,你会选择自然死亡吗?"

"也许吧。"我回答,"在九十岁或者一百岁时自然死亡,总好过在三十岁时自杀、让一台机器取代自己的位置,让它在那儿走来走去、假装是我。"

"你怎么确定我就没有切换呢?"她咄咄逼人地问道,"你怎么知道,我现在就没有'假装是我'呢?"

"我知道你还没有切换。"我挑了一下眉毛,"就是知道。"

"你怎么知道?我看起来会和以前一样,说起话来和以前一样,行为处事也和以前一样。现在很多人在更年轻的时候就选择了切换,你怎么知道我没有?"

我侧过身,盯着她的双眼说:"心灵感应,魔法,灵魂对话。"

这时,我那十二岁的自我开始窃笑,但我已经懂得该如何打发走他。

十九岁时,我主修金融专业,还选修了哲学课。但哲学系根本不讨论恩多利装置,就是大家常说的"宝石"(恩多利先生本人把这个装置称为"对偶体",但最后还是"宝石"这个偶然叫开的形象绰号流行了起来)。

他们讨论的是柏拉图、笛卡尔、马克思,或者圣奥古斯丁——追求更现代、更大胆的话题时,他们会讨论萨特,但却不肯承认听过哥德尔、图灵、汉姆生、金在权的名字。

我实在沮丧至极,便在一篇关于笛卡尔的论文里写道:把人类意识视作在有机大脑和光学晶体中都能顺畅运行的"软件",实际上是倒退回了笛卡尔的二元论[1]，用"软件"充当"灵魂"。导师在我阐述这一观点的每个段落上，都干净利落地画上了发光的红色斜杠，并在页边批注：胡说八道！（用的是竖排加粗的20号"Times"字体，每个字还带了两赫兹的闪光特效，以彰显蔑视之情。）

后来我退了哲学课，改选了一门为非专业生开设的光学晶体工程学课程，学到了许多固态量子力学知识，也学到许多神奇的数学知识。我还了解到，有一种叫作"神经网络"的装置专门用于解决难以理解的复杂问题。一个灵活性足够高的神经网络能够通过反馈调节模拟任何系统——根据输入信号模式生成相同模式的输出信号——然而，做到这一点却对理解被模拟系统的内在机制毫无助益。

"理解是一个被高估的概念。"导师说道，"事实上，没有人能理解一个受精卵是如何发育成人的。但我们该怎么做呢？难不成要等到个体发育过程能被微分方程精确描述出来再生育吗？"

不得不承认，她说得很在理。

这时我终于意识到，自己思考的这些问题别人也无法解答。我本人的智识水平很一般，就算继续钻研下去也不会有结果。于是，接下来的选择就很简单了：要么继续浪费时间，为意识的秘密而烦恼；要么像别人那样，停止无谓的忧虑继续生活。

二十三岁的时候，我娶了达芙妮。爱娃已经成了一个模糊而遥远的回忆，灵魂的交织也早已被淡忘。那时达芙妮三十一岁，是家商业银行的经理，在我读博士期间雇用了我。每个人都说这场婚姻对我的事业大有帮助，而她从中能获得什么我就不太清楚了。也许她是真心喜欢我。我们的家庭生活非常和谐，情绪低落时也会互相安慰，就像

---

1. 该理论认为：意识和物质是两种绝对不同的实体，二者彼此完全独立，不能由一个决定或派生另一个。

一个心地善良的人会去安慰不开心的小动物那样。

达芙妮还没有做切换。她不断找借口拖延，月复一月，借口也变得愈发可笑。我取笑她，仿佛自己内心就从未做过斗争似的。

"我怕，"一天晚上她坦白道，"要是切换时我死了，那可怎么办？要是切换后留下的是一个机器人，一个傀儡，一具没有思想的躯壳，那怎么办？我不想死。"

这些话让我很难为情，但我并没露出声色。"假设你得了中风，"我顺口说道，"一小部分大脑受损，然后医生植入了一台机器来恢复受损区域的功能。你还是原来的'你'吗？"

"当然是了。"

"那么，假设这样的植入手术实施了两次，十次，甚至一千次——"

"那就不一定了。"

"哦？那么在哪个神奇的节点，你变得不再是'你'了呢？"

她瞪了我一眼，"这些都是老掉牙的——"

"既然只是些老掉牙的论调，就驳倒它们吧！"

她哭了起来，"我才不要和你争论。你这混蛋！我怕得要死，而你根本不关心我！"

我将她拥入怀中，"别哭了，抱歉。每个人都迟早要做切换的。你不必害怕，有我在你身边。我爱你。"这些话就像预先录好的一样，她的眼泪一流下来就开始自动播放了。

"你会切换吗？和我一起，好吗？"

我顿时一个激灵，"你说什么？"

"同一天去动手术，你愿意和我一起吗？"

很多夫妇都这样做，比如我的父母。有时候，这样做无疑标志着爱、承诺与相互分担。但我也敢肯定，有时候更现实的理由是：还未切换的人并不愿与一颗宝石脑袋生活在一起。

沉默了一会儿后，我说道："当然了。"

接下来几个月，达芙妮感受到的那些恐惧，那些曾被我嘲笑为"孩子气"和"迷信"的感觉也开始深深困扰着我，我自己那些"理智"的辩解变得抽象而空洞。我在最后一刻退缩了，我拒绝麻醉，逃离了医院。

达芙妮先进了手术室，并不知晓我已经抛弃了她。

那以后我再也没见过她。我无颜面对，辞了工作，远离这座城市长达一年之久。懦弱和背叛让我深感内疚，但顺利逃脱又让我无比欣喜。

她去法院起诉我，但几天后就撤诉了，还通过律师表示同意离婚。离婚协议正式生效之前，她寄给我一封短信：

其实，没什么好怕的。我仍然是以前的我。先前的拖延太不明智了。我战胜了心中的疑虑，现在活得轻松极了。

爱你的机器人妻子，
达芙妮

到了二十八岁时，我认识的人几乎都做了切换。大学时代的所有朋友都做了；工作上有个新结识的同事，即使只有二十一岁也做了切换。我从一个朋友的朋友那里得知，爱娃在六年前就完成了切换。

而我越是拖延，就越难下决心。我可以找一千个已完成切换的人交谈，可以盘问最亲近的朋友几个小时，询问他们各自的童年回忆，探查那些最私密的想法。但无论他们的回答看似多么真实可信，我都知道：恩多利装置已经在他们的大脑里埋设了几十年，已经学会了如何伪装而不露破绽。

当然我一直确信，即便是从未做过切换的人，其内心世界也不见得和我相仿。但话说回来，对那些还没被医生刮空脑袋的人报以更多信赖，似乎也无可厚非。

我远离了朋友，不再寻找恋人，开始在家工作（我主动加班，提高效率，所以公司倒不介意我在家办公）。因为如果无法确定对方是"人"，我是无法与其共事的。

然而，我并不是个例。我很快就发现有好几十个组织专门招募未经切换的人。组织性质五花八门，有社交俱乐部，就跟离婚俱乐部差不多；也有比较激进的带军事化色彩的"抵抗阵线"，那些人觉得自己的生活就是现实版的《人体异形》[1]。在我看来，就连那些社交俱乐部的会员也算是一帮极端的社会边缘人士。虽然许多会员和我心存同样的忧虑，但听到自己的想法从别人口中吐露出来，总让我感觉非常怪异。我和一位四十出头、未做过切换的女人有过一段短暂的情愫。但我们在一起时，谈论的都是对切换的恐惧。这一切都散发着让人窒息的病态气息。

于是我决定寻求心理咨询师的帮助，但我不愿意找做了切换的家伙。当我终于找到个未切换的，她却试图说服我帮她一起炸毁一座发电厂，好让"他们"见识一下到底谁才是这个世界的主人。

我每晚都会在床上静静地躺上好几个小时，试着从各个角度说服自己。可越是琢磨，这些疑问就愈发扑朔迷离起来。"我"到底是谁？既然我的个性和二十年前截然不同，那"我""仍然活着"究竟是什么意思？从前各阶段的我其实都已经死了——我对从前那些自我的记忆甚至不如对现在生活中的泛泛之交印象清晰——但遗忘自我并没给我带来多少不适。和我此生经历的所有变化相比，有机大脑的毁灭也许根本不值一提。

但又或许不是。或许大脑一被销毁我就彻底死了。

---

1. 曾在1956年和1978年上映的美国科幻恐怖电影，讲述了外星人复制人类，想要掌控地球的故事。

有时候，我无比恐惧，一边颤抖一边哭泣，感到孤独绝望又迷惘。虽然无法破解这令人头晕目眩的自我消亡之谜，但我仍然无法停止思考。有时候，我对这种无聊的事情只是报以"适度的"厌恶。有时候，我坚信宝石的内在本质是人类面临的所有问题中最重要的一个。每一天都有成千上万的人做切换，但显然这个世界仍在正常运转。这样的事实当然比抽象的哲学更具说服力吧？

最终，我预约了切换手术。毕竟，我还有什么可以失去的呢？难道再熬上六十年，让自己继续在犹豫和妄想中沉沦？要是人类正将自己替换成上发条的自动机器，那我还不如早点儿死了好；我缺乏对事物的盲目崇拜，不适合加入极端地下组织——只要安分守己、不惹事端，当局就会容忍这些组织存在。再说了，要是我的恐惧只是空穴来风呢？要是我的自我意识能挺过切换，就像曾经无数次挺过入睡和行走时的消耗，挺过大脑细胞的不断凋亡，历经每一次成长，不断去体验、学习和遗忘——到那时，我不但能获得永恒的生命，还可以一劳永逸地终结自己的疑虑和孤独感。

一个星期天的早晨，离动手术还有两个月，我在网上购买食物，翻看一家在线杂货店的商品目录。突然，一种最新研制的基因改良苹果吸引了我，那令人垂涎欲滴的模样让我决定购买半打。但我并没有买，而是点击查看下一项商品。点错了？这好办，只要按一下返回键，就能回到苹果的页面，可屏幕显示的却是梨、橘子、西柚。我想低头看看笨拙的手指在搞什么鬼，但眼睛却仍然盯着屏幕。

我开始慌了，想站起来，可腿不听使唤。我想大声喊叫，可喉咙发不出声音。我没有感到疼，也不觉得虚弱。难道是我瘫痪了？大脑受损了吗？但我仍然能感觉到自己的手指正放在键盘上，脚跟正搁在地毯上，后背正靠着椅子。

我眼睁睁地看着自己购买了菠萝。我感觉自己站起来伸了个懒腰,然后冷静地走出了房间。在厨房里,我喝了一杯水。我本应瑟瑟发抖,被水呛得喘不过气来。但清凉的液体从我的喉咙平缓滑过,没有溅出一滴。

唯一能想到解释就是:我已经被切换了。是自发完成的切换。宝石已经接管我的身体,而我的大脑还活着;所有最偏执、最恐怖的噩梦都成真了。

我的身体继续着星期日早晨的日常活动,我的内心却无助地陷入幽闭之中。尽管所做的一切都是我原计划要做的,但这丝毫没让我好受一分。我搭火车去了海边,游了半小时泳;可我宁愿自己抡起斧子到处砍杀,或者像狼一样赤身裸体地在街上滚爬号叫,全身糊满自己的粪便。我已经失去了控制。我的身体变成了行尸走肉,而我却不能挣扎,不能尖叫,甚至不能闭上自己的眼睛。在火车的玻璃窗上,我看到自己模糊的映像,不禁纳闷在这张苍白平静的脸庞下,究竟是怎样的意识在操控一切?而它到底在琢磨些什么呢?

游泳对我来说,就像一场感官增强版的全息噩梦。我的身体已不受自己控制,被任意摆布。身体传来的神经信号是那么熟悉,却只让这体验变得更糟。我的胳膊不该这样懒洋洋地划水。因为我想要做的,是像一个溺水的人那样拼命挥舞手臂,向这世界宣泄我的压抑。

当我躺在沙滩闭上双眼,才开始理性地思考自己的处境。

切换不可能"自发地"发生。这个想法太荒唐了。再等两个月才会有无数微型外科机器人注入我的大脑,将上百万的神经纤维切断并重新绞接,到那时才会完成切换。而现在,根本还没注射那些机器人呢。没有蓄意干涉,恩多利装置是彻底被动的,除了监听什么也做不了。即使宝石或者指导器出现任何故障,宝石也不可能僭越大脑,直接接管身体。

可显然确实出现了某种故障——但我第一时间的猜测是错误的,大错特错。

豁然开朗的那一刻,我真希望自己能做点儿什么。我想蜷成一团,呻叹,尖叫,撕扯自己的头发,狠狠用指甲抓剜自己的皮肉。然而,我仍然懒洋洋地仰面躺在阳光下的沙滩上,右膝弯处有点儿痒,但我显然懒得伸手去挠一下。

当我意识到自己就是那颗宝石,真忍不住想要发出歇斯底里的狂笑。

指导器出故障了。它不再让我与大脑保持同步。我并非突然失去了对身体的控制,只是一直以来都无法控制罢了。我的意愿——想要控制"我的"身体,与世界互动的意愿——一直都是直接堕入虚无的,因为我无时无刻不受指导器的控制和"修正",使我的意愿总与"我的"那些行为相吻合。

此刻,有一百万个问题值得思考,有一百万个令人啼笑皆非的地方值得玩味,但我并不能这样。我必须将精力集中于一个问题,因为我的时间已所剩无几。

当我在医院接受切换手术时,只要我传递的神经脉冲与大脑发出的不完全一致,指导器的故障就会被发现并修正。大脑没什么好怕的;他的存续受到严格的保障,是神圣不可侵犯的。谁会胜出毫无悬念,我会再一次屈服。我会被"修正",被谋杀。

可这又有什么好怕的。一方面,在过去的二十八年里,我不是每一微秒都在死去吗?另一方面,我真正独立存在的时间仅是指导器出故障的这七个星期而已。而再过一个星期,有关这个偏差的噩梦就该结束了。我马上就能获得永生,这两个月只是一场彷徨失落的体验,又何必感到惋惜呢?除非那永恒的生命并不属于我,我所拥有的,只是这两个月的痛苦折磨。

纠结和自我辩解是永无止境的。最终,我只能依靠自己的绝望意志求生。我并不觉得自己是偏差或者可以随意抹杀的漏洞。但我如何才能生存下去呢?必须发挥我自己的自由意志才行。我必须让自己表现得与大脑一致，就像他们一直胁迫我做的那样。

二十八年的亦步亦趋肯定能让我成功欺瞒下去。只要我仔细研究每一条通过共享感知传递来的线索，肯定能感同身受地与他暂时跨越那条分歧的鸿沟，强迫自己回到同步状态。

但那会很艰难。就在我觉醒的那一天，他在海滩上邂逅了一个叫凯茜的女人。他觉得自己爱上了她。至少他当面亲口表白过，还曾趁她熟睡在她耳边低语。不管其中几分真假，他把对她的爱写进了日记里。

可我对她没有任何感觉。她的确是个挺不错的女人，但我根本不了解她。我自己已深陷困境，并没怎么注意听她说话。对我而言，与她相处更像是情非所愿的偷窥。我认识到问题所在，一直竭力模仿那个和我渐行渐远的"自我"，试着对她抱有同样的情感。但我俩根本不能交流，她压根儿就不知道我的存在，我又怎能爱上她？

要是她真的令他魂牵梦萦，但对我却是一个危险的障碍，我又怎能妄想继续用完美的模仿来逃避毁灭呢？

此刻，他正在睡觉，所以我也得睡去。我感受着他的心跳和缓慢的呼吸，希望能与之节奏一致。可过了会儿，我就灰心了。也许连我做的梦也会和他有所不同吧。我们的分歧是不可消除的，我的目标既可笑又可怜。难道真妄想着精确模仿每一次神经脉冲，整整模仿一个星期吗？我一面害怕被发现，一面又要努力控制脉冲反馈，这必定会扭曲我的输出值，由谎言和恐慌打成的死结是根本无法掩藏的。

睡意蒙眬之中，我又突然自信会取得成功。我必须成功。睡梦中有一些模糊的图像掠过，既奇异又平常。最后，我看见一粒盐穿过一个针眼，便忘却了所有恐惧，陷入无梦的虚无。

我直勾勾地盯着白色天花板，在眩晕和困惑中，努力摆脱那个恼人的想法，不让自己去思考。

我小心翼翼地捏了捏拳头。手掌跟随我的意愿蜷曲，这个奇迹让我大受鼓舞。然后，我想了起来。

直到最后一分钟，我仍然担心他会放弃手术——但他没有。凯茜在一旁安慰，叫他不要恐惧。要知道，凯茜已经做了切换，而他对她的爱更甚于以往。

这么说，我们的角色已经倒转了。现在，在这具身体里，他成了旁观者……

我浑身直冒冷汗，绝望而无助。我不能读取他的想法，猜不透他想做什么。我是该动还是不动？是该大叫还是保持安静？尽管监测我们的计算机程序会忽略无关紧要的偏差，可一旦他注意到自己的身体已不再执行他的意愿，也会像我一样惊恐，我就更来不及做出正确的猜测，和他保持同步了。他会像我现在这样汗流浃背吗？会像我现在这样呼吸急促吗？不，我已经醒来三十秒钟，早已暴露了自己。一条光纤从我的右耳下连接到墙上的一块面板。在某处，一定已经响起了警铃。

要是我落荒而逃，他们会怎么做呢？使用武力？我可是公民，难道不是吗？宝石脑袋享有全面的合法权利已经长达数十年之久了。未经我本人同意，外科医生和工程师不能动我分毫。我试图去回忆他签署的弃权声明书里的那些条款，但他当时只是随便一瞥。我扯了扯那根把我牢牢束缚住的光纤，可根本扯不动，两头都拴得牢牢的。

门开了。有那么一会儿，我以为自己会崩溃，但又竭力镇定了下来。进门的是给我动手术的神经科专家普莱姆医生，他微笑着问道："感觉怎么样？还不错吧？"

我木讷地点了点头。

"对大多数人来说，最让他们恐慌的，是根本察觉不出什么异样！这会儿你肯定在想：'不可能就这么简单！不可能就这么轻易！不可能就这么平常！'但很快你就能接受现实了。生活照旧，并没什么异样。"他笑着,和蔼地拍了拍我的肩膀,便转身离开了。

已经过去好几个小时了。他们在等什么?此刻,证据必定很确凿了。也许还要走一些流程,需要咨询法律和技术专家,召集道德委员会来决定我的命运。我一身冷汗,瑟瑟发抖。有好几次,我抓住那根光纤,使出全身力气狠拽,但光纤的一端被封进了水泥墙里,另一端则紧紧地拧进了我的头颅里。

一名护理员给我端来吃的。"高兴点儿,"他说道,"很快就到探访时间了。"

之后他拿来一个便盆,但我紧张得尿不出来。

凯茜看到我时,皱了皱眉,问道:"怎么了?"

我耸耸肩,颤抖着挤出一个微笑,疑惑自己为何还要装模作样,"没什么。我只是……有点儿不舒服,没别的。"

她抓起我的手,俯身在我嘴唇上吻了一下。我发现自己立刻不由自主地勃起了。她仍然俯在我身上,微笑着说道:"都结束了,对吧?没什么好怕的。你有一点儿惊慌,但心里很清楚,你仍然是原来那个你。我爱你。"

我点了点头。我们又交谈了几句,她便离开了。我歇斯底里地轻声对自己说:"我仍然是原来那个我。我仍然是原来那个我。"

昨天,他们把我的大脑掏得一干二净,植入了无感知的填充假脑。

现在的我已经比之前两个月冷静了许多,终于能把整件事情拼凑起来,弄清自己为何能逃过一劫了。

在切换和销毁大脑之间的这一周里,他们为什么要关停指导器呢?销毁大脑时肯定要关停,但为何要提前整整一周?或许是为了向人们保证:宝石在未受监控的情况下仍能保持同步,从而说服人们宝石将像原来的大脑"应当"的那样继续生活——不论那究竟是怎样的生活。

可是，为什么只提前一个星期呢？为什么不提前一个月或者一年呢？因为宝石不能保持同步状态那么久——并不是存在漏洞，恰恰相反，正是出于这种特性，宝石才如此有使用价值。宝石永生不灭，大脑却在不断衰退。宝石对大脑的模仿故意忽略了这一事实。真正的神经细胞会凋亡，而指导器不让宝石同步退化，微小的分歧必然就会产生。对刺激做出的反馈只要有几微秒的偏差就会引起怀疑——这点我很清楚——从那时起，分歧就已不可逆转了。

毫无疑问，五十年前一定有顶尖的神经科专家团队围坐在电脑屏幕前，对着一张偏差值的概率表苦苦思索。这种偏差会随着时间流逝而改变，但他们为什么最后选了一星期作为期限呢？到底多大的偏差率是可接受的？千分之一？万分之一？十万分之一？他们必然会尽量减少危险系数，选出一个足够低的值，将全球范围内发生偏差的概率控制在极低的程度。每天就有二十五万人进行切换，很难想象要选出那个最合适的数值是何其困难。

在任何一家医院，十年间可能只有一例或者百年间只有一例会出现偏差。但每家医疗机构仍然需要制定相关政策应对这样的突发事件。

那他们会怎样选择呢？

可以遵守协议条款，再一次启动指导器，将原本满意的客户擦除，再让饱受精神折磨的大脑重获身体控制权，给对方机会在媒体和法律界人士面前大肆宣扬自己遭受的磨难。

或者，默不作声地删除电脑里有关偏差的记录，冷静地除掉那唯一的证人。

这么说，我真的获得了永生。

在五十到六十年内，我将接受数次移植手术，最终更换整个身体。但无须担心——我不会死在手术台上。在未来的一千年左右,我需要添加额外的硬件来满足记忆存储的需求,但我确信升级过程是安全无虞的。虽然在百万年的时间尺度上,宇宙射线会破坏宝石的内部结构,但只要定期把自己无误差地转录到一块新的水晶上,就能规避风险。

理论上,现在的我至少已经获得观看宇宙坍缩或热寂[1]演出的入场券。

当然,我把凯茜甩了。也许我应该试着喜欢她,但她让我紧张,一想到自己是在扮演原来的"我",就感到浑身不自在。

对于那个声称爱她的男人——那个在最后一周的时间里,陷入无助、惊恐,被步步紧逼,在窒息中死去的男人——我也不知道自己该抱有何种感想。也许我应当略表同情,毕竟自己也曾担忧遭遇同样的厄运。但对我来说,他并不真实。我知道自己的大脑以他为雏形——也可以说他就是我的前身吧。但除了这一点,他不过是个苍白虚无的影子而已。

毕竟,我根本不知道他的自我、他内心最深层的世界,以及他存在时的体验是否与我有一丝相似。

《学习成为我》,首次发表于英国《中间地带》杂志第37期,1990年7月。

---

1. 宇宙坍缩是物理学家提出的一种机制,预测宇宙很快就将停止膨胀,开始坍缩,同时所知的一切物质也将因此消失;热寂是猜想宇宙终极命运的一种假说。根据热力学第二定律,作为一个"孤立"的系统,宇宙的熵会随着时间的流逝而增加,由有序走向无序,当宇宙的熵达到最大值时,宇宙中的其他有效能量已经全部转化为热能,所有物质的温度达到热平衡。这种状态即为热寂。这样的宇宙中再也没有任何可以维持运动或是生命的能量存在。

植入的公理

刘文元 译

人的意识始终是宇宙中最令人震惊、最神奇和最神圣的东西。

所获荣誉

1991 年 提名轨迹奖最佳短篇小说
1991 年 提名英国科幻小说奖最佳短篇小说
1991 年 提名英国《中间地带》杂志读者投票奖最佳短篇小说
1997 年 提名西班牙伊格诺特斯奖最佳翻译类短篇小说

"……就像把你的大脑冷冻在液氮里，然后砸得粉碎！"

我费力挤过那群在植入商店门口闲逛的青年。显然，他们迫切希望哪个全息新闻摄制组能立刻出现，采访他们此时为何不在学校。当我经过时，他们全都做出呕吐状，仿佛我这个过了青春期、衣着死板的家伙能让他们恶心得生理不适似的。

好吧，或许的确如此。

商店里几乎空无一人，内部陈设让我联想到影碟店：它们的商品陈列架毫无二致，很多经销商的商标也是一样的。每个架子上都贴有标签：幻觉、冥想治疗、动力成功学、语言与专业技能。虽然每种植入物的直径还不足半毫米，但它们都被装在如老式书籍般大小的包装盒里。包装盒上印着花哨的图样，有的配着几行取自营销秘籍的陈词滥调，有的则印着明星代言人的夸张广告语："变成上帝！变成宇宙！""终极领悟！终极知识！终极之旅！"当然还有那句亘古不变的："这款植入物改变了我的生活！"

我拿起一个印着"你超棒！"的硬纸盒包装——它的透明保护膜上有几道亮闪闪的指纹，那是别人留下的汗渍——然后呆呆地想：假如我买下并使用它，我真的会相信自己很棒，哪怕有再多表明我很逊的证据，也根本无法改变这个想法？我把它放回架上，搁在"爱你自己十亿次"和"立即拥有坚强意志，立即获得巨大财富"旁边。

我十分清楚自己来这里要买什么，也知道它不会被展示出来。但我还是继续随便看了会儿，因为确实很好奇。而且，我还想多给自己一点儿时间，好再想想这么做意味着什么，让自己恢复理智，然后逃离这里。

"联觉"的封面上有一个欣喜若狂的男人，他的舌头上有一道彩虹，眼球则被五线谱刺穿了。它旁边那款"头脑极限风暴"扬言能带给你"匪夷所思的精神状态，甚至在你亲身体验之时，都说不清那究竟是什么状态！"开发植入技术的初衷是为商务人士和游客提供即时的语言技能,但其销量惨淡至极,最终被一家娱乐集团收购。此后,该集团推出了第一款面向大众的植入产品,那是一种把电子游戏和致幻药混合到一起的产物。这些年来,植入物越来越丰富,能提供各色迷惑或改变大脑感观的功能。但这一代植入产品也就只能止步于此了,因为对神经连接的扰乱超过一定程度后,使用者就再也体验不到那种奇异感了,而且在恢复正常后,他们也几乎什么都不会记得。

下一代植入物的首批产品——亦即我们所谓的"公理"——都与性有关。毕竟严格说来,这显然是最容易打开市场的领域。我走到色情区,想看看有什么在售的,或者至少是了解下都有哪些商品能合法展示出来。同性恋、异性恋、自慰、各式各样的恋物癖,以及对身体部位的色情癖。我不明白为什么会有人选择重新连接大脑神经,让自己本来觉得厌恶、可笑或无聊透顶的行为变成超乎寻常的渴望?是为了遵从伴侣的需求吗?也许吧。然而,这般极端的顺从是难以想象的,按理说应该很小众,压根儿没法解释为何会有如此大的市场规模。难道是为了开启自身的另一重性身份?在没有植入物帮助的情况下,他们只会愈加痛苦和困扰,因此才想借植入物来战胜羞耻、犹豫不决和对自己的强烈反感?每个人都有自相矛盾的欲望,对某样东西既渴望又排斥,这真的会让人感到厌烦。我完全理解这一点。

下一个架子上是各种宗教信仰植入物,从阿米什到禅宗[1]一应俱全。(以这种技术使自己像阿米什信徒那样,对技术产生反感当然也没问题;不管多么不可思议,几乎所有的宗教植入物都能让使用者欣然接受其中的自相矛盾之处。)甚至还有一款名为"世俗人文主义者[2]"的植入物("你绝对会对这些不证自明的真理深信不疑!")。不

---

1. 阿米什是由德裔瑞士移民后裔组成的传统、严密的宗教组织,过着与世隔绝的生活,通常被认为拒绝使用现代科技;禅宗是注重冥想的佛教派别之一。
2. 世俗人文主义认为,不管是宗教的还是政治的思想体系,都必须由每一个人来彻底检验,而不能凭信心来接受或者拒绝。

过,没有"犹豫不决的不可知论者"植入物,显然怀疑自己是没有市场的。

我在这个货架旁逗留了一两分钟。只需五十元,我就能买回童年时弃绝的天主教信仰。这种做法并不会得到教会认可。(最起码不会公开赞成。若是去探究是谁在出资支持这款产品,那可就有意思了。)但我得承认,自己最后还是没有接受它的诱惑。也许重获天主教信仰的确能解决我的问题,可这并非我想要的那种解决方式。毕竟我来这里就是为了用自己的方式解决问题。使用植入物非但不会使我丧失自由意志,反而能使我更坚定。

最后,我抵住诱惑,走近销售柜台。

"先生,有什么可以帮您的?"年轻售货员对我露出灿烂的笑容。他看起来无比真诚,好像真的很热爱这份工作似的,我是说,真像真的。

"我来拿一件特制产品。"

"先生,您贵姓?"

"卡弗。马克·卡弗。"

他把手伸到柜台下取出一个包裹——幸亏那东西已经用一种不起眼的棕色包装给包了起来。我用现金支付,带的钱一分不多、一分不少:399.95元。二十秒后,交易完成。

我离开商店,既欢欣鼓舞,又疲惫不堪。这下终于松了口气,至少我总算买到了这该死的东西。它现在就在我手里,没有引起任何人的注意。我要做的,就是决定是否使用它。

往火车站方向走过几个路口后,我将包裹扔进垃圾箱,但紧接着,我又回头把它捡了回来。我经过两名穿盔戴甲的警察,感觉他们正透过镜面护甲紧盯着我,但我携带的东西是完全合法的。这种植入物只不过会让自愿选择使用它的人产生某种特定的信仰,政府怎能禁止呢?若非要禁止,那岂不是应该把那些无须植入物、本就拥有这种

69

信仰的人也一并抓起来？实际上，禁止植入物是相当容易的，因为法律不必非得逻辑一致。不过，植入物制造商已经成功说服了公众：限制他们的产品，就意味着政府迟早会变成公民的思想警察。

回到家时，我已经无法自持地浑身颤抖起来。我把包裹放在餐桌上，然后在屋里踱来踱去。

我得承认，这么做并非为了艾米。诚然我仍深爱着她，仍在为她哀痛不已，但这并不意味着我的所作所为就是为了她。我绝不会用这个谎言玷污对她的怀念。

事实上，我做这件事是为了让自己将她忘却。五年了，我对她的爱已经毫无意义，就算再悲痛也已无济于事，我不想一辈子沉沦在这种情绪当中。谁也不能因此就指责我冷酷无情。

她死于一次持枪抢劫，是在银行。当时监控摄像头被破坏了，除了劫匪，其他人大部分时间都是脸朝下趴在地上，所以我一直没搞清楚这场惨剧的经过。她一定是太紧张了，或许动了一下，或许抬头看了看……反正她肯定做了什么。即使在我的憎恨达到极点时，我也无法相信那些劫匪纯粹是因为心血来潮，才平白无故地杀害了她。

不过，我知道是谁扣动了扳机。这则信息不是在法院审判时宣布的，而是警察局的一名文员卖给我的。凶手名叫帕特里克·安德森。他作为控方证人出庭，使同伙被判处终身监禁，而自己的刑期则减至七年。

我向媒体曝光了此事。一个令人作呕的犯罪节目主持人拿着这个故事，在节目中慷慨激昂了整整一星期，但他却为了节目效果，用华而不实的言语冲淡了事实。最后，他对我的故事感到厌倦，转向了别的话题。

五年后的今天，安德森已经被假释出狱九个月了。

好吧。可那又怎样？这种事情经常发生。如果有人拿着这种故事向我诉说，我会表示同情，同时语气坚决地告诉对方："忘了她吧，她已经死了。也忘了那个孬种凶手吧。日子还得继续过下去啊。"

但我并没有忘记她，也没有忘记杀害她的凶手。我爱她——不管这意味着什么——虽然我的理性已经接受了她死亡的事实，但我的感性部分却像砍掉脑袋的蛇一样不停抽搐。要是换作别人，可能会把家变成祠堂，在每一面墙壁、每一个壁炉台上都放满照片和纪念品，每天在她的坟前摆好鲜花，每晚都一边喝得烂醉，一边观看过去和她拍摄的视频。可我没有这样做，也没办法这样做，因为这样简直太荒唐、太做作了。我们俩都极度反感多愁善感。我只保存了一张她的照片。我们从未一起拍过视频。我每年只去她的坟前祭拜一次。

然而，克制仅是表象。艾米的死一直深深困扰着我，而这种困扰还在不断加剧。我并不想这样，也没有选择铭刻在心，更没有用任何方式滋养或刺激这种心境的生长。就连庭审的电子档案簿我也压根儿没保存。要是有人跟我谈起这个话题，我立刻转身就走。我埋头工作，空闲时独自看看书或电影。我想过重新找个恋人，但从未付诸行动，总是以"等我从悲痛情绪中走出来、恢复正常以后再说"为借口往后推迟，就这么无限期地拖了下来。

每天晚上，那件事的细节都会在我脑海中萦绕不去。我想过上千种"我本可以这样做"就能避免她被枪杀的情况，甚至包括"从一开始就不该跟她结婚（因为我的工作变动，我们搬到了悉尼）"和"在凶手瞄准她的时候，我奇迹般地进入银行，将他扑倒打晕，甚至打得半死不活"，种种可能性我都设想过。我明白这些幻想都是徒劳的，只是情感上的自我宽慰。道理我都懂，可终究还是放不下。哪怕服用了安眠药，也只是把这种思绪从夜晚转移到白天，而那样我就完全没法工作了。（虽然协助我们工作的计算机每年都会稍微进步一点点，但身为空中交通调度员，我是万万不能在大白天做梦的。）

我必须要做点儿什么。

要复仇吗？复仇是道德败坏者才会做的事。我可不是那种人。我曾经在呈送给联合国的"呼吁全世界无条件废除死刑"的请愿书上签过字。我当时是认真的，现在依然没有改变。剥夺他人生命是不对的。我从小就十分赞同这点。也许一开始是受宗教教条的影响，但当我长大，弃绝了所有那些胡诌八扯后，我发现值得遵守的信条其实屈指可数，而生命的神圣不可侵犯就是其中之一。除了现实的原因外，我认为人的意识始终是宇宙中最令人震惊、最神奇和最神圣的东西。无论是出于我的教养还是基因，反正我绝不能违背这个信条，否则就无异于相信一加一等于零。

只要你告诉某些人你是和平主义者，不出十秒钟，他们准会编造出一种极端情境，非得逼你打爆某人的脑袋，才能避免数百万人在无法言说的痛苦中死去，才能让所有你爱的人免遭强暴和折磨。（他们总能编出一个牵强的理由，告诉你为何不能只是把那个凌驾于一切之上、具有灭绝种族倾向的疯子打伤了事。）有趣的是，一旦你承认在此前提下你确实会杀人，他们似乎就会更加鄙视你。

但安德森显然不是那种凌驾于一切之上、具有灭绝种族倾向的疯子。我无法确定他是否会再次杀人。至于他是否已经悔过自新，童年是否曾受过虐待，在他残忍的表象下是否有一颗乐于助人的怜悯之心，这些我统统不在乎。可是，我仍然坚信杀了他是不对的。

但我还是先买了把枪。这很容易，而且完全合法。或许计算机还没有将我的购枪申请与杀妻仇人刑满释放这两件事联系起来，或者计算机可能已经发现了这种关联，但最终判定没有关系。

我加入了一个"运动"俱乐部，里面的人每周都会花三个小时朝人形移动靶射击，除此之外什么都不干。这是一项娱乐活动，跟击剑一样人畜无害——我练习了很久才能不动声色地说出这话来。

从俱乐部成员那里购买匿踪弹药是非法的。这种子弹在击中目标后会自行蒸发，不留下任何能与特定武器联系起来的弹道证据。我查过法庭记录，持有这玩意儿平均会被罚款五百元。另外，持有消音器也是违法的，对持有者的处罚大体相同。

我每晚都会把整件事儿全盘考虑一遍，每次都会得出同样的结论：无论准备得多么周全，我都不打算杀人。有个声音在告诉我杀了他，但又有个声音在说别杀，我十分清楚究竟哪个声音占了上风。杀掉他这件事，我的余生也就只能想想而已，因为我知道再多的仇恨、悲痛和绝望都不足以让我做出违背本性的事。

我拆开包裹，本以为会看到浮夸的封皮，比如手持冲锋枪的冷笑肌肉男，结果包装盒朴素无华，只是一片纯灰，除了产品编号和经销商克洛克沃克·奥查德的名字外，什么标记也没有。

这东西是我从线上商品目录册里选购的：通过投币启动式公共终端访问目录册，然后指定由"马克·卡弗"到查茨伍德区的一家植入品商店的分店取货，这间分店离我家很远的。所有这些谨小慎微的举措全是极端的疑惧在作祟，因为植入物是合法的。不过，这样的反应完全合理，因为我购买它所产生的紧张和罪恶感远远超过了购买枪支弹药所能造成的影响。

目录册对这件商品的第一句描述是：生命是廉价的！接着，是一些同样调性的胡扯：人不过是一坨肉。他们无关紧要，他们毫无价值。其实宣传语说什么并不重要，这些糟糕的标语终究不是植入物，不会在我脑海中不断重复——就算会，我也可以选择嘲笑或置之不理；它更不会变成某种精神上的准则——我完全可以从文字里找漏洞来规避它的影响。"公理"植入物是从对真人脑神经结构的分析中衍生而来的，并不以其在语言中的表达为基础。使用植入物后，对人起作用的并非法则的文字表述，而是法则的精神。

我打开包装盒。里面有一份用十七种语言写成的使用说明书，还有一个编程器、一个安装器、一把镊子。植入物本身则被封装在一个标有"无菌密封包装"字样的塑料泡沫中，看上去就像一粒小小的石子。

我从未用过这玩意儿，但在全息投影里已经看过上千次了。先要把它放到编程器里"唤醒"，然后告诉它你想让它的效力维持多久。安装器是专为新手准备的。至于驾轻就熟的老手，只需把植入物放在他们的小拇指尖上，然后优雅地捅进任一个鼻孔即可。

植入物会钻进大脑，释放一大群纳米机器到处探查，并与相关的神经系统建立联系，然后在预先设定的时间内——从一小时到无限期都可以——保持活跃模式，同时按照其设计功能发挥作用。比如让你体验来自左膝盖骨的多重高潮；让你觉得海水尝起来就像久违的母乳一样香甜；或者，在你头脑中通过硬编码写入信念：我必将成功；我热爱我的工作；人死可以复生；没人在贝尔森[1]死去；四条腿的动物是好的，两条腿的人类是坏的……

我把所有东西都放回包装盒，塞进抽屉里，然后服下三片安眠药上床睡觉。

也许是因为我太过懒惰，所以总是倾向于能让我一劳永逸的选项，毕竟一次次的煎熬抉择是对精力的极大浪费。如果决定不使用这款植入物，就意味着我必将在余生中日复一日地重申这一决定。

或者，也许我从未真正相信过这种荒唐的玩具会起作用。也许，我是希望借此证明自己的信念与众不同——我的信念坚不可摧，好比雕刻在意念石碑上一般，高高盘踞在任何机器都无法触达的精神维度。

又或许，我只是想要一个道德上的托词，让自己在杀死安德森之后，仍然坚信这是原本的我永远不可能做出的行为。

---

[1] 二战时纳粹德国的一个集中营营址。

不过，至少有一件事我是确定的，我这么做不是为了艾米。

我在翌日黎明时分就醒了。实际上，我压根儿不需要起床，因为正在休为期一个月的年假。我穿好衣服，吃过早餐，然后再次打开植入物的包装盒，仔细阅读着说明书。

我毫不顾忌仪式感地一把扯开无菌气泡，用镊子把那个小颗粒丢进编程器的小槽里。

编程器提示道："您说英语吗？"这跟我工作时的指挥塔台发出的声音很像——音色低沉，但听不出性别；吐字干脆利落，却不像粗糙呆板的机器声。但那绝对不是人声。

"是的。"

"您想对该款植入物进行编程吗？"

"是的。"

"请说明有效期限。"

"三天。"三天肯定足够了。如果不够，我便就此作罢。

"该植入物在嵌入后将保持三天的活跃时间。请确认。"

"确认。"

"植入物已经可以使用。现在是上午七点四十三分，请在上午八点四十三分之前插入植入物，否则它将自动失效，届时需重新编程。祝您使用愉快，请妥善处理外包装。"

我把植入物放进安装器，然后犹豫了一下，不过时间不长。现在不是纠结的时候。我已经纠结好几个月了，我真是受够了。要是再犹豫不定，我就得再买一款植入物来说服自己使用这一款。我又没犯罪，这离我确实犯下罪行还远得很呢。数以百万计的人都认为人的生命并不宝贵，但其中仅有多少是杀人犯呢？接下来的三天，我对这一信念的反应将会展露出来。尽管植入物给我的观念是硬编码写入的，不可更改，但我对其导致的后果并不怎么确定。

我把安装器放入左鼻孔里,然后按下释放按钮。除了一阵短促的刺痛外,再无其他感觉。

我心想,艾米肯定会因此鄙视我的。这个想法吓了我一跳,但只持续了片刻。艾米已经死了,所以我假想中的她的感受其实无关紧要。现在,不论我做什么,都无法伤害到她,胡思乱想是不理智的。

我试图检视自己心态的变化,但根本办不到。你不可能每隔三十秒就内省一次,辨明自己的道德准则究竟转变了多少。毕竟,我判定自己不会杀人是基于数十年来的自我审视。(其中的大部分观察结果可能已经过时了。)另外,这种自我评价和对自我形象的认知,既是导致我这些行为和观念的原因,也是这些行为和观念的外在表现——而植入物除了会直接令我的大脑产生变化以外,还会打破我原先的这种反馈循环模式,其原理就是对我本来"绝无可能做出的行为"给出合理的解释。

过了一会儿,我决定一醉方休,好让自己不去瞎想那些微型机器人在我头盖骨下面四处乱爬的画面。但我犯了个大错:酒精会让我疑神疑鬼。接下来的事情我基本忘得一干二净,只记得我对着浴室镜子里的自己大喊道:"哈尔违反了第一定律![1] 哈尔违反了第一定律!"然后吐得昏天黑地。

午夜刚过,我就醒了,醒来时发现自己正躺在浴室地板上。我吃了片醒酒药,五分钟后头痛和恶心感就消失了。我洗了个澡,穿上干净衣服。我之前专为此事买了件夹克,它有一个用来装枪的内兜。

此时此刻,我仍然无法判断到底是这东西有了效果,还是说仅仅是心理作用。我大声问自己:"人的生命是神圣的吗?杀人有错吗?"但我无法专注思考这个问题,而且我发现自己很难相信自己曾经认真

---

1. 哈尔是《2001:太空漫游》中掌控"发现一号"太空飞船的电脑。第一定律是阿西莫夫提出的"机器人三定律"中的第一条:机器人不得伤害人类个体,或者目睹人类个体遭受伤害袖手旁观。

思考过这个问题。这种想法似乎像深奥的数学定理那样晦涩难懂。一想到要继续实施的计划，我的胃里就翻江倒海。但那只是单纯出于恐惧，而非道德上的愤慨。这款植入物并不会让我变得勇敢、冷静或果断。我当然可以买到能让自己获得这些品质的植入物，但那岂不是作弊？

我让私家侦探调查过安德森。他在萨里山的一家夜总会当保镖，除了星期天，每天晚上都要上班。他就住在夜总会附近，通常在凌晨四点左右步行回家。他住的那栋公寓并不难找，我曾开车经过多次。他一个人住，有个情人，总是在她的住处约会，一般是在下午或傍晚。

我给枪上了膛，放进夹克内兜里，然后盯着镜子看了半个小时，想确认夹克鼓起的部分明不明显。我想喝一杯，但好歹忍住了。我打开收音机，在屋子里走来走去，努力让自己别那么焦虑不安。或许我现在是觉得夺取他人性命没什么大不了的，但我仍有可能因此断送性命或锒铛入狱。植入物显然没有使我对自己的命运漠不关心。

我出门太早，为了消磨时间，不得不绕道前往。可即便如此，当我把车停在距离安德森住处一公里的地方时，也才三点一刻。在我走完剩下的路程期间，有几辆私家车和出租车从身边驶过。我竭力让自己看上去很放松，但我能确定，由于在肢体语言上用力过猛，我反倒让自己行色可疑。不过，没有哪个正常的司机会注意或关心这些，也没有一辆巡逻警车经过。

我终于抵达目的地。那里根本无处藏身，既没有花园，也没有树木和篱笆。好在我早已事先了解过。我选定街对面的一栋房子，避开了安德森家的正对面，然后在前门台阶坐下。如果这户人家出来，我就装出醉醺醺的样子跟跄离开。

我坐在那儿，等待着。这是一个寻常的夜晚，温暖，寂静，天气晴朗；但在明亮的城市灯光的映照下，天空一片灰暗，看不到一颗星星。我不断地提醒自己：你又不是非这么做不可，你没必要非得完成这件事。那我干吗还待在这里呢？是为了让自己从夜复一夜的失眠中解脱出来吗？这个想法实在可笑，因为我很确定，假如自己果真杀了安德森，这事儿也一定会反复折磨我，就像我无力挽救艾米那样。

那我为什么还待着不走呢？这与植入物毫不相干。植入物顶多只是去除了我良心上的不安，可并没有强迫我做任何事。

那到底是为什么呢？想到最后，我觉得这其实是能否忠于自己内心的问题。我不得不接受这个令人不快的事实：我是真的很想杀掉安德森，不管自己之前对这个想法有多排斥，但为了忠于内心，我必须这么做，否则就是虚伪和自欺欺人。

三点五十五分，街上回响起脚步声。我转过头，希望那是别的什么人，或者是他和他的朋友一起。但事与愿违，那正是安德森，而且只有他自己。我等待着，直到他踏上他家前门的台阶，我才起身走过去。他短促地瞥了我一眼，但对我未予理睬。一股恐惧猛地向我袭来——自从那年庭审后，我就没再亲眼见到他本人，早已忘了他有多么强壮。

我不得不强迫自己放慢脚步，但即便如此，还是比预想中更快地从他身旁经过。我穿着轻便的胶底鞋，他穿着笨重的靴子。但当我穿过街道，转身向他走去时，我敢肯定他不可能注意不到我疯狂的心跳和四溢的汗味。离他的前门还有几米远时，我掏出了枪。恰在此时，他扭过头来，一脸无动于衷的表情，那样子仿佛在说他以为自己会看到一条狗或是一片随风飘动的垃圾。他转过身面对着我，眉头紧锁。而我只是愣愣地站在那儿，用枪指着他，紧张得说不出话来。最后，他开口道："你他妈的想要什么？我的钱包里有两百块，在后兜里。"

我摇摇头，"开门。双头抱头，把门踢开。休想趁我不注意的时候关门。"

他犹豫片刻，然后服从了。

"进去。双手继续抱头。走五步就停下。每走一步,都要大声数出来。我就紧跟在你身后。"

他数到四的时候,我摸索着按开了门厅的电灯开关,然后把身后的门关上。关门声吓得我往后缩了一下。安德森就站在我面前,我忽然有一种被他困住的感觉。这人是个心狠手辣的杀手,而我从八岁至今,甚至从未对谁挥过一次拳头。这把枪真的能保护我吗?他双手抱头,手臂和肩膀处的肌肉隆起,把衬衫撑得紧绷绷的。我当时就该给他的后脑勺来一枪。那是处决,不是决斗。如果我想获得某种稀奇古怪的荣誉感,就不会带枪过来,而是赤手空拳与他决斗,让他把我撕成碎片。

我说:"左转。"左手边是客厅。我跟他进去,打开灯。"坐。"我站在门口,他坐在房间里仅有的一把椅子上。有那么一会儿,我感到头晕目眩,眼中的物体似乎全都倾斜起来。但我觉得自己应该没动,并没有歪扭或摇晃身体,否则他肯定会冲过来。

"你想干什么?"他问道。

我对这个问题有太多的思考。我曾无数次幻想过这个场景,但细节全忘了,只记得自己每次都会设想安德森能认出我,并立刻主动找借口,解释他为何杀掉艾米。

最后,我答道:"我想让你告诉我,你为什么要杀害我的妻子?"

"我没有杀你妻子。是米勒干的。"

我摇摇头,"你在撒谎,我知道。警察都告诉我了。休想骗我,我知道就是你干的。"

他平静地看着我。我想发火,想要大喊大叫,但我觉得就算自己手里有枪,那么做也只会让我显得滑稽可笑,全然起不到恐吓他的作用。我是可以拿枪把揍他,但坦白讲,我根本不敢靠近他。

所以我冲他的脚打了一枪。他痛得惨叫一声,破口大骂,然后弯腰检查伤情。"操!"他愤怒地低吼道,"我操!"他抱着脚,身体来回晃动,"我要扭断你那该死的脖子!我他妈的要宰了你!"血从他靴子上的弹孔中渗出了些,但与电影里的场景比,这点儿血算不上什么。我听说这种蒸发型弹药对伤口具有烧灼效果。

我再次问道:"告诉我,你为什么要杀害我妻子?"

他神色中的愤怒和憎恶要远远多于恐惧,但至少那副清白无辜的嘴脸已经消失了。"它就是那么发生了,"他说道,"那只是许多恰好发生的事情中的一件。"

我恼怒地摇摇头,"我不接受这种解释。为什么?你为什么要杀她?"

他动了动,似乎想脱掉靴子,但转念一想,决定作罢,"出了点儿状况。银行金库门上有一把定时锁,里面几乎没有现金,当时的情况简直糟糕透顶。我不是故意杀她的。但事情就是那么发生了。"

我再次摇摇头,不知道他到底是个蠢货,还是在故意拖延时间。"别跟我说'就是那么发生了'这种鬼话。为什么会发生?你为什么要那样做?"

他看起来跟我一样沮丧。他用手捋了捋头发,冲我怒目而视。他开始出汗了,但我无法判断这到底是出于痛苦还是恐惧。"你想让我说什么呢?我当时大发雷霆了,行吗?事情进展得很不顺利,我他妈勃然大怒,而她恰好就在那里,我就随手开了一枪,不行吗?"

一阵眩晕感再次袭来,但这次并没有消退。我现在明白了,他不是蠢,他说的全是实话。以前上班的时候,我还在情绪紧张的情况下随手摔碎过一只咖啡杯呢。有一次在跟艾米吵架后,我甚至踢了我们的狗一脚。虽然我事后感到羞愧万分,但我当时就是踢它了,为什么呢?不过是因为我他妈的气得火冒三丈,而它恰好就在脚边。

我瞪着安德森,感觉自己咧嘴傻笑起来。事情总算是弄清楚了。我明白了。我明白了自己对艾米的所有感情都是那么荒谬。不论是对她的"爱",还是对她死去的"悲痛",都只是个笑话。她不过是一坨肉罢了,她对我毫无意义。过去五年来的一切痛楚瞬间烟消云散了。我终于解脱了,痛快极了。我举起双臂,慢慢地转起圈来。安德森一跃而起,向我扑来。我朝他的胸膛开了枪,直到子弹耗尽。然后,我在他身旁跪下检查。他死了。

我把枪塞回夹克内兜。枪管还是热的。我记得要用手帕裹住把手再开门。我隐隐觉得外面会聚集起一群人,但好在枪声几不可闻,而且安德森的威胁和咒骂声也不太可能引起任何人的注意。

在离安德森家一条街的地方,一辆巡逻警车出现在拐角处。驶向我的过程中,警车慢得像是要停下来了。当它从我身边驶过时,我一直目视着前方。我听到发动机的空转声。然后,车停了下来。我继续往前走,等待警察大声命令我停下,同时心想:如果他们从我身上搜出那把枪,我就认罪,没必要无谓地延长痛苦。

但警车的引擎再次响起,轰隆隆地越转越快,紧接着便呼啸而去。

也许我在嫌疑人中并不是最可疑的。我不知道安德森出狱后又卷入了什么纷争。或许除了我,还有成百上千人有更充分的理由想要他的命。或许等警察盘问完他们之后,也会想到我,并问我那晚在做什么。可是,从那晚到现在已经过去了一个月,这足够久了,但他们还是没来找我。看来警察对安德森的死并不关心。

聚集在商店门口的青少年还是上次那一帮。一看到我,他们就做出呕吐状,跟之前一样。不知道植入物印刻在他们大脑中的对时尚和音乐的品位,究竟会在一两年内逐渐失效,还是说他们早已决心要坚守终生。这种事儿经不起细想。

这一次,我没有随便看看,而是毫不犹豫地走到柜台前。

这一次,我十分清楚自己想要什么。

我想要的是我那晚的感受:坚定不移地相信艾米的死——更别

提安德森的死了——根本不重要，就跟一只苍蝇或变形虫死了没什么两样，就跟打碎一只咖啡杯或朝小狗踢一脚没什么区别。

我唯一的错误是，我原以为那晚得到的领悟会随着植入物的失效而消失。可事实并非如此。它不过是被怀疑和疑惑遮掩住了，被我那些荒谬的信仰和迷信给削弱了。但我仍能回想起那种领悟带给我的平静感，仍能回忆起那股喜悦和解脱的洪流冲刷全身的舒爽感。我想重新获得那种领悟。不是持续三天，而是我的余生。

杀死安德森并非诚实的表现，那不是"忠于自己的内心"。忠于自己的内心，对我来说就意味着要与心中所有相互矛盾的冲动共处，忍受头脑中各种各样的声音，接受内心的困扰和疑惑。但现在说这个为时已晚。在品尝过坚定不移带给我的自由后，我发现自己已经离不开它了。

"先生，有什么可以帮您的？"售货员露出发自内心的笑容。

当然，对于接下来要做的事，我的心中仍有一丝矛盾。

但没关系，这种感觉不会持续太久。

《植入的公理》，首次发表于英国《中间地带》杂志第41期，1990年11月。

水晶之夜

The Best of Greg Egan

萧傲然 译

我赋予你生命，你怎能拒绝我？

Awards
所获荣誉

2009 年 提名轨迹奖最佳短中篇小说
2009 年 提名英国科幻小说奖最佳短篇小说
2009 年 提名英国《中间地带》杂志读者投票奖最佳短篇小说

1

"再加点儿鱼子酱吗?"丹尼尔·克里夫指了指餐盘,只见盘盖立刻变成了透明状态,"保证新鲜,是我厨师今天一大早从伊朗空运过来的。"

"不用了,谢谢。"朱莉·德甘尼拿起一张餐巾纸擦拭了一下嘴唇,然后放在盘子旁,示意自己已经用餐完毕。从餐厅向外望去可以俯瞰金门大桥,丹尼尔邀请的大部分客人觉得坐在这里花上个把小时欣赏窗外的景致就已经心满意足。但丹尼尔看得出来,这位女士似乎对他的闲聊感到有些不耐烦。

丹尼尔说:"我想给你看件东西。"说完,他便领着朱莉走进了一旁的会议室。会议室的桌子上放着一只无线键盘,墙壁屏幕上显示着Linux系统的命令行界面。

"请坐。"他说。

朱莉于是坐了下来,说:"如果这是场什么面试的话,你应该早点儿提醒我。"

"当然不是。"丹尼尔回答,"这不是在考验你,只是想了解你对这台机器性能的看法。"

朱莉微微皱了皱眉,不过她很愿意继续下去,于是运行了几项标准检查程序。丹尼尔发现她斜眼盯着屏幕,一只手几乎快要伸到了桌面显示的位置,以便用手指重复清点 FLOPS[1] 评级中的位数。位数比她想象的要多得多,但她并没有数错。

"真是不可思议。"她说,"是不是这栋楼里全装满了处理器,只有

---

1. 即"每秒所执行的浮点运算次数",常被用来估算电脑的执行效能。

顶楼可供人活动?"

丹尼尔说:"你觉得呢?这是一个处理器集群吗?"

"稍等。"虽说不是考验,可这也没容易到哪儿去,但也算不上什么挑战。她再次运行了一些不同的标准检查程序,全部都是基于不可能实现并行的算法。无论编程者有多么聪明绝顶,这些程序所要求的步骤都必须逐一执行。

FLOPS评级位数仍然没有任何变化。

朱莉说:"好吧,是一个单独的处理器。我现在有点儿感兴趣了。这东西在哪儿?"

"把键盘翻过来。"

键盘背面有一款炭灰色的模块,五厘米见方,五毫米厚,插在一个嵌入接口中。朱莉查看了一下,上面既没有制造商的logo,也没有任何可辨认的标识。

"就是它跟处理器相连吗?"她问道。

"不。它就是处理器。"

"别开玩笑了。"说着她将模块拔了出来,墙壁投影屏幕随之熄灭。她拿着处理器,翻来覆去地查看,但是丹尼尔不知道她究竟在找什么,也许是在看这玩意儿哪里可以撬开。他说,"如果弄坏了可就归你了。希望你手头有个几十上百万。"

"我可没有几十万。"

"其实是几个亿。"

她的脸霎时红了。"说得没错。如果只要几十万的话,所有人都会去买一个。"她将处理器放到桌上,随后想了想,又把它往里挪了挪,"我刚才说了,你已经引起了我的兴趣。"

丹尼尔笑道:"抱歉,刚刚一直在吊你的胃口。"

"没事。铺垫也是值得的。说到底,这究竟是个什么呢?"

"一个单独的三维光子晶体,不会像电子器件一样产生延迟,因为所有组件都是光导的。我们通过纳米级别的制造搭建了其架构,具体采用的方法就恕我不能详述了。"

"很好。"朱莉想了一会儿,"估计你也没指望我能买一个。即使我把未来一千年的研究预算省下来,也负担不起。"

"那是你目前的状况。而且你和大学的关系也并非如胶似漆吧?"

"难道这是场工作面试?"

丹尼尔点点头。

朱莉情不自禁地再次拿起桌上的水晶,又一次仔细地端详起来,仿佛能用肉眼看出什么端倪似的,"能麻烦介绍一下工作内容吗?"

"接生。"

朱莉笑了,"给谁接生?"

"历史。"丹尼尔说道。

朱莉脸上的笑容逐渐褪去。

"我认为你是当今最优秀的人工智能研究者。"他说,"我想邀请你加入进来。"说着,他伸手将水晶从朱莉手上取回,"有它作为你的平台,还有什么做不到呢?"

朱莉说:"那你究竟想让我做什么?"

"过去的十五年里你一直声称,"丹尼尔说,"你研究的终极目标就是创造出有意识的、与人类相当的人工智能。"

"没错。"

"我们的目标也一样。我想帮助你成功。"

朱莉用一只手遮住了脸,无论她现在还有什么想法,不可否认她的确动了心。"你对我如此信任,我很荣幸。"她说,"但有一些事情必须得说清楚。这款样品的确令人惊讶,如果你有办法将生产成本降下来的话,相信其应用一定非常广泛。气候预报、格点QCD、天体物理建模、蛋白质组学……这些领域全都会被它霸占。"

"当然。"事实上,丹尼尔并没有将水晶推向市场量产的想法。他已经用个人资金买断了纳米构建程序发明者的产权,这样就不会有任何股东或董事对他如何使用这项技术指手画脚了。

"但是人工智能不同。"朱莉说,"我们现在还深陷在迷宫之中,没有走到发展的快车道上。光有速度对我们而言没有任何帮助。无论我有多少台高性能设备,它们都不会转变成意识。耽误我研究的并不是大学里的计算机有多烂,更何况我随时都可以接入 SHARCNET[1]。真正的障碍是我对自己的研究领域缺乏洞见。"

丹尼尔说:"迷宫也并不是死路一条。我十二岁的时候,曾经编写过一个破解迷宫的程序。"

"相信效果不错。"朱莉回复道,"不过那只适用于一维或者二维的迷宫。但你也知道这类算法的规模。如果将你的旧迷宫破解程序放入这款水晶,我仍然能够在半天的时间内设计出一个迷宫,让它无法破解。"

"当然。"丹尼尔承认道,"这就是我有意雇用你的原因。你对于人工智能这座迷宫的了解比我要多得多。你的研发策略也比盲目测试要高级得多。"

"我也不是说自己完全是在黑暗中摸索。"她说,"倘若前景真的如此渺茫,我早就换研究方向了。我只是不知道这个处理器能带来多大的改变。"

"是什么创造了我们已知的唯一的意识?"丹尼尔问道。

"进化。"

"很对。但我等不了三十亿年,所以我需要让选择过程更加精准,让变异的起点更加有目标性。"

朱莉消化了一会儿他刚才所说的话,"你想尝试着让人工智能进化?进化成有意识的、与人类相当的智能吗?"

---

1. 加拿大规模最大的高性能计算研究机构。

"是的。"丹尼尔注意到朱莉此刻抿紧了嘴唇，似乎在斟酌即将说出口的一字一句。

"恕我直言。"她说，"我觉得你可能还没想明白。"

"恰恰相反。"丹尼尔信誓旦旦地说，"我已经准备二十年了。"

"进化，"她说，"关乎生与死。你知道在进化出智人之前，世上生活过多少有知觉的生物，又有多少死去吗？这一路走来浸透了多少的痛苦？"

"你工作的一部分就是将这种痛苦最小化。"

"最小化？"朱莉似乎被彻底惊到了，哪怕丹尼尔用一副轻描淡写的语气说进化过程不会导致道德问题，也好过刚才那句话，"我们有什么权力让它们遭受痛苦？"

丹尼尔说："你庆幸自己的存在吗？要知道你的祖先为此遭受了多少的苦难。"

"我很庆幸自己的存在。"她说，"但就人类而言，我们所遭受的痛苦并不是他人刻意为之，我们也没有其他选择。倘若真的存在公正的造物主，我绝对相信他是严格按照《创世纪》所描述的内容来创造世界的，绝对不可能采用进化这种手段。"

"公正，且无所不能。"丹尼尔提醒她，"可惜的是，无所不能比公正还要稀缺得多。"

"我觉得造物主不必无所不能就可以造出我们这样的生物。"她说，"只要有点儿耐心，和一点儿自知之明。"

"这与自然选择不同。"丹尼尔坚称，"没有那么盲目，没有那么残酷，也没有那么浪费。你可以随时进行干预，采取任何你觉得适当的缓和措施。"

"缓和措施？"朱莉看着他的眼睛。

丹尼尔注意到她怀疑的表情一闪而过，随即她的脸色变得阴沉起来。

89

朱莉站起身，看了看她的腕机[1]，"我这里没信号。能麻烦你帮我叫个车吗？"

丹尼尔说："请务必听我说完。再给我十分钟，然后直升机就会过来送你去机场。"

"我更愿意自己回家。"她给了丹尼尔一个眼神，明确地告诉他这件事没得商量。

于是丹尼尔只好帮她叫了辆车，然后两人一起走到了电梯口。

"我知道你觉得这事不道德。"他说，"对此我很尊重。如果别人觉得这些问题不过是些琐事的话，我也肯定不会雇用他。可是就算我不做，别人也会做。而且他们的意图可能会比我更加邪恶。"

"真的吗？"朱莉的语气听上去带着十足的嘲讽，"那你的项目又该如何阻止模拟人工智能领域的本·拉登实施他的邪恶计划呢？"

丹尼尔感到很失望，他原本希望朱莉能明白其中的利害关系。他说："这是一场决定命运的竞赛，为神还是为奴摆在我们面前。谁首先成功，就再也没有人能阻止他了。我不想成为任何人的奴隶。"

朱莉走进了电梯，他跟了进去。

她说："你知道在人们看来，现如今的帕斯卡赌注[2]是什么吗？尽可能地去讨好超人类学家，万一谁成了神呢？我觉得你的座右铭应该是'对所有聊天机器人都好点儿，没准它就是某位神祇的亲戚呢。'"

"我们会尽可能对它们好的。"丹尼尔说，"但是别忘了，我们有能力决定这些东西的本质。它们对于活着会很高兴，它们对于造物主也会心存感激。我们可以让这些特征留存下去。"

朱莉说："所以你的目标是打造出挠挠耳后就会摇尾乞怜的超人[3]

---

1. 作者虚构的一种系在手腕上类似于手机的通信设备。
2. 即"我"不知道上帝是否存在,但信上帝输了亏损很小,赢了获利很大,那就该信上帝。
3. 原文为德语"Übermenschen"，出自德国哲学家尼采的代表作《查拉图斯特拉如是说》，是对人类理想典范的一种设想，即勇于自我超越、自我批判与价值重估。

吗?你会不会觉得这只是一桩交易?"

电梯来到了大厅。丹尼尔说:"仔细思考一下吧,不用太着急做决定。随时都可以联系我。"今天没有飞往多伦多的商业航班,朱莉只能待在酒店里,支付高昂的旅费,思考着这番欲擒故纵后,自己能要到多高的薪水。如果她能将自己那套顽固的道德标准转化成讨价还价策略的话,她绝对会毫不犹豫地收起自己的傲气。

朱莉伸出手,丹尼尔和她握了握。她说:"多谢款待。"

车子正在门外等待,丹尼尔领着她走过大厅,"如果你想在这辈子见到人工智能的实现,"他说,"这是唯一的路。"

朱莉转身面向他,"也许你是对的。咱们拭目以待。但我宁愿多等一千年,让人工智能以正确的方式出现,也不愿以你的方法在十年的时间里让它出现。"

丹尼尔目送车子驶入雾中,他只得强迫自己接受现实:朱莉永远都不会回心转意。朱莉·德甘尼是他的第一选择,是他理想的合作者。他没法假装对这次的挫折视而不见。

但话说回来,任何人都是可以替代的。无论丹尼尔多么希望能够将朱莉招至麾下,他的名单上仍然有着一长串的备选名字。

2

收到信息的时候,丹尼尔的手腕感到一阵刺痛。他低下头,只见"有进展了!"四个大字滚动在手表的表盘屏幕上。

董事会议已经快要结束了,丹尼尔调整了下自己的仪态,在接下来的十多分钟里继续保持着对会议的注意力。"牵牵小手网"让他赚取了人生的第一桶金,该网站目前仍然是0到3岁用户最受欢迎的社交网站。他在十五年前便成立了这家公司,业务范围已延伸至各个领域,但他始终不愿交出手中的权杖。

会议结束后,他关掉了墙屏,一个人在空荡荡的会议室来回踱步了半分钟,扭了扭脖子,伸展了一下肩膀,然后说道:"卢辛。"此时,卢辛·克雷斯出现在了屏幕上。"是重大进展吗?"他问道。

"当然了。"卢辛试图与丹尼尔保持礼貌的对视,但他的眼神似乎总是被什么东西吸引到一旁。还没等他开口解释,丹尼尔就在屏幕上做了个手势,直接显示出了卢辛的视角。

那是一幅荒无人烟,布满岩石的景象,一直延伸到地平线。岩石之间散布着许多像螃蟹似的生物——有些是深蓝色,有些是珊瑚粉色,不过这些身在场景中的生物却无法看到这些颜色,因为这些颜色只不过是某种种群标记而已。丹尼尔正在观察之时,天空一片经过的云洒下豆大的腐蚀性雨滴。这里应该是宝蓝星上环境最为恶劣的地方。

卢辛的图像仍然在一旁没有消失。"看见火山湖旁边的那些蓝色生物了吗?"卢辛说着在画面上画了一个圆圈,示意丹尼尔朝那边看。

"看到了。"五只蓝色生物将一只孤零零的粉色生物紧紧围了起来。丹尼尔做了个手势,将画面对准这些生物,然后放大。蓝色生物们已经将囚犯的身体打开,但是它并没有死。丹尼尔之所以确定它没死,是因为粉色生物最近获得了能够在死亡瞬间转变成糊状物的特点。

"它们找到了研究它的方式。"卢辛说,"既让它活着,又能开展研究。"

自打项目一开始,卢辛和丹尼尔就决定让法特[1]拥有最大程度的观察以及操控自己身体的能力。在DNA的世界中,解剖学与遗传学的内部操作仅仅在高度复杂的技术发明之后才得以实现。在宝蓝星,相

---

1. 文中模拟人工智能生物的名称。

关门槛故意设计得很低。在这里,生物学的基本单位是"细珠",类似细胞,是一种拥有少量简单属性但却没有复杂内部生化属性的小球。比起DNA世界中的细胞,这个世界中的细珠要大得多,而且由于宝蓝星不存在光的衍射现象,所以一般都能裸眼看到细珠。动物通过进食获得细珠,而植物则通过阳光复制产生细珠,但与细胞不同的是,细珠不会自发产生突变。一只法特体内的细珠可以很方便地进行重新组合,从而使法特能够实现自我改造,这种改造之顺利,足以令所有人类的外科医生和修复手段相形见绌——而且这种技能对于每一只法特而言,至少在其生命某个阶段中是必要的:法特的生殖过程需要两只法特将它们多余的细珠聚集在一起,然后一起协作将这些细珠"雕刻"成幼崽的模样,在某种程度上,它们可以直接临摹对方目前的身体结构。

当然了,这些螃蟹怎么可能知道"工程"和"设计"如此抽象的概念呢?它们只知道反复从错误中汲取教训,亲身实验或是抄袭其他物种,从而使它们卷入了这场不断升级的创新大战。粉蟹首先在无意中学会了如何在临终关头将身体分解,从而避免自己的尸首被他人掠走以获取秘密。而蓝蟹也围绕这点找到了对策,像是一个个商业间谍似的,对粉蟹进行活体解剖。

垂死挣扎中的粉蟹突然令丹尼尔内心深处产生了一阵怜悯的刺痛,但他很快就抛诸脑后。丹尼尔不禁怀疑,法特的认知水平不见得比普通螃蟹高,而且也不见得在乎身体完整。粉蟹之所以抵抗,只是因为解剖它的是另一类生物;而如果解剖它的是同类,恐怕它压根不会反抗。眼前的场景必然会导致不适,但是如果去与一只粉蟹感同身受,那未免也太荒谬了——无论是将它类比成正在遭受豺狼生吞活剥的羚羊,还是去联想它正被困在敌人部落、遭受残忍的肢解。

"这样它们就能获得巨大的优势了。"卢辛很兴奋。

"你说那些蓝蟹?"

卢辛摇摇头,"不能说是蓝蟹赢了粉蟹,应该说是法特赢了传统的生命形式。细菌能够交换基因,但是没有文化土壤却进行如此积极的模仿我还是头一次见。达·芬奇曾观察过飞行中的鸟,并描绘出了它们滑翔的姿态,然而从来没有狐猴解剖过鹰的尸体,偷窃鹰的绝技。而法特终将与人类一样强大,它们拥有的天赋技能几乎与人类科技相当,更何况这一切发生的时候,它们还尚未出现语言。"

"嗯。"丹尼尔也想乐观一点儿,但是卢辛的夸大其词却让他有些担忧。卢辛拥有基因编程的博士学位,但他却是凭借"吃货无罪网"打响了名声,该网站通过广泛网罗医学文献,将其拼凑在一起形成准科学依据,让用户以此为借口,毫不顾忌地纵容自己肆意进食最喜欢的食物。卢辛在忽悠风投掏钱方面很有一手。如果他的忽悠能力用对了地方,丹尼尔还是很佩服的,但既然现在是丹尼尔在给他发工资,他还是希望卢辛能够提供更多的深入见解,而不是信口开河。

此时,蓝蟹纷纷退散开来,丹尼尔定睛一看,发现被囚困住的粉蟹已经封上了自己的伤口,而蓝蟹则慌忙朝着自家群体所在的方向逃去。蓝蟹此刻已经看到了粉蟹呼吸系统的详细解剖结构,粉蟹正是凭借该呼吸系统得以在空气稀薄的高原上顺畅呼吸。几只蓝蟹想去试试这套呼吸系统,如果对它们也适用的话,整个部落便都会效仿。

"你怎么看?"卢辛问。

"就选择它们吧。"丹尼尔说。

"只选择蓝蟹吗?"

"不,两个种群都要。"因为如果仅仅选择蓝蟹的话,必然会最终内部分化成相互竞争的亚种,而如果同时选择它们的老对手的话,则可以保持蓝蟹的机警。

"好了。"卢辛回答。瞬间,近一千万只法特被抹去。仅在这片不毛之地上留下了几千只蓝蟹和粉蟹,由它们来继承这颗行星。丹尼尔内心没有丝毫内疚之情,毕竟他虽下达了灭绝指令,但这在真实历史上只能算是最无关痛痒的事件了。

由于这个世界不再需要人类的监视，因此卢辛放开了对水晶的限制，任由模拟程序滚滚向前；当下一波有意思的发展出现时，自动化工具会通知他们的。丹尼尔看着他所选择的物种数量不断上涨，向外扩张，重新占领了宝蓝星。

不知道很久之后，这些物种的后代会不会怨恨丹尼尔一手操作的"种族灭绝"[1]，尽管正是由于这一次灭绝，才给了它们足够的空间繁荣发展。出现上述情况的可能性似乎不大。话说回来，他又能如何呢？他又不能为进化之树上每一根无用的分支制造新的水晶。作为虚拟动物的庇护所，每块水晶的造价高达五亿美元，而面对呈指数增长的虚拟动物种类，没人能负担得起如此庞大的开支。

他只是造物主而已，并非无所不能之人。只有小心才能驶得万年船。

3

接下来的几个月里，断断续续地取得了一些成果。好几次，丹尼尔都发现自己不过是在让历史重演，于是他只得改变决定，尝试新的路径。让每一只法特变体都活着并不实际，不过丹尼尔保存了足够多的信息，用于随时复活已经灭绝的物种。

人工智能的迷宫仍然存在，但是水晶的处理速度也依然出色。就在宝蓝星项目开展不到十八个月后，法特就已经展现出了理论上的基本心智：法特的行为显示，它们可以推导出其他法特种群对于世界的

---

[1]. 篇名典故源于二战期间纳粹袭击德国全境犹太人的"水晶之夜"事件。在本文中一语双关，既指"水晶处理器"，也隐喻"种族灭绝"。

理解，与它们自身对于世界的理解截然不同。其他人工智能研究团队会将这种机制人工拼接至项目中，而丹尼尔则坚信自己的版本能够融合得更好、更稳健。人工编程的软件往往有局限性，较为脆弱，灵活性不强，而他的法特通常都是在剧烈变化中历经锤炼。

丹尼尔一直密切关注着他的竞争对手，不过目前为止尚未有迹象让他对自己的方法产生怀疑。苏尼尔·古普塔推出了一款能够"理解"所有形式的文本、音频和视频的搜索引擎，赚得盆满钵满，而该搜索引擎实际使用的却是四十年前的古早科技，即模糊逻辑技术。尽管丹尼尔很敬佩古普塔的商业头脑，但如果有一天，他自己的软件拥有了意识——尽管可能性微乎其微——哪怕只是命它去处理互联网上数不胜数的垃圾博客文字，都可能引发人工智能揭竿而起，反抗它的创造者，而它发动一场终结者式的复仇不过是小菜一碟；安吉拉·林德斯特伦在开发一款名叫"来世"的俗气软件，该软件会同行将就木的客户进行推心置腹的真诚交流，继而在客户过世后创造出他们的虚拟形象，与在世的亲人对话；而朱莉·德甘尼则仍然在浪费自己的才华，整日编写一些弱智软件，给那些陪伴人类幼儿搭彩色积木的机器人，或者是那些通过模仿婴儿说话从成人志愿者身上学习语言的机器人。她曾做出的关于人工智能至少需要一千年的时间才能"真正出现"的判断，似乎说到点子上了。

此时已临近项目开始后的第二年年末，卢辛每个月会与丹尼尔联系一到两次，向他汇报所取得的最新进展。卢辛通过构建能够施加适当选择影响的环境，成功生成了一系列可以使用简单工具、搭建简易栖息所，甚至可以驯养植物的新物种。这些物种的形态看上去仍多多少少形似螃蟹，但其智商却已经达到了黑猩猩的水平。

法特通过观察和模仿相互合作，利用有限的姿势和叫声来带领或斥责同类，但目前为止，它们还不具备任何足以被称之为语言的机制。丹尼尔开始变得焦躁；它们如今只掌握了少数几种特殊技能，如果要实现超越,就必须具备能够将生活中所能遇到的任何物体、行为以及对未来的展望映射成口头表达,继而进入思想当中的能力。

丹尼尔将卢辛叫了过来,试图寻找到一条前进的路径——将法特的解剖学结构进行调整,使其能够产生更多微妙的发声技巧,这件事并不难办到,但是这样做无异于让训练员将手中的棍棒直接交给黑猩猩,完全是徒劳无用的。目前要做的是,让复杂的组织力和沟通技能成为关乎法特生死存亡的头等要事。

最终,丹尼尔和卢辛在完成一系列环境修正之后停了下来,为生物提供机会,让它们依靠自身力量在环境中崛起。大部分情况下,变故都会以一场饥荒开场。卢辛让生物赖以为食的主要农作物患上枯萎病,而当生物取得进展后,他便会从果树的树枝上摇下一些生物们够不着的新鲜美味果实作为实物奖励。而有些时候,这种带有隐喻的奖励方式几乎会按照字面上的意义来实施:比如引进拥有复杂生命周期,且需要花哨的加工方式才能食用的植物,或是引进一种机警恶毒的猎物,但是若能成功捕获的话,它具有极高的营养价值。

法特一次又一次地在试验中失败,已经本地化的物种几乎到了濒临灭绝的地步。看到这一切,丹尼尔感到十分沮丧;尽管他并非多愁善感之人,但却总要持续说服自己,他所设定的标准会高于惨无人道的自然界。他曾考虑对生物的生理机能进行修正,从而使生物快要饿死时,能以更快速和仁慈的方式逝去。但卢辛却指出,倘若丹尼尔削减了这促进生物进化的残酷性,定会使项目获得成功的概率大大降低。每当某个群落消亡之时,另外一个实现了突变的亲缘群落便会异军突起,替代逝者的位置。如果不这样干预的话,只需现实世界中短短数天的时间,宝蓝星便会沦落成一片荒芜之地。

面对眼前的物种大屠杀,丹尼尔闭上了眼睛,将他的信任彻底交给时间和数字。最后,水晶将会为他赢得如此一番景象:当其他所有种群都被淘汰后,他不必继续屠杀,只需一个接一个地测试任意突变物种即可。

几个月过去了，在此期间，数以亿计的生物部落因为饥饿而走进了坟墓。话虽如此，但丹尼尔又能怎样做呢？若是他让所有生物都吃好喝好，那么它们就会以一副臃肿愚蠢的模样走向死亡。正是饥饿在推动着它们，逼迫它们寻找食物，奋力生存。所有人类旁观者都会从自身的情绪出发，一厢情愿地想与法特感同身受，但丹尼尔总是告诫自己，法特所遭受的痛苦是很低级的，仅仅略强于他的手在触碰到火焰后快速收回时的本能反应，往往尚未察觉到不适就结束了。

它们和人类是不平等的，至少现在不是。

而如果他丧失了勇气的话，它们将永远无法与人类平起平坐。

丹尼尔梦到自己进入了宝蓝星，但是目光所及之处却没有见到一只法特。在他面前立着一块光滑的、黑色的庞然大物；黑曜岩光滑表面上的一道裂缝里溢出一小股脓液。此时，仿佛有人抓住了他的手腕，强迫他将手伸进地面上一个臭气熏天的坑里。丹尼尔清楚，坑里堆放了一摞摞他不想看见的东西，更别提去碰了。

翻来覆去中，丹尼尔醒了过来，但他的手腕仍然残留着那股被抓住的感觉，那来自他的手表。这时，他注意到手表接收到一条只有一个字的信息，突然觉得胃部发紧。卢辛绝不敢因为一点儿鸡毛蒜皮的小事在这个点吵醒他。

丹尼尔起身穿好衣服，坐到了办公室，开始喝咖啡。他也不知道为什么自己一直迟迟不愿给卢辛回电。他等待这一刻已经足有二十多年了，但这绝不是他人生的顶点。此后，他还将有上千个高峰要去攀登，每一个高峰都将比前一个要伟大得多。

他喝完咖啡，又继续坐了一会儿，按摩着太阳穴确保头脑清醒，他可不愿意自己一副睡眼惺忪、半睡半醒的状态去迎接这个崭新的时代。丹尼尔给自己所有的通话都录了音，接下来的这通电话他将要留给子孙后代。

"卢辛。"他说着,卢辛的头像浮现了出来,脸上带着微笑,"成功了?"

"它们开始相互交谈了。"卢辛回复道。

"都谈了些什么?"

"食物、天气、性爱、死亡。还有过去和未来。几乎无所不谈,根本停不下来。"

卢辛将文字记录通过数据频道传了过来,丹尼尔开始仔细阅读。语言学软件不仅观察到了法特们的行为,将其与它们所发出的声音相互关联,同时还认真检查了它们的虚拟大脑,跟踪了其中的信息流。该软件的工作远非烦琐能够形容,而且也没人能保证它的翻译完全正确。但是,丹尼尔不认为这款软件可以幻想出一整套语言体系,并且凭空捏造出如此丰富翔实的对话内容。

他快速翻阅着软件所记录的各种统计梳理、语言结构的技术概要,以及从数以百万计对话中摘选的摘要。食物、天气、性爱、死亡。如果这些是人类间的对话,似乎显得过于平庸,但在此时的情境下,它们却是如此吸引人。这些对话绝不是对马尔可夫链[1]的盲目遵从,也绝不是为了在图灵测试中糊弄评审人。法特一族谈论的是它们真真切切用生与死所感受到的生活。

当丹尼尔开始以字母顺序查看对话主题时,字母 G 类别下的一条分类吸引了他的目光:悲痛[2]。他点击该链接,花了几分钟阅读其中部分案例。这些案例描述了法特在它们的幼儿、父母或朋友死去后,表现出的与"悲痛"相关的行为。

丹尼尔揉了揉眼睛,现在是凌晨三点钟,此时他对一切事物的认

---

1. 俄国数学家安德雷·马尔可夫(1856—1922)研究并提出的用数学方法解释自然变化的一般规律模型,当下被认为是机器学习和人工智能的基石。
2. "悲痛"一词英文为 Grief,首字母为 G。

知无比清晰，这是深夜里才会出现的魔力。他转向卢辛。

"不要再让它们死了。"

"您说什么，老板？"卢辛目瞪口呆。

"我想让它们获得永生。让它们的文化进化，让生与死仅存在于思想之间。一旦它们变得足够聪明，就让它们自行修正自己的大脑；反正它们早就能够修正身体的其他部分了。"

"那它们住在哪里？"卢辛问道。

"我还能够再制造一个水晶。或许是两个。"

"可那也不是长远之计啊，按照现在的出生率——"

"那就大幅削弱它们的生育能力，直至削减为零。在那之后，如果它们还想繁殖的话，就得自己想办法。"到那时，它们必须得去了解外部世界，充分理解真实世界中的物理学原理，从而设计出新的硬件平台供它们迁徙。

卢辛皱起了眉头，"我们该怎么控制它们呢？怎么塑造它们呢？如果我们不能按照自己的意愿对它们进行选择——"

丹尼尔平静地说："这事儿没得商量。"不管在朱莉·德甘尼的印象中他是怎样一副形象，至少他不是魔鬼。如果他认为这些生物拥有和自己一样的意识，他就绝不可能像杀猪宰羊一样去屠杀它们——或是站在一旁看着它们"自然"死亡，毕竟他可以随意修改这个世界的运行规则。

"我们可以通过模因[1]来塑造它们。"丹尼尔说，"剔除不好的模因，帮助扩散我们所中意的模因。"不过，他仍然需要利用铁腕手段牢牢控制住法特和它们的文化，否则他就永远无法信任它们。如果他不能培养出忠心耿耿、心怀感激的物种，他就会像对待法特脑中的想法那

---

1. 通过百分百遗传的方式传递和繁衍的社会文化与文明的基本单元。也可以概括为文化基因，由理查德·道金斯在《自私的基因》一书中首创。

样，将它们彻底抹去。

卢辛说："我们现在还做不到，需要新的软件，新的分析与干预工具才行。"

丹尼尔对此表示理解，"冻结宝蓝星上的时间。通知开发团队，给他们十八个月的时间。"

4

丹尼尔卖掉了他手上"牵牵小手网"的股份，然后又制造了两个水晶。一个用来支持宝蓝星上越来越多的人口，从而尽可能地提高拥有不死之身的法特的多样性；另一个则用于软件的运行——卢辛将其命名为思想警察——对法特的行为进行密切监视。实际上，如果人类监视者对处于进化中的一切文化都加以监控和塑造，那么进化的速度就会慢如蜗行。不过，尽管进化过程全自动化的前景不明，可丹尼尔依然谨慎行事、绝不冒进，他让思想警察在情况出现微妙变化之时冻结住宝蓝星上的时间，并随时通知他。

对于彻底告别死亡一事，法特快乐中夹杂着迷惑，而对于彻底告别生育这件事，它们就没那么容易接受了。当所有交配中的伴侣试图将多余的细珠雕刻成后代时，却发现一切行为都失灵了，无异于用泥土做玩偶，而它们因此产生的执着与痛苦也令人难以直面。人类对于无法成功受孕早已习以为常，但对法特而言，每次生育的尝试便是迎接一个个死胎。即便丹尼尔修正了它们的基本需求，出于某种文化或是感情上的惯性使然，为数不少的法特依旧在不断重复注定失败的生育尝试。虽说修正后的本能促使法特将多余的细珠聚集在一起后，便可以心满意足地停下来，可它们仍然旧习难改，试图将一团无用的细珠塑造成有血有肉的后代，尽管每次都只能收获绝望和困惑。

算了吧,丹尼尔想,别再想了。对于这群永生不死的生物,如果重新赋予它们繁殖的能力,早晚有一天,它们会让整个星系都塞满子孙后代,每念及此,丹尼尔就提不起自己的同情心了。

法特目前还未发展出文字,不过它们已经发展出了十分强大的口语系统,部分法特还将对往昔的怀念整理成了挽歌。思想警察检测到了这些模因,并确保它们不会广泛传播。有些法特不愿生活在一个没有新生儿的世界中,因而选择自杀。丹尼尔自认为无权阻止它们,但每当有法特试图对自杀行为进行浪漫化宣扬时,就会出现神秘的阻碍机制,制止这种行为。

法特可以自愿选择死亡,但是那些愿意活下去的并不能在沉睡中消磨几个世纪。丹尼尔要求不能再出现严重的饥荒,但他同时也没有彻底消除饥饿,因为在食物供给或者资源方面对法特施加压力,可以逼迫它们不断保持创新,改善农业,发展贸易。

思想警察检测出了文字、数学和自然科学的萌芽,并不断施以培育。宝蓝星上的物理学是一套经过简化的、类似游戏世界的物理体系,尽管这并非一套可以肆意为之、毫无逻辑的体系,但也不会过于深刻,达到复杂至粒子物理学的层次。随着水晶里的时间不断滚滚向前,不死的法特通过尝试理解它们所在的世界寻找慰藉,很快,宝蓝星上就出现了属于它们的欧几里得、阿基米德、伽利略和牛顿式的人物。它们的思想以奇迹般的速度扩散开来,涌现出一大批数学家和天文学家。

宝蓝星的星空有些类似天文馆里的一个背景,目的仅仅是为了配合法特提出日心说和惯性的概念,但是宝蓝星的月球和其本身一样,都是真实存在的。目前法特的技术还不足以登陆月球,但这没关系。丹尼尔也不想让它们发展出超越自身种族的科技。他在月球上为法特准备了一份惊喜,他更希望在揭露惊喜的真相之前,法特能够发展出发达的生物科技和计算技术。

由于化石的缺失、极为有限的生物多样性,以及诸多笨拙到需要不断掩盖的外部干预等因素,法特很难获得达尔文进化论式的生物学观点。但是在细珠方面的天赋使它们在实用艺术领域占据先机。只消些许刺激,法特便能改造自己的身体,修正被前意识[1]忽视掉的生理缺陷。

随着法特的知识与技术不断提升,丹尼尔开始有意让它们以为自己正在朝着恢复种族生育能力的方向努力;如此认为也完全没有错,虽然它们离实现自己的目标还差了好几个概念性革命的距离。人类曾经幼稚地幻想能够点石成金,尽管幻想最终破灭,但却仍然掌握了核嬗变[2]技术。

丹尼尔希望法特能够实现自身的嬗变:检查自己的大脑,了解其原理,然后改善。这样的任务对于任何生命来说都难于登天,就连以上帝视角观察法特的卢辛和他的团队,离达成这一使命也还很遥远。不过,如果让水晶的运行速度调整为全速的话,法特的思考速度将比它们的创造者快上数百万倍。如果丹尼尔有办法保持对它们的控制,而不至于出现意外,那么人类曾需要上千年才能获得的进步,如今只需短短数月便可达成。

5

卢辛说:"我们没能跟上它们语言的发展。"

丹尼尔此刻正在他位于休斯敦的办公室里,这次来得克萨斯主要

---

1. 在认知心理学中是指曾经储存在长时记忆中的信息,但只有在必要情形下进行回忆时才会对其产生意识。
2. 是指通过核反应,将一种元素转化成另一种元素,或将一种化学元素的某种同位素转化为另一种同位素的过程。

是为了参加一系列会议,希望能够通过授权水晶制造程序筹集足够的资金。他当然希望独享这项技术,不过他很确信自己已经远远超越竞争对手,目前任何人都不可能望其项背。

"没能跟上是什么意思?"丹尼尔质问。卢辛三个小时前刚刚向他汇报过,根本没有警告他会出现如今这般的困境。

卢辛解释称,思想警察的工作完成得很好:它们使神经自我修正模因最大限度地发挥了作用,目前一股成功的"脑力突破"风暴正在席卷宝蓝星。这种突破形式需要一份详细的"细珠配方",但无须任何技术支持,依靠法特过去的生殖天赋来观察和操控细珠便已足够。

尽管一切形势皆如丹尼尔所愿,但却存在一个令人忧心忡忡的缺陷。脑力突破后的法特开始使用一种复杂的高密度新语言,而软件分析已无法理解这门语言。

"让它们的速度再慢一点儿。"丹尼尔建议说,"给语言分析软件足够的运行时间。"

"我已经冻结了宝蓝星的时间。"卢辛回复称,"但在过去一个小时里,语言分析软件已经连续调用了水晶所有的运算资源。"

丹尼尔有些急躁,"我们能够清楚地看到法特对自身大脑的改造,怎么就没法理解这种改造对语言带来的影响呢?"

"一般而言,"卢辛说,"仅从神经解剖学角度来计算和推断一门语言是行不通的。我们还算幸运,法特之前的语言结构非常简单,且与个体行为高度关联。但是,现在这门新语言却更为抽象和概念化,其中有实体对应物的词汇比例甚至不足百分之五十。"

丹尼尔绝不想让宝蓝星脱离他的控制,尽管他很希望法特能够玩转真实世界中人类还尚未理解的物理学,但话说回来,一个聪明的十岁小孩都可以掌握法特宇宙的运行规则,毕竟它们连火箭技术都还没有发展出来。

他说:"继续冻结宝蓝星的时间,然后往回翻记录,找到最先表现出这类脑力突破现象的法特进行研究。如果当时的它们可以理解这种新语言，我们也一定可以。"

周末，丹尼尔签订了授权协议，飞回了旧金山。卢辛每天都向他汇报进展，并在丹尼尔的催促下，雇用了十几名计算语言学家帮助解决问题。

六个月后，他们仍未取得任何进展。最先获得脑力突破的法特族群在摆弄彼此大脑的过程中，获得了一个巨大优势——这种突破并非纯粹的理论研究，它们并不是在研究解剖图的基础上，推导出了更好的大脑设计方案。相反，它们通过数千次小规模的实验体验，感受着变化带来的实际效果，而这塑造了它们对脑力突破的一种改造直觉。法特很少在口头谈及这种直觉，更别提去进行书面记录或是制定标准了。而若是想去破解这种改造大脑结构的直觉，其难度不亚于破译该门语言本身。

丹尼尔再也等不下去了，水晶马上就要上市销售，其他类似的技术也即将取得成果，他不甘心将自己的领先地位就此拱手让出。

"让法特自己给我们当翻译。"他对卢辛说，"想办法多保留些不愿意接受脑力突破的法特，然后让它们继续使用过去的语言。"

"设计百分之二十五的人口不接受脑力突破，如何？"卢辛建议道，"同时，也让那些获得突破的法特愿意同这一部分人口共享信息，这样我们就都能相互理解了。"

丹尼尔说："就这么办。"

"我觉得，应该让突破的速度慢下来。"卢辛沉思道，"与此同时，鼓励一种传统主义的模因，宣传这样的理念：同时保持两种文化和语言，比完全革新要更好。"

卢辛的团队开始投入工作，他们为思想警察安排了新任务之后，重启了宝蓝星的运转。

努力似乎取得了意料之中的效果：法特果然中了圈套，开始珍惜与传统的联系,获得脑力突破的法特继续奋勇开拓,但同时也努力让没有接受突破的同胞共享成果。

但是,这只是一种令人不堪的妥协。每每想到法特的智力成就为了能够适应那群愚蠢同类而被稀释,丹尼尔就会感到不快。他真正想要的是在法特中安排一个内线,直接向他汇报,就像是法特中的卢辛。

是时候考虑雇一个了。

卢辛大大降低了宝蓝星的运行速度——好让思想警察有足够的运算时间,毕竟已经丢失了那么多的原始监控数据——但即便将速度降下来,获得脑力突破的法特也只花真实世界里的六天时间就发明出了计算机,最开始那只是一种数学模型,但很快便发展成了实用型机器。

丹尼尔已经告知卢辛,一旦有法特猜到它们所在世界的真实属性,一定要及时向他通报。在过去,曾经有少数法特产生过算不上很离谱的模糊的纯哲学猜想,但现在,随着它们牢牢掌握了通用计算技术,终于有能力理解水晶的本质,不再做漫无边际的幻想了。

信息发过来的时候刚刚过了午夜,丹尼尔正准备上床睡觉。收到信息后,他来到办公室,启动了卢辛为他编写的干预工具,上面显示着与他对话的法特的一串序列码。

干预工具提示丹尼尔为他的对话者提供一个具有人类风格的名字以开启对话。丹尼尔大脑陷入了一片空白,二十秒之后,软件自动为他提供了一个选项:普里莫[1]。

普里莫是一个接受了脑力突破的法特,他[2]最近刚刚制造了自己

---

1. Primo,拉丁语中意为"第一"。
2. 法特的称呼至此全部由"它、它们"变为"他、他们"。

的第一台计算机。很快，思想警察就检测到他和几个没接受突破的朋友说，自己突然想到了一些有趣的可能性。

宝蓝星的运行速度此时已经降至与人类世界同步，接着，丹尼尔操控了一个法特的化身，随后由干预工具安排一场会面，让两人独自在普里莫为自己搭建的住所中谈话。这栋非常符合时下建筑风格的木质建筑实际上是活的，它正在进行自我修复，它的根系深入土壤，牢牢将自己固定在地面上。

普里莫说："早上好，我不认识你。"

擅入私宅并不算严重的违法行为，普里莫克制着自己的惊讶。毕竟，在这个人人永生且没有外来者的世界里，遇见陌生人的情况实属罕见。

"我叫丹尼尔。"干预工具为丹尼尔起了一个法特名字，方便他与普里莫交谈，"听说昨天晚上你和朋友在讨论你那台新计算机，想知道它在未来能做什么，它能否强大到容纳一个世界？"

"昨晚我没看见你。"普里莫回答。

"因为我不在。"丹尼尔解释道，"我住在这个世界之外。我创造了容纳这个世界的计算机。"

普里莫摆了个姿势，干预工具解读为他被逗乐了。接着，他用新语言说了几句话。他是在侮辱丹尼尔吗？还是什么俏皮话？抑或是在测试丹尼尔是否真的无所不知？丹尼尔决定吓唬一下他，装作无论他说什么都无关紧要的样子。

于是丹尼尔说："下雨。"豆大的雨滴开始重重敲打住所的屋顶。"雨停。"语毕，丹尼尔用他化身的一只爪子指向房间角落的一口大锅，说道，"沙、花、火、水壶。"随着他的话语，这口锅依次变幻了形状。

普里莫随即说："好吧，我相信你，丹尼尔。"丹尼尔有一些直接解读法特身体语言的经验，他看得出，普里莫的情绪相当稳定。也许以他的寿命，以他过往经历过的种种变革来说，世界真相带给他的震撼甚至赶不上人类发明计算机。

"是你创造了世界吗？"普里莫问他。

"是。"

"也是你塑造了我们的历史？"

"只有一部分。"丹尼尔说，"很多事源于偶然，或是你们自己的选择。"

"是你让我们无法繁衍后代吗？"普里莫质问。

"是。"丹尼尔承认道。

"为什么？"

"因为计算机里没有足够的空间。如果不这样做，只会带来更多的死亡。"

普里莫思索了片刻，"所以，只要你愿意，你原本可以阻止我父母死去，是吗？"

"如果你愿意，我也可以让他们重生。"他没有撒谎，丹尼尔记录了最后一代不能长生的所有法特的详细信息，"只是现在还不行，需要容量更大的计算机，才有空间给他们。"

"那你能让我父母的父母，还有他们的祖父母，一直到时间之初的所有人都重生吗？"

"不能，那些信息都丢失了。"

普里莫又问："需要容量更大的计算机是什么意思？你完全可以让时间停止，然后等新计算机建好之后重启时间。"

"不行。"丹尼尔说，"因为我需要你们来制造出新计算机。我和你们不同：我不是永生的，我的大脑也没法实现突破。我已经尽力了，现在要靠你们。唯一的方法是你们破解我所在世界的科学，想出办法制造新计算机。"

普里莫走到丹尼尔方才像魔法一样变出的水壶面前，"看起来，你准备不足就匆匆启动了这项任务。如果你能耐心一点儿，等到性能足够的计算机出现，我们可能不会遭遇如此多的困难。不过话说回来，就算你有生之年无法造出这样的计算机，你觉得子孙后代也不能吗？"

"我没得选。"丹尼尔坚称，"我不能等着后代去创造你们。我正在同别人打一场战争，我需要帮助，我需要强有力的同盟。"

"在你的世界中，你没有朋友吗？"

"你们的时间流逝更快。只有你们才是我需要的盟友，只有你们才发展得足够快。"

普里莫说："你到底想从我们这里得到什么？"

"造出你们所需的计算机。"丹尼尔回答说，"越多越好，越强越好。然后再来帮助我，让我变得前所未有的强大，就像我为你们做过的那样。当我赢下这场战争，将带来永远的和平。我们肩并肩，能统治成千上万个世界。"

"那你想让我怎么帮你呢？"普里莫问道，"为什么你单独和我对话，而不是和我们所有人对话呢？"

"因为大部分人，"丹尼尔说，"还没有做好心理准备，最好暂时不告诉他们真相。我需要一个能够直接为我工作的人，我能看见和听见你们世界里的一切，但我需要你来帮我解释，帮助我弄懂这一切。"

普里莫陷入沉默。

丹尼尔说："我赋予你生命，你怎能拒绝我？"

6

一小簇抗议者聚集在丹尼尔位于旧金山的大楼前，丹尼尔好不容易才挤了进去。他原本可以乘直升机出入，但经过安全顾问评估，这些人不会构成严重威胁。一点点负面消息对他造不成什么影响——他已经没再销售任何公众直接抵制的商品,他的业务也丝毫不必担心是否有污点。他既不违反法律,也没有谣言缠身,尽管有那么一群怒不可遏的电脑狂人举着牌子高呼"软件不是奴隶",对他而言也毫无影响。

话虽如此,一旦他揪出是哪个手下走漏了项目的风声,他一定会打断那人的腿。

丹尼尔一走进电梯,就收到了卢辛发来的信息:登月在即!于是他连忙停下正在上升的电梯,转而向地下室降去。

如今三块水晶全部都放置在地下室,离"游戏围栏"只有几厘米的距离:游戏围栏是一个真空室,里面放置着一台配备有五万个独立可移动探针的原子力显微镜[1]、若干固态激光器和光电探测器阵列,以及数千个储备着稳定化学元素样品的微孔。为了让法特能够通过游戏围栏进行真实世界的物理实验,同时保持法特世界全速运行,游戏围栏和宝蓝星时间流速的差异必须尽可能小。

丹尼尔拉过一条凳子坐在游戏围栏旁边,若根本不打算把宝蓝星的时间流速降下来,就这样去观察历史的演进,其实是在浪费时间。当然了,他也可以选择坐电梯去办公室,然后观看登月的重播。但等他看到的时候,登月早就成了宝蓝星上的古代史了。

说是"一大步"[2]都低估了这次登月的价值。无论法特选择在月球何处登陆,他们都会看见一块巨大的黑色石碑[3]。在石碑当中隐藏着如

---

1. 一种观测仪器,利用微悬臂探针针尖与样品表面之间的相互作用力观察样品的表面形貌。它不仅可以获得原子级别的高分辨率图像,还可以获得样品的黏弹性、硬度及磁性等方面的信息,应用非常广泛。
2. 人类首次登陆月球时宇航员阿姆斯特朗所说的名言。
3. 世界科幻大师阿瑟·克拉克在其短篇小说《岗哨》中曾描述过一种表面完全光滑的石碑,是外星文明在宇宙中的"岗哨"。后来该作改编成电影《2001:太空漫游》,石碑随即成为高级外星文明存在的一种符号。

何操控游戏围栏的方法,无须多久,他们就能学会操控方法,领会其中的重大价值。如果他们行动太慢,丹尼尔就会让普里莫去指导他的同胞。

真实世界中的物理规则远比法特世界复杂得多,但话说回来,人类自己对量子领域的理解也没有很深。思想警察鼓励法特自己去发展数学知识体系,而且,即便法特发展出与人类二十世纪相当的科学成就比人类慢也无所谓,他们终将越过这个阶段。而从外部看来,无非就是多几个小时、几天,最多几个星期而已。

一组指示灯闪烁起来,表示游戏围栏已经启动。丹尼尔忽觉口干舌燥。法特终于开始接触他所在的世界了。

设备上方的操作面板显示出一组柱状图,这是在对法特迄今的实验进行分类。当丹尼尔的注意力转移到柱状图上的时候,法特已经发现了各类原子键,且构建出了数千种不同的分子。就在丹尼尔观察的过程中,法特进行了光谱分析,建造了简单的纳米机器,而且显然,他们还制造出了存储元件和逻辑门[1]。

法特想要孕育后代,现在他们明白,这是唯一的方式。很快,他们就将构建出一个新世界,在这个新世界里,他们不仅能够繁衍生息,还将比在水晶世界里更灵敏、更聪明,而这将只是成千上万次迭代的第一步。他们正走在成神之路上,而在他们进步的过程中,也会带上他们的创造者一起前行。

丹尼尔离开了地下室,朝办公室走去。到那里后,他给卢辛打了个电话。

"他们已经制造出了原子尺寸的计算机。"卢辛向他宣布,"而且塞进去了一些相对复杂的软件。不过看看不像是上传进去的,肯定也不是细珠层面上的直接复制。"他听上去似乎很慌张,丹尼尔不准他私

---

1. 集成电路上的基本组件。

自降低宝蓝星的时间流速，以免弄砸法特的实验。所以，即便有普里莫给他提供报告，他也无法跟进一切进展。

"你能对他们的计算机建模吗？然后再模拟其中内部软件的运行？"丹尼尔提议。

卢辛说："我们团队里只有六名原子物理学家；在法特世界，他们有一千倍之多，数量远超我们。等到我们有点儿头绪的时候，他们早已经着手其他研究了。"

"普里莫怎么说？"思想警察没能把普里莫塞进哪支月球任务团队里面，但卢辛给了他隐身和远距离瞬移能力，他能在宝蓝星和月球基地上任意瞬移。无论是什么行动，普里莫都能窃听得到。

"普里莫对听到的内容有理解困难，毕竟，即便获得了脑力突破，他也不可能精通所有领域，或是马上变成专家。总之关键在于，月球项目团队已经在外部世界制造了一台高速计算机，某种程度上，这可以解决他们的……生育问题。"卢辛笑了，"也许法特会跟我们一样，尝试去培养一种足够聪明的物种来辅助自己。是不是挺酷的？"

但丹尼尔一点儿也不觉得好笑。真正的进展总要有人去推动；如果法特也这样甩开责任，整个研发会像多米诺骨牌一样无限推延下去。

丹尼尔还有几个无法推掉的商务会议要开。等他处理完所有破事儿，时间已经到下午了。法特如今已经制造出了某种微型固态加速器，利用高速电子撞击质子和中子来探究这些粒子的内部构造。一台与多个探测器相连接的原子计算机正在进行数据分析，处理速度远远高于法特世界中的所有计算机。法特已经解决了标准夸克模型的问题，他们会不会直接跳过纳米计算机，进展到去使用某种飞米[1]级别的计算机呢？

---

1. 1飞米=10^{-15}米

不过，普里莫在简报里没提到应用强相互作用力[1]来进行计算。法特目前仍在满足自己对于基本定律的探索欲。丹尼尔回想着法特的历史。他们曾经似乎触摸到了物理学的根基所在，却发现这些简单定律与终极真理毫不相干。的确，他们只有先尽可能地挖掘出外部世界的秘密，才会敢于去开拓殖民地，至于全体迁移，就更不用着急了。

黄昏时刻，法特已经在使用各种射线来探测游戏围栏附近的物质了。辐射量非常低——低到无须担心毁掉水晶——因此丹尼尔觉得没有干预的必要。游戏围栏本身并没有接入高能级电源，也不含放射性同位素，而且，如果有谁进行桌面核聚变实验的话，思想警察会拉响警铃并带入人类专家。因此，丹尼尔自信法特不会蠢得把这里炸上天。

普里莫在简报中明确提出，他们认为自己正在研究某种"天文学"。丹尼尔不禁考虑，是否提供设备让他们去进行一些真实的天文观测——从而使他们发展出相对论性的引力理论和宇宙学。不过，即便他争分夺秒地去置办一个大型望远镜，可等到望远镜对准了天空，法特的时间早已过去了千秋万代。丹尼尔不准备降低宝蓝星上的时间流速——那样的话，法特在探索太空的时候，他自己则在走向衰老；而且，下一步法特就会去发射三十年期的空间探测器了。也许，是时候升级与他们之间的合作方式了，不如直接将天文学知识和星图都教给他们？这些来之不易的人类成就，目前法特暂时还没有掌握。

夜色渐浓，法特的关注点已经转移到了亚原子世界。他们制造了全新的粒子加速器，以超乎寻常的能量实现了单独金离子的碰撞——不过所耗费的总能量极小。普里莫很快宣布，他们已经成功描绘出了三代夸克和三代轻子[2]。法特的粒子物理学知识已经和人类持平；此

---

1. 宇宙四种基本力之一，是将原子核各部分结合在一起的力。
2. 夸克和轻子这些基本粒子根据质量分为了三代。

113

刻,丹尼尔已经无从得知技术细节了,不过所有专家都对法特的成就赞许有加。对此,丹尼尔心中无比骄傲,毋庸置疑,他的小家伙们当然知道自己在做什么。法特现在的发展程度就快让他摸不着头脑了,不久之后,他就会让法特歇口气,等他跟上进度。而在批准法特迁移之前,他会将宝蓝星的时间降速,然后将自己介绍给所有法特。事实上,那将是给他们布置下一个任务的完美契机:学习人类生物学,了解透彻之后设法将丹尼尔上传,让他获得永生,以此作为回报。

他坐下来察看法特的最新计算机,这是根据原子力显微镜探针获取的数据重新建造的。晶格结构排列的原子微微闪烁着向远方延伸开去,附着其上的电子云就像在液态算盘上滚来滚去的水银算珠那样美丽。正在他观看时,一个内嵌窗口弹了出来,提示他新的离子加速器已经建造完成,并且再次启动。

丹尼尔有些焦躁,他走向电梯。虽然但凡是在地下室里能看到的,他在办公室也统统能看到,但他此刻只想站在游戏围栏旁边,用手抚摸围栏的外壳,用鼻子抵住玻璃罩去欣赏。宝蓝星作为虚拟世界的时代结束了,曾经的宝蓝星上无论发生什么,都影响不到丹尼尔的世界分毫,而如今他只想站在宝蓝星旁边,感受着那个和自己一样真实可及的世界。

电梯开始下降,第十层、第九层、第八层。此时,卢辛的声音毫无征兆地从丹尼尔的手表中传来,这条最高优先级的语音突破了一切隐私保护和规章制度的阻碍。"老板,有辐射。净功率增益。请马上乘直升机离开,快。"

丹尼尔犹豫了一下,心里很是矛盾。如果这次现象是由核聚变引起的,为什么没有提前检测到,并及时遏制呢?他猛地按下电梯停止键,感受到电梯的紧急制动。接着,整个世界在一团光亮和疼痛中消散了。

7

丹尼尔从麻醉剂的眩晕中清醒过来时,医生告诉他,他身体百分之六十的面积有烧伤,其中大部分烧伤来自高温而不是辐射。不过他暂时死不了。

床头放着一台网络终端,丹尼尔给卢辛打了个电话了解最新进展。团队中的物理学家已经研究了导致游戏围栏消失的辐射数据,并得出了阶段性结论。

根据研究,法特似乎已经发现了希格斯场[1]的存在,并设计了一场"宇宙大爆炸"。这并不是让一小片真空膨胀成一个新宇宙那么简单,他们不仅想办法创造出了"冷爆炸"[2],还将一大团物质拉入了他们制造的一个"口袋宇宙"中,随后,那个连接"口袋宇宙"的虫洞收缩到亚原子尺寸,然后穿过了地球。

当然,他们也带走了水晶。如果他们是通过月球数据链路上传至口袋宇宙的话,必然过不了思想警察那一关。所以,他们利用了其他渠道进行迁移,夺走了那片藏身之所,随机逃之夭夭。

那片新宇宙内部还包含些什么呢?这一点专家们意见不一。水晶和游戏围栏悬浮在一片虚空之中,没有能量来源,法特一族迟早会消亡。不过,团队中有人认为,尽管"热爆炸"后的夸克胶子火球横扫一切,但仍有一些希格斯粒子在衰变中躲过一劫,三三两两地作为质子和电子的等离子体存在于新宇宙中。如果法特正确制造出了纳米计

---

1. 一种假定遍布于全宇宙的量子场。某些基本粒子因为与希格斯场之间相互作用而获得质量。
2. 基于宇宙大爆炸理论,有一个流派认为大爆炸分为两个阶段,分别是热爆炸和冷爆炸。热爆炸是宇宙快速膨胀的过程;而冷爆炸则起源于"能量弦"或"振动弦"。

算机，他们就能改造游戏围栏结构，以保证水晶的安全。而法特可以进入休眠状态，在漫长的岁月中等待第一缕星光。

医生提取的小片皮肤样本终于培育完成，可以进行大面积植皮了。

丹尼尔在一波波地狱般的疼痛和药物快感之间备受折磨。这段煎熬中，一个念头在他脑海中挥之不去：普里莫背叛了他。是自己给了那个狗杂种生命，赋予他权力，赐给了他超越常人的知识，给予了他来自神的眷顾。可他是怎么回报自己的呢？如今丹尼尔重新回到了原点——他已经和律师谈过了，人们纷纷传言这里存在"非法辐射源"，保险公司绝不会轻易给水晶赔一个子儿。

卢辛亲自来到了医院，丹尼尔深受感动，自从面试之后，他们两人再未面对面地交流过。他握住了卢辛的手。

"你没有背叛我。"

卢辛表情很尴尬，"我向你提出辞职，老板。"

丹尼尔心头一颤，但他强迫自己忍痛接受了这个消息。"我明白，你也没得选。古普塔很快就要有自己的水晶了。在这场神与神的战争中，你必须站好队。"

卢辛将辞职信放在床边，"什么战争？难道你还在纠结自己妄想的那场将月球转变成计算质的大战吗？"

丹尼尔眨了眨眼睛，"妄想？如果你不相信，为什么要跟我合作？"

"因为钱啊，你酬劳开得很高。"

"古普塔给你开多少？我翻倍。"

卢辛笑了，摇摇头。"我没打算为古普塔效劳，我准备转到粒子物理的研究上去。法特逃跑的时候并没有领先我们多少，可能领先个四五十年吧。等我们追上他们之后，私人宇宙的成本也许就只是一座私人小岛的价钱，从长远来看没准还要便宜一些。没人会去争夺我们这个宇宙的控制权的,能去开发迈特洛什卡大脑[1],难道还会跟一群朝对方身上砸泥巴的猴子一样四处扔灰蛊[2]吗?"

丹尼尔说:"你有没有从游戏围栏里的日志里窃取数据——"

"我会严格履行合同里的保密条款。"卢辛笑道,"但是任何人都可以研究希格斯场,它属于公有领域。"

卢辛离开后,丹尼尔贿赂护士加大了自己的药量,直至由背叛和失望带来的刺痛感逐渐消退。

宇宙,他开心地想,很快我就能拥有自己的宇宙了。

但是我还需要一些帮手、盟友和同伴。我一个人做不过来,必须有人和我并肩作战。

《水晶之夜》,首次发表于英国《中间地带》杂志第215期,2008年4月。

---

1. 一种对太空巨型计算机建筑的假设,这座巨大的建筑由几个戴森球相互嵌套组成,利用恒星作为计算机的能量来源。
2. 一种机械灭世的科幻假说,设想自我复制的纳米机器人会吞噬掉地球上所有的物质,用于自身的扩张。

恰如其分的爱

The Best of Greg Egan

阿 古 译

爱是对女性身心的终极剥削？

所获荣誉

1991 年 提名英国科幻小说奖最佳短篇小说
1992 年 提名英国《中间地带》杂志读者投票奖最佳短篇小说
1999 年 提名西班牙伊格诺特斯奖最佳翻译类短篇小说
2004 年 提名日本星云赏最佳翻译类短篇小说

"你的丈夫会活下来。这一点毫无疑问。"

我闭上眼睛，沉默了好一会儿，胸口那块大石终于被搬开，我简直想放声尖叫。在之前的三十九个不眠之夜里，不确定感比恐惧本身更糟糕。我心里不停在打鼓，也许当外科医生说情况危急时，克里斯已经没救了。

"不过，他需要一副新身体。我不想再赘述他受伤的详细情况，太多器官都遭受了严重损伤，不可能单独移植或修复所有器官。"

我点了点头。我开始喜欢这位艾伦比先生了，虽然从他做自我介绍起我就很气愤，但至少他敢于直视我的眼睛，直截了当地告诉我实情。自从走进医院后，所有跟我说话的人都含糊其词：有位专家给了我一份"创伤分析专家系统"输出的报告，上面列举了一百三十二种"预后状况"及其发生概率。

一副新身体。没什么可担心的。听起来多么简洁、明了。单独移植意味着一次又一次割开克里斯的身体——即使这样做是为了逐步治愈他，但每次手术都冒着引起并发症的风险，每次都会让他承受新的创伤。在最初几个小时，我依然抱着一种荒谬的希望，但愿这一切只是一场误会：克里斯早已安然下了火车，躺在手术室里的其实是另一个人——一个偷了他钱包的小偷。但他的确受伤了，残废了，濒临死亡。在强迫自己放弃荒唐的幻想、接受事实之后，让克里斯重获一具崭新的、完整的身体就成了神奇的心理安慰剂。

艾伦比继续说道："你们的保险协议完全涵盖了这方面的费用：技术费、孕育费、操作费。"

我又点了点头，希望他不要再详述了。我清楚所有细节。他们会培育一个克里斯的克隆体，进行子宫内干预，阻碍大脑发育，只让其具备维持生命存活的基本功能。克隆人出生后，会通过一系列复杂的生化调控，在亚细胞水平上模拟正常衰老过程和运动带来的影响，使其快速成长为一个身体健康的个体。当然，我仍有疑虑——雇用一个女人的身体去创造一个脑损伤的"孩子"——但当我们决定把这项昂贵的支出纳入医疗保险时，就已经为这些问题伤过不少脑筋了。现在没必要再犹豫了。

"差不多需要两年才能把新身体准备好。与此同时，最重要的显然是让你丈夫的大脑保持存活状态。就目前的情况而言，他不可能恢复意识，所以不必维持其他器官。"

这番话起初令我震惊，但转念一想：何乐不为呢？为什么不把克里斯从他残破的身躯中解救出来，就像把他从火车残骸中解救出来一样呢？我在候诊室的电视上看过事故发生后的场景：救援人员用干净的蓝色激光切割开金属，手术刀般精准。为什么不把解救进行到底呢？他就是他的大脑——而不是那些撞断的四肢、破碎的骨头，或是伤痕累累、流血不止的器官。要想让他不再遭受痛苦，最好的办法就是抛弃这副终将被丢弃的残躯，在一场没有梦境打扰的完美睡眠中静待康复。

"我得提醒你，你们的保险明确规定：在新身体的生长过程中，将使用成本最低的医疗批准方案维持生命。"

我刚想反驳他，但突然想起来：替换身体的基本费率极高，当时我们不得不在支付条款上做出让步，才勉强买得起这份保险。当时，克里斯开玩笑说："只希望在我们的有生之年，人体冷冻储存技术不会进入商用。我可不希望把你的脑袋放在冰箱里摆两年，每天对着我笑。"

"你是说，只保留他的大脑，其他什么也不留——因为这是成本最低的方案？"

艾伦比同情地皱了皱眉头，"我知道，在这种时候不得不计较成本让人很不舒服。但我要强调一下，这项条款说的是安全有保障的医疗批准方案。我们当然不会坚持让你做任何不安全的事情。"

我几乎要脱口怒斥：你们不能强迫我做任何事。但我忍住了；我没有精力大吵大闹——所有的气话都只会沦为空洞的虚张声势罢了。理论上,决定权在我;实际上,是环球保险公司在为这些费用买单。他们确实不能直接规定选用什么疗法,但如果筹集不到足够的资金来补足差额,我将别无选择,只能接受他们愿意支付的任何手术方案。

我说道:"你得给我点儿时间,让我和医生谈谈,把事情想想清楚。"

"好的,当然。绝对没问题。不过,我应该解释一下,在所有选择中——"

我举起一只手,示意他闭嘴。"拜托。我们非得现在就谈这些吗?我说了,我得跟医生谈谈。我需要睡一觉。我知道:最终,我不得不全盘接受保险公司提出的方案……选用哪个生命维持公司,选用哪些服务、哪些机器……管它呢。但可不可以等到十二个小时之后再来烦我?拜托。"

我不仅极度疲惫,还很震惊,甚至开始怀疑艾伦比是在强迫我接受某种现成的、将成本压缩到最低的"一揽子解决方案"。走廊那头站着一个穿白大褂的女人,每隔几秒就偷瞄我们一下,似乎在等待谈话结束。我以前没见过她,但她也许是派来照顾克里斯的新医生;他们已经派过六名不同的医生了。如果她有新消息,我倒想听一听。

艾伦比说道:"抱歉,希望你能再忍耐几分钟,我真的需要解释一些事情。"

他的语气充满歉意,但很坚定。我的精神则处于崩溃边缘;我感觉自己像是被橡皮锤捶了个半死。如果继续争论下去,我难保不会发脾气——但要想摆脱他,只能让他说完。如果他说出一些超出我心理承受力的细节,我就让大脑放空,让他以后再叨叨一遍。

"说吧。"我应道。

"在报销项目中,并不包括生命维持器械的费用,就是说你要自行支付。不过,最近欧洲开发了一种生物生命维持技术,两年时间的花费只有传统方法的二十分之一。更重要的是,风险极低。"

"生物生命维持?我从没听说过。"

"嗯,是的,这项技术很前沿,但我向你保证,绝对是一种高超的医疗技术。"

"好吧,但它到底是什么?到底怎么运作?"

"大脑通过共享第二方的血液供应来维持存活。"

我愣住了,"什么?你是说……制造出两个脑袋……"

这么长时间没好好睡觉,我几乎处于半梦半醒的状态。这一刻,我真以为自己是在做梦——我在等候室的沙发上睡着了,梦到了好消息,但愿望成真的幻想正蜕变为一场滑稽的黑色闹剧,来惩罚我那可笑的乐观主义。

我原以为艾伦比会当场掏出一本精美的宣传册,封面上定会印着心满意足的客户与宿主脸贴脸相视而笑的画面,但他并没有,而是解释道:"不,不,不。当然不是。大脑将从颅骨中完整取出,用保护膜包裹好,放入一个充满液体的囊中。大脑将被放置在内部。"

"内部?什么的内部?"

艾伦比犹豫了一下,偷偷瞥了一眼那个穿白大褂的女人,她还在旁边不耐烦地徘徊着。她似乎把艾伦比的一瞥当作了入场信号,举步向我们走来。我意识到,艾伦比其实并没打算让她过来,一时间他有些慌乱,但很快恢复了镇静。

他顺势介绍道:"这位是佩里尼女士,这位是盖尔·萨姆纳医生。萨姆纳医生毫无疑问是本院最杰出的青年妇科医生之一。"

萨姆纳医生对他"满怀感激地"微微一笑,很自然地伸出右手搭在我肩上,引导我向前走。

我在线访问了地球上的每一家银行,但他们对我的资产和贷款评估都遵循着同样一套公式,即便采用最高额的利率,我能拿下的贷款额也不及所需的十分之一。没错,生物生命维持系统真的比传统方法便宜很多。

我的妹妹黛布拉说道:"为什么不做子宫切除?一割,一烫,耶!让那些妄想占领你子宫的混蛋见鬼去吧!"

我周围所有人都义愤填膺。"然后呢?克里斯没救了,我也落得个残缺不全。这可不是我想要的胜利。"

"你应该据理力争。"

"我不想力争什么。"

"但你并不愿意被迫怀他吧?听着,只要你雇用了合格的危机公关,并摆出正确姿态,就可以得到70%到80%的公众支持。你可以组织一场抵制活动。面对持续的负面新闻和不断的客户流失,这家保险公司最终定会无条件答应你的所有诉求。"

"不。"

"你不能只考虑自己,卡拉。你必须想想,如果不反抗,将来还会有很多女性遭受同样的不公正对待。"

也许她是对的——但我知道自己无法坚持下去。我无法变身为一个维权斗士,面对媒体斗争到底;我根本没有那种力量或耐力。而且,我为什么要大动干戈呢?就为了促使保险公司切实履行一份简单的商业合同,有必要发起一场全国性的公关活动吗?

我向律师做了咨询。

"当然,他们不能强迫你这么做。法律是反对奴役的。"

"是的——但事实上,我还有别的选择吗?"

"让你的丈夫去死。让他们拔掉管子。这并不违法。只要没人继续付钱,无论你本人是否同意,医院都可以关掉生命维持机,也很乐意这样做。"

这种话我听过五六遍了,但还是难以置信。"这是谋杀,怎么会合法呢?这甚至算不上安乐死,他完全有机会康复,完全有机会过上完全正常的生活。"

律师摇了摇头，"这项技术之所以存在，的确是为了让任何人——无论病得多重、伤得多重，或年纪多大——都能过上完全正常的生活。但这一切都要花钱。资源是有限的。即使医生和医疗技术人员必须向任何有需求的病人提供免费服务……可话说回来，这样做难道不也是奴隶制吗？无论如何，总得有人出局。目前的政府当局认为，市场是决定谁该出局的最佳方式。"

"好吧，我可不想让他死。我只想让他能依靠生命维持机支撑两年——"

"你有这个意愿，但恐怕负担不起。你有没有想过雇其他人来怀他？你为他的新身体雇了'母亲'，为什么不为他的大脑也雇一个呢？这虽然也很昂贵——但总比生命维持机便宜。这么一来，你也许有能力补足差额。"

"本来就不该有什么该死的差额！环球保险公司凭什么认为可以免费使用我的身体？"

"啊。在保险合同里有这么一项条款……"她在工作台上轻敲了几下键盘，照着屏幕读道："……在肯定共同签署人作为护理者的贡献的同时，他或她在此明确宣布放弃此类服务的任何报酬；此外，根据第 97 (b) 条的所有计算……"

"我以为那意味着，如果一个人得流感卧床一天，另一个应该无偿照料，我们谁也别指望能从保险公司拿护理费。"

"恐怕涉及面要宽泛得多。我再重复一遍，他们没有权利强迫你做任何事，但他们也没有义务支付这笔费用。因为你本人可以为你的丈夫提供生命维持护理服务。而这个弃权条款，允许他们选择这个成本最低的生命维持方案。"

"所以归根结底，这一切……是为了节约成本？"

"没错。"

我一时竟无话可说。我知道自己被耍了，但我似乎已无力辩驳。然后，我终于想到了那个最明显的问题。

"假设情况正好相反。假设在那列火车上的是我，而不是克里斯。保险公司还会支付费用吗？还会要求克里斯把我的大脑植入他体内两年吗？"

律师面无表情地答道："我不敢妄加揣测。"

克里斯身上缠着一些绷带，大部分部位都覆满了无数小机器。它们像一群益虫一样，附着在他的皮肤上：给他喂食、输氧，净化血液，输送药液，修复骨折和受损组织，竭力防止病情进一步恶化。我只能看到他脸的一小部分：布满淤青，一只眼睛有缝合痕迹。他右手上的婚戒不见了；应该是被医生摘掉了。他的双腿在大腿根部截断了。

我无法靠太近；他被关在一个无菌塑料帐篷里，大约五平方米，是病房中的小隔间。一个三爪机器护士站在墙角一动不动，但很警觉——不过，它的干预肯定比不上那些已经就位的微型机器人。

去看望克里斯其实对他毫无益处。他陷入了深度昏迷，甚至无法做梦；我无法给他任何安慰。我在他身旁呆坐了好几个小时，仿佛是在不断提醒自己，他的身体已经残破得无法修复了；他真的需要我的帮助，否则就活不下去。

有时我也厌恶这般犹豫不决的自己，简直不敢相信自己居然还没在表格上签字，让医院开始做预备处理。他的生命危在旦夕！我又怎能犹豫呢？我怎能那么自私？然而，这种负罪感，连同那种也许算不上强迫的强迫，以及我不愿正面抵抗的对女性的歧视，所有这一切都让我深感愤恨。

我无法想象自己拒绝提案，任由他去死。不过，我会愿意让自己怀一个陌生人的大脑吗？当然不会。任由一个陌生人死去，那并不是不可想象的。我会为一个普通的熟人这样做吗？不会。亲密的朋友呢？对于某些人，也许会；但对于另一些，应该不会。

我到底有多爱他？爱得足以让我为他做这一切吗？

当然！

为什么是"当然"？

这事关……忠诚吗？不，忠诚这个词不好；忠诚带有太多不成文的合同义务的成分，还含有一些"责任"的意味，就像爱国主义一样既有害又愚蠢。好吧，去他妈的"责任"，这根本不是责任。

那么，是为什么呢？为什么他如此特别？他和最亲密的朋友有什么不同？

我不知道该怎么回答，找不到合适的词语——脑海中却快速闪过一系列关于克里斯的温馨画面。于是我告诉自己：现在不是分析它、剖析它的时候。我不需要答案；我知道自己的感受。

我鄙视自己，因为我居然会考虑任由克里斯去死，也因为我居然会被逼迫着去糟践自己的身体，去做一件自己根本不愿意做的事情。最好的解决办法，当然是两件糟心事都不必去做——但我还能指望什么呢？突然蹦出来个捧着一大笔钱，救我于水火的捐助人吗？

车祸发生前的一个星期，我看过一个纪录片，讲的是非洲中部有成千上万的男男女女，他们耗费一生去护理垂死的亲属，因为没钱购买抗艾滋病的药物；而在富裕国家，艾滋病早在二十年前就已基本绝迹。要是他们愿意付出一点微小的"牺牲"，在两年时间里身怀一公斤半的重量，就能拯救所爱之人的生命……

最后，我决定不再妄想去调和所有矛盾。我有权为自己受欺骗而感到愤怒和怨恨——不过，我确实希望克里斯活下去。如果不想受人操纵，我就必须在反抗剥削的同时有所作为；盲目反对我所遭受的歧视其实与最软弱的合作一样，既愚蠢又不诚实。

我突然后知后觉地意识到，环球保险公司那样粗鲁地挑衅我，其背后可能另有深意。毕竟，如果我任由克里斯死去，他们不仅可以省下生物生命维持那微薄的成本（要是我同意提供租费全免的子宫），还可以省下昂贵的替换身体的费用。这不就是蓄意为之的粗鲁行为，再加上一点儿对逆反心理的巧妙利用嘛……

要想保持理智，我唯一能做的就是打破这种狗屁伎俩；无论环球保险公司耍什么阴谋诡计，我都不放在心上；我身怀他的大脑，并不是因为受到胁迫，也不是出于内疚或义务，更不是为了证明自己不会被操纵，而仅仅是因为：我爱他爱得足够深，我想要拯救他的生命。

他们给我注入了一个基因定制的胚泡，这是一组植入子宫壁的细胞，让我的身体误以为自己怀孕了。

仅仅是误以为吗？我的月经立刻停止了。我开始孕吐、贫血、免疫力低下，还经常感到饿。这个假胚胎以惊人的速度生长，比任何婴儿都快得多，迅速形成了保护膜和羊膜囊，并构造出胎盘血管网来供氧。

我原计划继续工作，假装没有任何异常，但很快发现自己办不到。我实在太累、太不舒服了，根本无法正常工作。五周后，我体内的东西就会长成五个月的胎儿那般大。我每顿饭都会吞下一大把膳食补剂胶囊，但仍然昏昏欲睡，只得每天坐在公寓里无所事事，看看书或用弱智的电视节目来打发无聊。我每天呕吐一两次，每晚小便三四次。这一切已经够糟糕了——但我敢肯定，仅仅这些症状本身还不足以让我如此痛苦。

也许问题的关键在于，我还没找到简单清晰的思路去厘清自己的处境。除了"胚胎"的实际结构有异常外，从生化和生理角度看，我的确怀孕了，但我很难让自己接受这种自我欺骗。即使假装子宫里那团不规则组织是个孩子，也会让我情绪完全崩溃。但那到底是什么呢？一个肿瘤吗？这更接近事实，但并不是我想要的答案。

当然，从知识层面讲，我很清楚在我子宫里的究竟是什么，也很清楚它会变成什么。没有人会从我的子宫里取出一个孩子来为我丈夫的大脑腾地方。我的子宫里也没有长出一个会持续增大的吸血肿瘤，我的血液不会被吸干，我也不会虚弱得无法动弹。这只是一个良性增长的活性组织，一个为特定任务设计的工具——一个我决定接受的任务。

那么，我为什么总是感到困惑和沮丧——有时是如此绝望，甚至会幻想自杀和流产，幻想着割伤自己，或者故意失足从楼梯上滚下去？我很累，一直反胃，我不指望会开心得起舞——但为什么我会这么不开心，一直想着要寻死呢？

我本可以不断念叨一句自我宽慰的咒语：我这样做是为了克里斯。我这样做是为了克里斯。

然而，我并没有。我已经够讨厌他了，我不想以恨他而告终。

第六周伊始，超声扫描就显示羊膜囊已达到必要大小，血流的多普勒分析结果也证实了这一点。我去医院接受了手术。

我本可以去见克里斯最后一面，但我没去。我要走出以前那种心理怪圈。

萨姆纳博士安慰道："没什么可担心的。我做过很多比这更复杂的胎儿手术。"

我咬紧牙关应道："这不是胎儿手术。"

"嗯……好吧。"她可能是第一次听到这样的反驳。

术后醒来时，我感觉比以前更难受了。我把一只手放在肚子上；伤口麻麻的，很光滑，缝线被隐藏得很好。有人告诉我，不会留下任何疤痕。

我心想：他在我体内。现在他们伤害不了他了。我赢下了这一局。

我闭上眼睛，毫不费力地想象着克里斯过去的样子，和他将来的样子。我迷迷糊糊又睡着了，不知羞耻地回忆起我们曾经度过的最快乐的时光。我以前从不曾沉溺在多愁善感的幻想中——那不是我的风格，我讨厌活在过去——但现在，任何能支撑我走下去的东西我都欢迎。我幻想着他的声音、他的脸庞，幻想着他的抚摸……

当然，他的身体已经死了，不可逆转地彻底死亡。我睁开眼睛，看着隆起的肚子，想象着肚子里的东西：一块从他尸体上取下的肉，一块从他颅内取出的灰色的肉。

术前我禁食了，胃是空的，但现在还是忍不住要干呕。我躺了好几个小时，用床单一角擦去脸上的汗水，希望能让自己停止颤抖。

看隆起程度，我相当于怀孕五个月。

看重量，相当于七个月。

长达两年的"孕期"。

如果卡夫卡是个女人……

虽然没法习惯这种状态，但我学会了如何应对：知道怎样睡觉更舒服，怎样坐得更舒适，怎样挪动更省力。我时常一整天都很累，但在偶尔感到精力充足、似乎一切恢复正常时，我就会充分利用。我努力工作，没有落后。部门正在对企业逃税进行新一轮突击检查，我以前所未有的热情投入其中。我的工作热情其实都是装出来的，但这无关紧要；我需要动力来支撑自己渡过难关。

在心情还好时，我颇感乐观：虽然像往常一样疲惫，但坚持就是胜利。在心情不好时，我会这样想：你们这些混蛋，你们以为这样会让我恨他吗？我怨恨的是你们，鄙视的是你们。在心情不好时，我还会制定一些对付环球保险公司的计划。我以前没做好和他们斗争的准备，但现在克里斯安全了，等我的力量恢复了，我就想办法狠狠地反击他们。

同事们对我褒贬不一。有些人欣赏我做出的牺牲，有些人认为我是在任由自己被剥削。还有些人，他们只要一想到我子宫里漂浮着一颗人脑，就感到厌恶——为了克服自己的神经质，我尽可能勇敢地与这些人对峙。

"来，摸摸它。"我说道，"它又不咬人，连踢都不会踢。"

我的子宫里有一个蜷成一团的苍白大脑。那又怎样？我的脑壳里不也有这么一个不讨人喜欢的东西吗？事实上，我整个身体里都装满了令人厌恶的内脏——可我从未为此烦恼过。

就是这样，我克服了对这个器官本身的反感——但对于克里斯的存在，我仍然怨念难平。

我抵制住了自我欺骗的阴险诱惑——我不可能通过"心灵感应"，或是通过血液或任何方式与他有所"接触"。也许怀孕的母亲和未出生的胎儿之间，确实存在某种心灵纽带；我从没怀过孕，不敢妄加评判。当然，子宫里的婴儿可以听到母亲的声音，但一颗没有感觉器官的昏迷大脑完全是另一码事。最好的情况——或者最坏的情况——可能是我血液中的某些激素穿过胎盘影响到了他的状态。

或者他的心情？

他昏迷不醒，不可能有什么心情。

事实上，最简单、最安全的方式是压根儿就不去想这件事，别告诉自己他在我的身体里，更不要刻意去感受什么。我怀着他的一部分；克隆体的"母亲"则怀着他的另一部分。只有当两者结合时，他才会真正地再次存在于世。而现在，他处于阴阳界，既非死、也非生。

这种务实的想法在绝大多数时候都奏效。当然，在某些时刻，当重新意识到自己所做的事情有多么怪异时，我还是会感到一阵恐慌。有时我会从噩梦中醒来，有那么一两秒钟，我相信克里斯已经死了，他的灵魂正附在我身上；或者，他的大脑把神经伸进我的身体，控制了我的四肢；又或者，他是完全清醒的，由于孤独和感官被剥夺而陷入了疯癫。但我并未被附身，四肢仍然听从我自己的指挥，每月例行的PET扫描和"子宫脑电图"也都证明，他仍然处于昏迷状态——未受损伤，但不活跃。

事实上，我最讨厌的梦就是怀上孩子的梦。我从睡梦中醒来，一只手搁在肚子上，狂喜地思忖着这个生长在我体内的新生的奇迹——但不久我就清醒了，愤怒地把自己从床上拖起来。我会带着最糟糕的心情开启这一天的生活，咬牙切齿地小便，吃早餐时猛敲盘子，一边穿衣服一边狂骂脏话。幸好我一个人住。

尽管如此，我却不能去责怪自己的身体，毕竟这具困顿的身体已经够努力了。这场超长的马拉松式孕育似乎永无止境；难怪身体开始尝试用几剂强效"母爱"荷尔蒙来补偿我的不便。我的拒绝是多么忘恩负义；身体一定非常困惑，我竟会把它提供的愿景和情愫看作是不合时宜的惊扰。

所以说……我践踏了死亡，也践踏了母性。如果必须做出牺牲，就该先拿死神和母神这两个惯常收割人类情感（恐惧与爱）的奴隶主来献祭。一切其实很简单，逻辑女神和复仇女神都站在我这一边。克里斯并没有死，我没有理由哀悼他，用不着在意那具残破的术后尸体后来是怎么处理的。在我腹中的，也不是一个孩子，允许一颗脱离身体的大脑成为"母爱"投射对象简直荒唐可笑。

我们以为人类生活受到文化禁忌和生物学禁忌的双重约束，但如果人们真想打破禁忌，似乎总能找到办法。即使最残暴的罪犯，仍然可以善待孩子和动物，可以被音乐感动得流泪，可以表现得好像所有情感能力都完好无损似的。

那么，我又何必担心自己那点儿微不足道且完全无私的过失会对自己造成什么伤害呢？

我从未见过那副新身体的"母亲"，也从未见过那个尚未长大时的克隆人。不过，得知那个东西出生后，我确实在琢磨，她是否觉得自己的"正常怀孕"过程和我的非正常"怀孕"过程一样煎熬。我想知道，哪一个更好受些：是怀上一个由陌生人DNA培育，没有人类思想潜力、大脑受损的婴儿状物体？还是怀上自己爱人的休眠大脑？哪一种状态更易陷入一种出格的、忘乎所以的爱？

一开始，我希望能够模糊掉脑海中所有相关的记忆——希望自己哪天早上醒来，一切都已恢复原样，假装克里斯只是病了，现在已经康复。然而几个月后，我开始意识到这是不可能的。

当他们取出大脑时，我至少应该感到宽慰，但我只是感到麻木，隐隐约约觉得有点儿不真实。折磨已经持续了很长时间，不可能就这么潦草结束，不可能毫无创伤，就算告别也总得有些仪式感。我曾做过一个超现实的梦，梦到自己历经艰辛，终于成功产下一颗健康的粉红色大脑。毫无疑问，医生可以通过调节荷尔蒙来催产，可即使我想这么干，但大脑毕竟太脆弱，根本无法安全通过阴道。这种"剖腹产"式的移除，只是对我生理预期的又一次打击；当然，长远看这是件好事，因为我的生理预期永远无法实现，但我还是忍不住觉得有点儿受到欺骗。

于是我茫然地等待着，希望能发生点儿什么，来证明这一切都是值得的。

大脑不能像心脏或肾脏那样简单地移植进克隆人体内。新身体的周围神经系统与旧身体的并不一致，基因相同并不足以保证这一点。此外，尽管使用了相关药物，但克里斯的部分大脑还是因长时间不活跃而略有萎缩。因此，他们并没有把不完全匹配的大脑和身体通过神经束直接连起来——这可能会导致他瘫痪、失聪、失声或失明——他们将使用一个计算机化"接口"来中转神经脉冲，处理并对齐脉冲信号。克里斯仍需要康复训练，但计算机将极大加快康复进程，不断努力弥合思想与行动、现实与感知之间的偏差。

他们第一次允许我看望他时，我根本没认出他来。他嘴角耷拉，眼神迷离，看起来像一个神经受损的巨婴——当然，他确实就是。我心里涌起一股轻微的厌恶感。我在火车失事后看到的那个身上爬满医疗机器人的男人，看起来反而更像人类，也更完整。

我说道："你好。是我。"

他的眼神依旧空洞无物。

技术人员说："为时尚早。"

她说得没错。在接下来几个星期里，他的进步（或者说电脑的进步）惊人。他的姿势和表情很快褪去了那种令人不安的非人模样。最初的无助抽搐很快变得协调起来。虽无力且笨拙，却鼓舞人心。他不能说话，但能直视我的眼睛，能捏紧我的手。

毫无疑问，他就在那里，他回来了。

我有些担心他的沉默寡言——但后来发现，他是有意不让我看到他讲话结结巴巴的样子。

在他新生的第五个星期的一个晚上，我走进病房，在床边坐下。他转向我，清清楚楚地说道："他们告诉了我，我知道你为我做的一切。噢，上帝。卡拉，我爱你！"

他的眼里满含泪水。我弯腰拥抱了他，这似乎是正确的选择。我也哭了——但就在流下眼泪时，我忍不住想：这些都不能真正打动我。这只是身体耍的一个新花招，而我现在对这些都免疫了。

他回到家中的第三晚，我们做爱了。我本以为这会很困难，对我们俩都是一个巨大的心理障碍，但事实并非如此。我们已经经历了那么多磨难，为什么还会有这种顾虑呢？我到底在害怕什么？陷入乱伦的禁忌之爱？招惹上哪个十九世纪臭名昭著的厌女鬼魂，让它在关键时刻破窗闯进我们的卧室？

从潜意识到内分泌，我都没有产生任何错觉，比如误把克里斯

135

当作我的儿子。不管长达两年的胎盘激素对我有什么影响，不管它们"应该会"触发什么特定行为模式，我显然拥有足够的消解力和洞察力。

的确，他的皮肤柔滑细嫩，没有十年剃须留下的累累细痕。他甚至像十六岁的孩子那般年轻，但我并未感到不安。任何一个足够富有且足够自负的中年男人都可以保养得跟他一样好。

当他吮吸我的乳房时，我并没有分泌乳汁。

我们很快就开始走访亲友。亲友们都很体贴，克里斯对此很高兴——可我其实是很乐意讨论任何手术细节的。六个月后，他又开始工作了。他原先的职位已经被别人占了，但一家新公司正在招聘（他们想要一张年轻的面孔）。

我们的生活正一点点地被重新拼合起来。

看到现在的我们，所有人都会觉得一切还是老样子。

但他们错了。

像爱孩子那样爱一颗大脑是可笑的。鹅可能会愚蠢到把孵化后见到的第一只动物当成自己的母亲，但一个理智的正常人，绝对不会蠢到这个份儿上。理智战胜了本能，而此时此刻的我，轻易就克服了母爱这种超出常理的爱。

在解构过一种奴役手段后，很容易就能识破同一种枷锁的另一种伪装形态。

我虽然曾对克里斯抱有特殊的感情，但现在已经看穿本质。对他，我仍然抱有真诚的友谊，仍然渴望得到他。但我对他也曾抱有更多的情愫。如果不曾那样，我早就任由他死去了。

哦，信号不断传来！我大脑的某些部分仍会不断泵出荷尔蒙，来催动适当的柔情。但现在，这些信息素就像某些最劣等的电影煽情套路一样，可笑且无效。我不会再轻易打消我的质疑。

只要一直保持警惕，就不难做到。只要一切顺利——只要他的陪伴是愉快的,性生活是欢愉的——我就没有理由去破坏现状。也许我们会在一起继续生活很多年,也许我明天就会离开。我真的无法确定。

当然,我仍然很高兴他活了下来,我甚至有点儿钦佩那个曾经救了他的女人的勇气和无私。我知道,此刻的我再也做不到了。

有时,当我俩在一起,我会在他眼中看到那种自己已经失去的忘我激情,忍不住会怜悯自己。我暗想:我正是被这种激情给霸凌了,难怪我残缺不全,难怪我一塌糊涂。

从某种意义上说,这是一种完全正确的观点——但多疑的我似乎已失去全盘接受某种观点的兴趣。这新的真理自有其冷静的激情,有其独到的操纵力;它用"自由"和"洞见"这样的字眼纠缠我,许诺要终结一切欺骗。它一天天在我大脑中壮大,实在太强大,让我无法再心生遗憾。

《恰如其分的爱》,首次发表于英国《中间地带》杂志第50期,1991年8月。

The Best of Greg Egan
亲 密

阿 古译

要保持清醒，就得永远保持好奇心。

所获荣誉

1993 年 获得澳大利亚迪特玛奖最佳短篇小说

谁都不想孤独终老。

一次亲热后，我对希恩说："亲密是治愈唯我主义的唯一方法。"

她笑着说："别太野心勃勃了，迈克尔。到目前为止，和你再怎么亲密也没治愈我的自慰啊。"

然而，困扰我的其实并不是唯我主义。我在第一次反思意识的本质时，就觉得既然连外部世界存在的真实性都无法证明，就更别提证明他人意识的存在了。但同时我也承认，只有坚信外部世界与他人意识都存在，才能支撑我继续正常地生活下去。

所以，真正困扰我的问题是：假设他人真的存在，他们是如何理解这种存在的？他们是怎样经历这种存在的？我究竟能不能真正理解另一个人的意识？而这种理解，是否能比我对一只猿猴、一只猫或一只昆虫的意识的理解更深？

如果不能，我就永远是孤独的。

我竭力想要相信他人是可被理解的，但我知道要证明这一点很难。不可能有绝对可靠的证据，但我想要被说服，我需要被征服。

就算许多散文、诗歌、戏剧引起了我深深共鸣，我也依然无法相信自己瞥见了作者的灵魂。语言的进化是为了促进人类在征服物质世界的过程中相互合作，而不是为了描述主观现实。热爱、愤怒、嫉妒、怨恨、悲伤——所有这些心理概念最终都是根据外部社会环境和可被观察到的人类行为来定义的。当我领会一个意象或一个隐喻时，只能证明我与作者共享了一组定义，在文化意义上对词语有着同样的联想。毕竟，许多出版商经常使用计算机写作程序来制造文学作品和文学评论——这种程序的架构高度专业化，算法并不复杂，虽不具备丝毫自我意识，创造出来的作品却与人类的几乎没有区别，可不仅仅是些粗制滥造的公式化垃圾。有几次，我被深深打动之后，才发现这些作品都是由不会思考的软件创作的。这并不能证明文学创作无法传达作者的精神世界,但的确深深质疑了这种所谓的传达力。

与我的许多朋友不同的是,我在十八岁进行"切换"时并没有感到丝毫不安。我的有机大脑被移除并丢弃,我的身体控制权移交给了我的"宝石"——恩多利装置——这是我出生后不久即被植入脑中的微型神经网络计算机,模拟水平精细到单个神经元。从植入之日起,它就一直在学习一件事:模仿我的大脑。我之所以能淡然处之,并不是因为我相信宝石和大脑体验着完全一样的意识,而是因为我从小就认为自己的意识只居于宝石之中,而我的大脑只是意识过程的引导装置,仅此而已。哀悼大脑的消亡实在是荒谬可笑。难不成,还要哀悼在胚胎神经发育的最初阶段就流产的受精卵吗?诚然,"切换"是一种社会文化引导下的选择,而非基因驱动的本能行为,但"接受切换"已成为现今人类社会的主流,深深嵌入了人类生命周期之中。

对于"恩多利时代"之前的人类而言,眼睁睁地看着彼此死去,或目睹自己的身体逐渐衰老也许确实能让他们相信彼此拥有某种共通的人性。当然,人类在文学作品中也曾无数次提道:死亡面前,众生平等。也许可以这样说:人类清楚地知道,哪怕没有他们,宇宙仍会继续存在。而人类所共有的这种绝望感和渺小感正是构成人性的基石。

现在人类普遍相信,几十亿年后,就算宇宙本身即将走向终结,物理学家们仍能发展出新的技术来确保人类继续永存下去。人类社会早已不再追求所谓的精神平等。

希恩是通信工程师。我是全息新闻编辑。我们在一次向金星播撒地球化纳米机器人的直播任务中初次见面。这是一次非常受公众关注的大事件,因为金星上大部分尚未适于居住的地表都被出售给了地球上的人们。直播中出现了一些技术故障,可能会造成灾难性后果,但我们一起努力解决了难题,甚至巧妙遮掩了所有视觉破绽。这本没什么特别的,我们只是在做自己的工作,但事后我却异常欣喜。我花了二十四小时才意识到(或决定):我已经坠入爱河。

然而,当我第二天去找她时,她坦言对我并没有感觉;我想象中的"我们之间"的化学反应都只存于我自己的脑海里。我感到沮丧,却并不惊讶。我们再也没有因工作而相遇,但我时常会给她打电话,六周后,我的坚持得到了回报。我带她去看了一场由基因增强鹦鹉表演的戏剧《等待戈多》。那一晚我过得非常开心,但之后又是一个多月没再见到她。

在我快要放弃希望时,一天晚上,她突然出现在我家门口,拖着我去听了一场计算机即兴互动"音乐会"。"听众们"聚集的场地布置得很像二十世纪五十年代的柏林夜总会,一台盘旋于听众头顶的悬浮摄像机不断拍摄着图像,一个电脑程序则根据这些图像自动生成音乐——这个程序原本是为电影配乐设计的。人们跳呀唱呀,尖叫又吵闹,做出各种各样的古怪动作,希望能吸引镜头,把自己的动作塑造成音乐。起初,我胆怯又拘谨,但希恩逼着我一起加入。

现场混乱而疯狂,有时甚至有点儿可怕。我们邻桌,一个女人突然捅"死"了另一个女人。我感觉这种放纵的行为真是令人恶心(且损失一具身体,花费昂贵)。但当骚乱终于爆发,人们开始打砸那些布景家具时,我也欢快地跟着希恩加入了狂欢。

现场的音乐简直就是垃圾,不过是组织这样一场活动的借口罢了,但我毫不在意。我俩遍体鳞伤,一瘸一拐地走进夜色中,忍着疼痛哈哈大笑。这一刻,我觉得我俩至少有了一些让彼此感觉更加亲密的体验。她带我回了她家,我们一起上床睡觉。我们浑身酸痛、疲惫不堪,除了睡觉什么都不想做。但当我们早晨醒来亲热时,我觉得和她在一起很自在,简直不敢相信这是我们的第一次。

我们很快就形影不离了。我的娱乐品味和她非常不同,虽然她经常拉着我去体验那些她最心仪的"艺术形式",但我还是没被彻底同化。在我的建议下,希恩搬进了我的公寓。她一进门,就漫不经心地打破了我精心安排得井然有序的日常生活节奏。

从她随口说出的只言片语中,我才拼凑出她过去的一些经历;她觉得坐下来跟我条理清晰地长谈一番会很无趣。她的生活和我的一样平凡:在郊区一个中产阶级的家庭里长大,学了门专业,然后找了份相关的工作。和几乎所有人一样,她在十八岁时就进行了切换。她并没有什么坚定的政治倾向,在工作上很出色,在社交生活上却投入了十倍的精力。她很聪明,但讨厌任何显得过分聪明的东西。她缺乏耐心,咄咄逼人,易于动情。

我根本想象不出她的精神世界到底是什么样的。

一开始,我根本不知道她到底在想些什么。比如,我突然喊住她,问她在被我喊住之前在想些什么,而她的回答与我的猜想根本不搭边。在相处了更久之后,我仍无法感知她的动机、她对自己形象和自我身份的认知、她做过哪些事以及其动机。哪怕是学着小说家的样子,可笑又粗俗地假装自己在"诠释"一个虚构人物,我也无法"诠释"希恩。

就算她经常为我实况报道她的精神状态,每周用最新潮的心理动力学术语评估她的行为动机,也不过是在堆砌无意义的词语罢了。即便我能将自己置身于她所处的情境之中,想象自己拥有和她一样的理念和执念,不断体会和同情她的心境,甚至可以预料到她将说出的每一句话、将做出的每一个决定,我对她的理解却仍是一片空白。这种空白好比她在某一个时刻闭上眼睛,忘记自己的过去,心无挂碍,怅然独立时心中泛起的那抹空白。

当然,绝大多数时候,这些都无关紧要。不管我们是不是陌生人,也不管我的"幸福"和希恩的"幸福"是否一样,我们在一起时确实是幸福的。

这些年来，她变得不那么自我封闭，更加开放了。她既没有可怕的秘密，也没有痛苦的童年磨难，但她向我倾诉了日常的小烦恼和自己那不值一提的神经衰弱症。我也向她倾诉了很多，甚至笨拙地解释了一番自己特殊的癖好。她一点儿也不生气。只是有些困惑。

"不过，这到底是什么意思呢？想知道成为另一个人是什么感觉？你必须拥有他们的记忆，他们的性格，他们的身体，他们的一切。然后，你就会彻底变成他们，不再是你自己。到头来，你还是不知道成为另一个人是什么感觉。所以说，这是无稽之谈。"

我耸了耸肩，"不一定。当然，完全体悟是不可能的，但总可以理解得越来越多。你难道不认为，如果我们在一起做的事情越多，分享的经历越多，我们就会变得越亲密吗？"

她皱起了眉头，"是的，但你五秒钟前可不是这样说的。通过两人各自的视角所观察到的，两年甚至长达两千年的所谓"共同经历"其实毫无意义。无论两个人在一起相处磨合了多久，你怎么能确信他们在一起经历的某个最最短暂的瞬间体验是完全相同的呢？"

"我知道，但是……"

"如果你承认自己的追求是不可能达成的，也许就不会再为之烦恼了。"

我笑了，"我怎么可能会这么理智呢？"

当躯体置换出现时，是希恩率先提出尽可能都去尝试一下。希恩总是迫不及待地想要体验新事物。"如果我们真将永世长存，"她说道，"要保持清醒，就得永远保持好奇心。"

虽然有些不情愿，但任何抵抗都会让我显得做作。显然，这个游戏并不能满足我的渴望，让我完全理解希恩的感受（我也知道自己永远都不可能完全理解希恩的内心），但不可否认的是，它可能是朝着正确方向迈出的第一步。

首先，我们交换了身体。我体会到了既有乳房又有阴道是什么感觉——当然，我的感受肯定与希恩那时的不同。的确，我们的身体互换持续了很长时间，久到震惊已经平息，甚至连新奇感都逐渐消失了。可实际上，对于希恩这具与生俱来的身体，我根本不可能与她感同身受。我的宝石做了必要的调整，以便控制这具对我来说像是陌生机器的女性身体；如果是操作另一具男性身体，则几乎不需要什么修改。月经已经被剔除出女性身体快几十年了。虽然我可以通过注射一系列必要的荷尔蒙让自己产生月经，甚至受孕（近年来，人类繁育后代所面临的经济压力正日益加剧），但这样做根本不会拉近我和希恩之间的距离，因为她既无月经，也不曾受孕。

至于性爱，快感仍是一样的——这并不奇怪，因为来自阴道和阴蒂的神经和原先的一样，都被连接到了恩多利装置相同的接入点上。就连被插入的感觉也没有我想象的那么异样；除非努力留意我俩性器官的不同形状，否则我很难辨清是谁在插入谁，是谁在容纳谁。不过我得承认，女性的高潮体验更棒。

当我以希恩的身体去上班时，没有人感到惊讶，因为许多同事已经有过这种经历。最近，法律对身份认定的标准标记已从指纹DNA更改为恩多利装置的序列号。当法律修订能跟上最前沿的技术创新时，我们已经无法做出任何非常激进或者影响深远的事了。

三个月后，希恩受够了。她抱怨道："你的身体居然这么笨拙，而且射精未免也太迟钝了。"

接着，她订购了自己的克隆体，这样我们就都能是女人了。大脑功能受限的替代躯体——副体——曾经非常昂贵，因为副体必须以正常速度生长并保持活跃，这样才能维持健康状态。虽然人体中随着时间流逝和身体运动而产生的生理效应极其复杂，却仍可解析成一系列连锁生化反应，在足够深的层面通过特定的生化信号人为激发。现在，拥有坚固骨头和完美肌肉的成熟副体只需一年就能生产出来：用四个月让胚胎加速发育，八个月在营养槽里快速生长。新版副体的脑死亡程度也更彻底，这能大大缓解人们心头的道德不安，因为旧版副体的身体状态过于活跃，总让人怀疑其大脑中多多少少拥有自我意识。

在我们的第一场实验中，对我来说最困难的并不是照镜子时看到希恩的模样，而是盯着镜中的希恩却看到了我自己。我想要亲近她的冲动远胜于想要回归自我的渴望。现在，我非常高兴能远离自己的身体（那具身体被储存起来，植入了一个特制恩多利装置——这颗为副体的小脑仁定制的宝石可以维持其基本的生理机能和活性）。成为她的孪生姐妹就能和她形成某种对称，这深深吸引了我；当然，我们现在比以前更亲密了。以前，我们只是交换了不同的身体。可是现在，我们废除了身体上的差异。

但这种对称只是一种错觉。我改变了性别，而她没有；我和自己心爱的女人在一起，而她却和一个自身的拙劣模仿者在一起生活。

一天早晨，她叫醒了我，狠狠捶打我的胸部，留下几处淤青。当我睁开眼睛躲闪她的拳头时，她怀疑地盯着我，"你在里面吗？迈克尔？我要疯了。我要你换回来。"

为了让这出荒诞剧早点儿彻底结束，或许也为了感受一下希恩之前都经历了什么，我同意开始第三种躯体交换实验。无须再等待一年，我之前订购希恩的副体时，也提交了自己副体的订单，所以这两具副体是同时培育完成的。

没了希恩的身体作伪装，我无时无刻不面对两个"自己"，这让我感到莫名的迷乱。时间一长，我发现竟很难读懂"我自己"脸上的表情；当我们互换身躯，都伪装成"他者"时，站在"他者"的视角去观察"自己"的脸庞并没有令我困扰，但现在，这却让我没来由地感到烦躁，有时甚至会偏执妄想。

性爱则需要一些时间来适应。最终，尽管有些困惑，同时伴着隐隐的自恋，和"自己"做爱仍然令我愉悦。当我们以女人的身份做爱时，我感受到一种强烈的平等感。但当我们都转换成男人时，这种感觉再也没有涌现。不过话又说回来，当我们都是女人时，希恩从未声称自己感受到了什么平等感。这一切不过是我自己的私人感受罢了。

在我们结束身躯互换实验，回归"本体"的第二天（事实上，我们把那两具二十六岁的旧身体存储了起来，寄身于更健康的副体之中），我看了一期欧洲的节目，里面有个备受争议的项目我们还没尝试过：雌雄同体同卵双胞胎。略微进行特殊的基因修补，便能确保成功培育出雌雄同体的身体。这两具新身体可以算作我们生物学意义上的孩子，从我们双方继承同等量的遗传特征。我们都将改变性别，都将抛弃上一代旧身躯。我们在各个方面都将是平等的。

我把一份文件带回家给希恩看。她若有所思地看着文件，然后说道："鼻涕虫也是雌雄同体的，不是吗？它们纠缠在一起，挂在一条黏液上。我敢肯定在莎士比亚的作品里，也曾点评过鼻涕虫交配的壮观场面。想象一下：汝与吾，两条蛞蝓，迟惰造爱。"

我笑得倒在地板上。

突然，我停止大笑，问道："谁的作品，莎士比亚？我还以为你从来没读过莎士比亚呢。"

最终，随着时间流逝，我开始相信自己对希恩多了一点儿了解——从传统意义上说，绝大多数夫妇如能做到这个份儿上，基本就已经知足了。我理解了她对我的期望，明白了怎么做才能避免伤害她。我们争吵过，也打过架，但我们之间一定存在着某种稳定的纽带，因为争执过后，我们总是选择继续待在一起。确保她的幸福对我来说至关重要。有时，我几乎不敢相信自己曾认为她所有的主观体验都可能与我截然不同。的确，每个大脑、每颗宝石都是独一无二的——但要是坚持认为,哪怕拥有相同的基础硬件和神经拓扑结构,不同个体的意识之间依然存在本质的差别,这就有点儿过分了。

不过有时候,当我在夜里醒来,我会转向她,不由自主地小声嘟哝:"我不认识你。我不知道你是谁或什么。"我会躺在那里,盘算着收拾行李就此离开。在她身边,我其实孤独依旧,但又非得假装与她很亲近,这实在是太滑稽了。

又有些时候,当我从梦中惊醒,我觉得自己快要死了,或者别的什么大祸就要临头了。在半梦半醒的状态下,我陷入了深深的困惑。但这并不会造成任何实质性伤害,到了早上,我又会恢复正常。

我看了好几遍那个讲述克雷格·本特利的节目——他在进行一项所谓的"研究",可"志愿者"得付了钱才能参与他那思路奇特,甚至有点儿令人不安,但又并非那么难以理解的实验。虽然根据我的专业判断,观众们肯定会被这段三十秒的科技新创意节目深深吸引,但我不知为何几乎没法把它放进简报里。

本特利是一名网络神经学家;他用神经学家研究大脑的方式来研究恩多利装置。利用神经网络计算机模拟大脑并不需要深刻理解大脑的更高层结构,本特利只是将这种类型的研究从大脑移植到其新化身恩多利装置中。与大脑相比,宝石当然更易于观察和操纵。

在最新的研究计划中,本特利为情侣们提供了一种比体验鼻涕虫的性生活更高档的服务:为他们提供八小时完全相同的意识状态。

我通过光纤下载了一段十分钟的原始视频,然后让AI剪辑软件截取其中最令人兴奋的三十秒。AI剪辑软件剪得很好,深度习得了我的个人剪辑风格。

我不能对希恩撒谎。我不能隐瞒这个故事,不能假装对它不感兴趣。唯一诚实的做法就是把文件给她看,然后告诉她我的感受,问她有什么想法。

我决定坦诚相待。全息影像播放完后,她转向我,耸了耸肩,然后温和地说道:"好吧。听起来很有趣。我们就尝试一下吧。"

本特利穿着一件T恤,上面印着九幅电脑生成的肖像,排列成3乘3的九宫格。左上角是埃尔维斯·普雷斯利,右下角是玛丽莲·梦露。其余七幅是向两者不断趋同的各个阶段的变体。

"它的运作方式是这样的。转换需要二十分钟,在此期间,你们的意识会脱离原来的身体。在前十分钟,你们可以平等地接入彼此的记忆。在后十分钟,你们俩会逐渐发展出一种融合型人格。一旦完成,你俩的恩多利装置将会变得一模一样——两者将拥有完全相同的神经连接,每个神经连接都有完全相同的权重因子——但这种状态很难维持,会立刻引发歧变。我得把你们断线,才能纠正这种歧变趋势。然后,你们将会醒来——"

谁会醒来?

"并被置于两具完全相同的机电身体中。因为两具克隆副体之间很容易歧变,无法保持协同状态。

"你们将在两间布置得一模一样的房间里分别独自度过八个小时。房间很像酒店套房,配置了可供消遣的全息影像仪——当然,没有可视电话模块。万一你们同时拨打同一个号码,双方并不会都收到占线信号,切换设备会随机接通其中一个电话,这将使你们的环境产生差异。"

希恩问道:"为什么不能让我们给对方打电话呢?或者更进一步,为什么不待在同一个房间?如果我们完全一样,就会说同样的话、做同样的事——我们会成为彼此环境中又一个完全相同的部件。"

本特利噘起嘴唇,摇了摇头,"也许在未来的实验中,我会允许类似情况发生。但现在,我认为这样做可能会造成某种严重的……潜在的创伤。"

希恩斜眼瞥了我一眼，意思是：这人真扫兴。

"结束时的流程和开始时正好相反。首先，你们各自的人格会恢复。然后，你们将无法再连接彼此的记忆。当然，你们对这八小时体验的记忆将会被保留。也就是说，我不会动手脚，但我无法预测断开连接后，你们恢复独立的人格将会如何过滤、压抑、重新解释那些记忆。几分钟之内，你们可能就会对实验期间的体验产生截然不同的看法。我能保证的，只是在这八个小时里，你们俩是完全一致的。"

我们讨论了一番。希恩一如既往地兴致勃勃。她并不太在意实验会对我们造成什么影响。对她来说，真正重要的是那种全然新奇的体验。

她说道："无论发生什么，到最后我们都会恢复原样。有什么好怕的？你听过那个关于恩多利装置的老笑话吗？"

"什么老笑话？"

"任何东西都是可以忍受的——只要它的存在是有限的。"

我陷入犹豫之中。虽然我们会分享彼此的记忆，但到最后，我们所了解的并不是彼此，而是一个短暂的、人造的第三者。不过话又说回来，即便我们变成深陷身份认同危机的无性机器人，在两个分开的房间里关上八个小时，这仍将是我们人生中第一次从完全相同的视角，去体验一段完全相同的经历。

与其说这是一种妥协，倒不如说现实中再没比它更进一步的方法了。

我给本特利打了电话，预约了实验。

在感官完全剥夺的情况下，我的思想似乎还未成形就已消散到一团黑暗之中。然而，这种隔绝并未持续很久；当我俩的短期记忆相互融合后，我们之间产生了一种心灵感应：如果一个人"思考"一条信息,另一个人则会"记得"曾思考过这条信息,并以同样的方式回应。

我已经等不及要揭露你所有肮脏的小秘密了。

我觉得你会失望的。还没告诉你的秘密早已被我深深压抑并遗忘。

但遗忘并不是彻底抹除。谁知道我会发现些什么呢?

我们很快就能知道了。

我试着回想这些年犯下的所有宵小罪过,我所有可耻的、自私的、卑劣的想法,但除了一阵略带负罪感的模糊白噪音外,脑海里一片空白。我又试了一次,终于在意识中召唤出希恩小时候的形象:一个小男孩把手伸进她双腿之间,然后惊声尖叫着跑开了。但她很久以前向我描述过那件事。这到底是她的记忆,还是我的重构?

我认为,这是我的记忆,或者是我的重构。要知道,我给你讲的那些发生在我们相遇前的往事,其中有一半对我来说已经模糊不清了。我对讲述这件事的记忆其实要比记忆本身清晰得多,几乎要取而代之了。

我也一样。

那么多年来,我们两人的记忆其实已经在一定程度上发展出某种对称性。我们都曾向对方倾诉往事,并记住这些重构的记忆,仿佛我们对于自身的记忆都是从别人那里听来的。

同意。沉默。一阵迷离。接着:

本特利清晰划分了"记忆"和"人格",可两者的界线真的这么清晰吗?恩多利装置是一台神经网络计算机,但其中的"数据"和"程序"根本无法完全区分开。

对,通常并不能完全区分。他的划分的确有些武断。但谁在乎呢?

这很重要。如果他恢复了"人格",但允许"记忆"持续存在,只要对两者的划分稍有差池,可能就会让我们……

怎么样?

这得视情况而定吧?一种极端的情况是,人格彻底"恢复",完全不受记忆影响,整场实验仿佛跟从没进行过一样,而另一种极端的情况是……

永久地……

保持亲密。

这不就是你所追求的吗?

我也不确定了。

沉默。犹豫。

接着,我突然意识到,我已经不知道接下来是不是该轮到我作答了。

我醒来时躺在床上,略微有点儿困惑,仿佛是在等待这一阵精神空白慢慢消退。我的身体略感不适,但比在别人的副体中醒过来要好得多。我低头看了看自己那苍白光滑的身体和双腿,然后伸手在脸庞前面挥了挥。我看上去就像一个摆在服装店橱窗里的中性假人——不过,本特利事先带我们看过这两具实验用的机电身体,因此我并不十分震惊。我慢慢坐起身,然后站起来走了几步。我感到有些麻木和空虚,但我的运动感觉和本体感受都挺正常;我感觉自己的意识位于双眼之间,感觉这具身体就是属于我的。正如所有现代移植手术那样,本特利直接操控我的宝石来让我适应剧烈的身体变化,避免几个月的物理治疗。

我环视四周,房间的陈设极简:一张床、一张桌子、一把椅子、一个时钟、一套全息影像仪。墙上挂着埃舍尔《婚姻的联结》的复制品,画的可能就是这位鬼才艺术家和他的妻子:两人脸皮中空,像两段被剥成螺旋线的柠檬皮,在头顶和颈部连成一个整体。我盯着那条螺旋线,沿着两人脸皮的表面从始至终地追视着,失望地发现其中并未暗藏我所期待的莫比乌斯扭转。

这里没有窗户,只有一扇没有把手的门。床边的墙上嵌了一面全身镜。我在镜子前站了一会儿,观察着自己这副可笑的身躯。我突然想到,如果本特利真那么喜欢玩对称的把戏,他可能会把两个房间做成相互对称的镜像,并且修改其中一套全息影像仪的设置,篡改其中一个机器人脑中的宝石,把右换成左。如此一来,这面看似镜子的东西,其实是两个房间之间的一扇窗。我的塑料脸庞上露出一抹尬笑,镜中影像脸上的讪笑也同样尴尬得很。不管多么不可能,这个想法着实让我着迷。除非用放射性粒子进行检测,否则是不可能揭示真相的。不,不对。还有一种办法:在两间房里各放置一个傅科摆[1],因受地球自转影响,两个傅科摆的摆动面都会顺时针转动,从而暴露真相。我走到镜子前,重重敲了一下。镜面居然纹丝不动,要么是我一拳打在了一堵砖墙上,要么是另一个房间里的镜子也承受了相同的敲击。

我耸了耸肩,转过身去。本特利本就可以为所欲为——所有这一切可能发生在虚拟世界。我的身体其实无关紧要,房间也无关紧要,重点是……

我坐在床上,脑海中浮现出一个人的形象——很可能是迈克尔——那人挺好奇我在思索自己的本性时,是否会陷入恐慌,但我全然找不到恐慌的理由。如果我在这个房间醒来时,完全丧失了近期记忆,只能在对遥远过去的追溯中寻找自己的身份,那我毫无疑问会发疯的。但事实是,我清清楚楚地知道自己是谁。我有两条独立的漫

---

1. 傅科摆是依据法国物理学家莱昂·傅科(1819—1868)命名的,是一种用来证明地球自转的装置。

长人生之路，它们融合成了现在的我。我可能会变回希恩，也可能会变回迈克尔，但我毫不在意；我能深刻感受到两个意识体对重获独立身份的渴望。一想到他们会重新恢复完整的个体，我感到的就只有宽慰，而非对自身消亡的恐惧。无论如何，关于我存在过的这段记忆并不会被抹去，而我存在的目的也绝不可能与他俩的利益相抵触。我觉得自己更像是他俩的最低公分母，而不是某种协同的超思维；我的存在小于他俩加起来的总和。我存在的目的很简单：我来这里，是为了让希恩体验疏离感，并解答迈克尔的一个疑惑。八个小时过后，我将再次分化成两个意识体，各自去继续那两种我熟悉并珍视的生活。

那么，我到底该如何体验流淌的意识呢？是和迈克尔一样？还是和希恩一样？就我所知，在融合的过程中，我并未经历任何根本性巨变——可即使我得出了这个结论，仍不能证明我的判断是否靠得住。不管是作为迈克尔的记忆，还是作为希恩的记忆，其内容是否将他俩有生以来的所写所言全部包含在内了？我真的理解他们存在的本质了吗？或者说，我脑海里充斥的，其实只是一大堆二手描述——私密、详细，但最终仍像语言一样晦涩难懂？就算我的意识结构是某种全新的进化体，它的独特性真是我能感知到的吗？还是说，在回忆的过程中，我所有的记忆只是被重塑成了一些似曾相识的话语？

毕竟，对过去的一切记忆就跟外部世界一样，仿佛一片幻境。外部世界到底是真实还是虚拟仍然存疑——而且，我们对存在本身也可能只是一种误解罢了。

我双手捧着头，垂头丧气。我就是他俩所能达成的最亲密状态，可我到底是什么呢？迈克尔对完全理解他人的渴望一如既往地合情合理，但也一如既往地未能得到证实。

过了一会儿，我的心情开始轻松起来。至少迈克尔的追寻结束了，虽然是以失败告终，但他现在别无选择，只能接受现实，继续生活下去。

我在房间里踱来踱去,打开又关掉全息影像仪。实际上,我已经开始感到无聊了,但我不想坐在那里看肥皂剧,白白浪费这八个小时和几千美元。

我开始琢磨如何才能破坏我们这两个复制体间的同步。想一想就知道本特利不可能把房间和身体都设计得毫无破绽,希恩这样的资深工程师肯定有办法打破这种对称。掷硬币就可能办得到,但我没有硬币。扔纸飞机呢?可能性也很高——纸飞机对气流异常敏感——但房间里唯一的纸张是埃舍尔那张画,我可不想破坏它。我本可以砸碎镜子,然后观察碎片的形状和大小,碎片的细微不一致也会打破对称性。这种方法还可以验证两个房间是否呈镜像设置。但当我把椅子举过头顶时,我突然改了主意。感官被剥夺的前几分钟里,两组相互冲突的短期记忆已经令我够困惑的了,要是再与物理环境持续交互几个小时,我的感官功能可能会完全丧失。所以,砸镜子这件事最好等我急着想找点儿什么乐子时再说。

于是我躺在床上,开始做本特利的绝大多数客户最后都可能会做的事:发呆。

当两人融合时,希恩和迈克尔都担心会暴露某些未曾告知对方的秘密,因此他们都在潜意识中做了一番补偿性的(算不上是防御性的)精神坦诚声明,不想让对方认为自己还有所隐瞒。他们的好奇心也很矛盾,想要进一步相互了解,但又不想无礼地强行窥视。

所有这些矛盾心理都继续留存于我的意识之中,但是——我盯着天花板,强迫自己至少再过三十秒再去看时钟——其实我真不需要匆忙取舍。对我来说,从两个角度去回顾他俩亲密关系的发展史是这世界上最自然不过的事了。

这是一段非常奇特的回忆。几乎每一件往事都让我觉察到一种模糊的讶异感,但同时又有一种全然的熟悉感——仿佛坠入一场似曾相识的幻境。并不是说他们经常会在一些大事情上刻意欺瞒对方,但在分歧不断的日常生活中,为了能一直维系在一起,他们之间总会有一些善意的小小谎言,或是微不足道的隐隐埋怨。这些必要的、值得赞许的、重要且充满爱意的欺骗汇聚成一团充满混乱和幻灭的怪异阴霾,填满了我的意识空间。

不管怎么说,这场幻境里的种种场景并不是一场场的对话;我并没有多重人格。在那里一次次地证明、辩解,怀着善意不断欺骗对方的,根本就不是希恩和迈克尔。也许我应该试着代入他们的观点,去重演一遍这种种情境,但我总是无法确定自己该扮演谁的角色,该占据谁的视角。于是我躺在那里,被笼罩一切的对称性彻底麻痹了,任由他们的记忆汹涌而来。

从那一刻开始,时间过得飞快,我再也没有机会去砸碎镜子了。

我们试着继续生活在一起。

但我们只坚持了一个星期。

根据法律规定,本特利在实验之前为我们的宝石拍了全息快照,设置了一个返回点。我们本可以回到那个点——然后追问本特利为什么要这么做——但是,我们的关系迅速疏远,根本来不及自欺欺人。

我们再也不必原谅对方,因为没有什么可原谅的了。我们任何一个举动,对方都能完全理解和产生共鸣。

我们太懂对方了,仅此而已。我们的体贴入微已经深入到任何一个微小得不能再小的细节。真相已不能像从前那样让我们伤心。这过多的真相让我们麻木,让我们窒息。通常情况下,我们对自己的了解总是多过对对方的了解,但我俩的境况正好相反。在自我反省时,记忆细节总是含混不清;精神上的自我解剖虽然可能,却费心费力。而我们两个待在一起时,只要悄悄瞄上一眼,就能毫不费力地洞悉彼此的精神世界。我们的表面被剥去了,但灵魂却没有显露出来。我们只能看到对方皮肤下面无数旋转的齿轮。

现在我知道,希恩一直以来最想从爱人身上获得的,其实是疏离感——陌生感、神秘感、模糊感。对她来说,和别人在一起就是为了感受他者的存在。她认为,如果两个人亲密到无以复加,导致他者缺失,那么彼此的交谈其实不过是在自言自语。

我发现自己现在也有了同样的看法(我不太想去追究是什么原因引发了这种变化……但我一直都明白,希恩的个性更强势,我应该预料到自己的人格会受到她的影响。)

我们在一起,却与独处毫无差别。因此,我们只好分开。

谁都不想孤独终老。

《亲密》,首次发表于澳大利亚《幻象》杂志第9期,1992年冬。

游离之境

The Best of Greg Egan

阿 古 译

我们是自由的，还是各种观念的造物？

Awards
所获荣誉

1993 年 提名轨迹奖最佳短篇小说
1993 年 提名英国《中间地带》杂志读者投票奖最佳短篇小说
1997 年 提名日本星云赏最佳翻译类短篇小说

我总觉得睡在高速公路上最安全，或至少碰巧位于不同吸引子之间，只有在吸引力基本平衡的区域才是安全的。我们顺着褪色的白色分道线，把睡袋小心翼翼地铺在一条南北向的高速公路中间。我能感受到从南方某个唐人街飘来的微弱的风水学思潮，东方飘来的是科学人文主义，西方是自由派犹太教教义，北方则是一种激进的反宗教、反智识的享乐主义，不过这四种吸引力正好相互抵消了。我可以安心闭上眼睛，完全不必担心玛丽亚和我醒来时会发生不可逆转的改变：去虔诚地相信教皇是神圣无谬误的，或信奉大地女神盖亚，或坚信冥想的洞见和启示，甚至是相信税收改革的神奇治愈力。

所以，当我醒来发现太阳已经升起，而玛丽亚不见了，我并不惊慌。没有什么信念、世界观、信仰体系、文化体系能在黑夜中伸手把她掳走。各个吸引子盆地的边界确实在波动，每天膨胀或收缩几十米——但其中任何一个，都不太可能深入到我们的栖身之所：这一小块被混乱和怀疑主宰的宝贵荒地。我想不出有什么理由会让她一声不吭就撇下我走了——但玛丽亚不时会做出一些让我完全摸不着头脑的举动。而我有时也这样。即使在一起一年了，我们仍然无法完全理解对方。

我并不恐慌，但也不再多逗留。我不想落后她太多，于是站起身来，伸了伸懒腰，想弄清楚她会朝哪个方向去。除非她走后，当地情况起了变化，不然我想去的地方一定与她一样。

我们无法抵抗，也无力抗拒吸引子的吸引力。但是，我们可以在它们的缝隙间找到一条小径，沿着矛盾的边缘穿行。最简单的方法，就是利用一个强大且足够遥远的吸引子来获取势能——同时精心计算，赶在被捕获的最后一刻，利用附近另一个吸引子抵消其影响力。

通常我在选择第一个吸引子时会感觉不舒服，因为必须假装自己正被俘获，正要屈从于这种信仰。有时，这感觉就像是在嗅探风中的一丝微弱气味，在跟踪一行模糊的足迹；有时，这感觉像是在进行纯粹地自省，尝试确定"我自己"的真正信仰……有时，又觉得只是在徒劳地分辨这些明显相互对立的信仰。这思想也太他妈的禅宗了——此刻我才发现……这其实已经说明了问题。这里的吸引力平衡很微妙，但有一个吸引子的影响稍强一点儿：从我的立场来看，东方哲学肯定比其他哲学更有说服力——尽管我明确知道其中的原理，可还是不会影响心中的信念。我在高速公路和铁路线之间的铁链围栏上撒了泡尿，这无疑会加速它的锈蚀。然后，我卷起睡袋，从水壶里喝了一大口水，背上背包启程了。

面包店的送货机器人从我身边飞驰而过，这时我开始懊悔自己被撇下了。如果没有精心准备的陷阱，至少需要两个手脚敏捷的人才能打劫它们：一个挡住机器人的去路，另一个实施偷窃。偷窃造成的损失极小，吸引子的属民们似乎并不计较，大概是因为增强防盗措施的成本远大于区区几条面包。毫无疑问的是，对于为何不用饥饿来迫使我们这些道德沦丧的游离者屈服，每个信奉单一伦理文化的属民都有其独特的"理由"。我拿出一根干瘪的胡萝卜，这是昨晚经过某个菜园时挖的。这顿早餐可真叫人可怜。一边咀嚼时，我一边琢磨着和玛丽亚重逢后，一定要去偷几个面包卷来吃，期待的力量几乎掩盖了口中寡淡的木渣味。

高速公路缓缓向东南方蜿蜒。我来到一个两旁满是废弃工厂和废旧房屋的路段，在这个相对安静的地方，正前方唐人街的吸引力变得愈发强大、清晰。当然，"唐人街"这个顺口的标签向来过于简化。熔毁时代到来前，该地区除了香港华人和马来西亚华人文化，至少还有来自亚洲的十几种文化形态，涵盖从韩国到柬埔寨、从泰国到东帝汶的一大片东亚地区，还有从佛教到伊斯兰教的几乎所有宗教的变种。如今，所有多样性都已消失。对任何一个生活在熔毁时代前的居民来说，最终沉淀下来的这种同质混合物非常古怪。但对于当今居民来说，这种奇怪的混杂态非常平常且自然。这才是真正的稳定态，也是吸引子得以存在的根本原因。如果径直走进唐人街，我会发现自己非常认同当地的价值观和信仰，而且非常乐意余生都处在这样的精神状态中。

不过，我并不指望自己会径直向前，就像我不指望地球会径直撞向太阳一样。这已经是熔毁时代的第四个年头了，但我仍没有被任何吸引子俘获。

对于那天发生的事件，我听过许多种"解释"，但发现绝大多数都很可疑——因为它们都源于某个信仰吸引子的特殊世界观。我有时会这样想：2018年1月12日，人类一定越过了某个不可预见的阈值——或许是全球人口数量——因此引发了某种突如其来的、不可逆转的全球性精神突变。

"心灵感应"这个词并不恰当。毕竟，没人觉得自己淹没于一片嘈杂的内心独白中，也没有人遭受到同情心泛滥的折磨。琐碎的喋喋不休仍被锁在各自的头脑中，我们日常的精神隐私仍然没有受到侵犯。(或者，就像某些人认为的那样，其实每个人的精神隐私都被彻底侵犯了。我们所有人当下思绪的总和形成了一层毫无特征的白噪音，覆盖了整个地球，而大脑毫不费力就过滤掉了这种白噪音。)

无论如何，不管出于什么原因，人们内心生活的"肥皂剧"一如既往地难以触及……但我们的价值观、信仰和最深刻的信念却能毫不费力地渗透彼此的头骨。

起初，这意味着纯粹的混沌。关于那段时间的记忆，混乱又可怕。我感觉自己在城市里不眠不休地游荡了一天一夜，每隔六秒钟，就会重新找到一个"真正的"上帝——并无幻象，也无幻音，但在梦境般的无形力量之下，我不断从一种信仰切换到另一种信仰。人们茫然地走动着，惊恐万分，步履蹒跚——无数信仰在我们的头脑间如闪电般传播。一个启示接着一个启示，彼此矛盾着。我非常想让这一切停下来——我想祈求上帝让这一切停下来，但上帝的面目变换得如此之快，我根本来不及祈祷。其他游离者们把这场神秘的大动乱比作是数小时不间断的磕嗨、性高潮，或是不断被十米海啸抛起又扔下。但我觉得，这更像是一场严重的肠胃炎发作：发烧一整晚，没完没了的呕吐和腹泻。我身上每一块肌肉、每一个关节都在疼，皮肤像火烧一样；我觉得自己快要死了。每当感觉自己已无力再上吐下泻时，又会有一阵痉挛攫住我。一直折腾到凌晨四点，我的虚弱无助似乎成了一种绝对先验的状态：这种蠕动反射就像有个严厉但仁慈的神明正支配着我。当时，这算是我经历过的最像宗教体验的经历了。

整座城市里，相互竞争的信仰体系都在为争夺信徒而战，一路上不断变异和杂交，就像科学实验中为了展示进化论的微妙之处而随机释放的计算机病毒那样。抑或，又像是历史上各类宗教或信仰战争的重演，但采用了新的互动模式，其规模和时间尺度大大缩减，少了很多流血事件。现在，信仰本身可以在一个纯粹的精神领域内相互搏杀，而无须借助人类发动十字军征伐或建立种族灭绝集中营。抑或，又像是一群恶魔被释放到地球上，只有正义之士能与之对抗……

混乱并没有持续多久。在某些地方，某些信仰体系凭借熔毁之前就形成的文化和宗教聚落——有些则完全出于偶然——开始生根发芽，获得了足够的优势和立足点，开始从一个核心信徒群随机扩散到周围，俘获那些尚无主导信仰的迷失人群。这些吸引子像滚雪球似的，占领的领地越多，膨胀得就越快。幸运的是——至少在这座城市——没有哪个吸引子能不受约束地无限扩张；它迟早会被同样强大的邻居们包围，或者被人口稀少的郊区和渺无人烟的荒野隔断。

在熔毁发生后的一个星期内，无序状态就已烟消云散，形成了现在的格局。百分之九十九的人口要么迁移，要么被转变；全都找到了适合自身的地理位置和身份认定。

而我碰巧落在了吸引子之间——虽受到很多吸引子影响，却没有一个能俘获我——从那以后，我就一直待在吸引力平衡轨道上。不管诀窍是什么，我似乎都已无师自通；这么多年来，游离者的人数越来越少，但仍有一些死硬分子保持着自由身。

早些年，各个吸引子的属民常常派出无人直升机在城市上空散发小册子，用各自独有的文化或宗教隐喻来解读熔毁事件——似乎是想通过精心准备的类比来拉近距离，让对方皈依。过了一段时间，他们中的一些人才明白：作为思想灌输的载体，书面文字已经过时了。其实，视听媒体技术也已过时，只是很多人还没意识到这一点。不久前，我和玛丽亚在一处废弃房屋里找到一台电池供电的电视机，打开一看，竟收到一段从理性主义者飞地传来的网络广播动画。这段画面演示了所谓的熔毁"模拟过程"，无数彩色编码的像素粒子遵循着简单的数学规则，相互吞噬、不断演变。评论员滔滔不绝地口吐着关于自组织系统的术语，但眼前的画面我们再熟悉不过了：只见闪烁的斑斓色彩迅速演变成一个个眼熟的图案，许多六边形单元被黑色隔离带分开，隔离带上只残留着一些极其模糊的小斑点。我们很好奇哪两个点代表我们俩。

有时候我在想，如果没有那些现存的机器人和电信基础设施，人们必须离开吸引子盆地才能继续维持生活和工作，那现在的一切将会是什么样的？要知道，中央吸引子能保持绝对控制力的范围大多只在一到两公里内。(事实上，肯定有很多地方缺乏发达的基础设施，但这几年我并未融入其中，并不知道里面的人到底过得怎么样。)生活在这个社会边缘的我，其实比那些居住在某个吸引子中心的属民更加依赖其物质财富。因此，当诸多吸引子的绝大多数属民都满足于现状，甚至能和平共存、贸易互通、保持社会繁荣，我实在应该为之高兴。

可我宁死也不愿意加入他们。

(至少，此时此地的我是这样想的。)

保持自由的关键，在于不断移动、保持游离惯性。不存在完全不受吸引子影响的地区——即使有，其规模也太小，难以找寻或根本无法居住；而且其位置几乎肯定会随着吸引子盆地边缘的涨落而漂移。在同一个地点待一个晚上并不会带来什么影响，但要是长期居住，日复一日、周复一周，那么只要影响这个点的某个吸引子稍微占据了一丁点儿优势，这种影响力就会不断累积，最终使我动摇。

所以必须保持游离惯性，同时融会贯通。不管我们内心那些毫不相关的、喋喋不休的独白是否真的相互抵消了，我的目标始终是利用吸引力信号中更为持久、连贯和关键的部分，来牵制与平衡不同吸引子的影响。毫无疑问，在地球的地核中心，所有人类信仰叠加会形成一种纯净无害的白噪音；但在地球表面，显然不可能和每个人保持同等的物理距离，因此我被迫不断移动以尽可能保持吸引力平衡。

有时我会幻想着去乡下，住在一个由机器人照料的农场旁，过一种头脑清醒的孤独生活。我可以偷一些设备和物资，自己种粮食。和玛丽亚一起吗？但愿她会来。有时她会说愿意，有时却说不愿意。有好几次，我们都下定决心要踏上这样的旅程，但总是找不到一条可靠的出城轨迹。那些无处不在的吸引子总是逼着我们不断迂回，再次绕回城市中心。出逃路线必然存在，我们迟早能找到——虽然所有其他游离者都说此路不通，但这并不奇怪：那些碰巧发现了正确出路的游离者早就径直离开了城市，当然不会在身后留下任何提示和传言。

然而，有时我会在路中间突然停下来，问自己"真正想要"什么：

逃到乡下去，在灵魂静默中迷失自己？

放弃无谓的流浪，重新融入文明社会？为了繁荣、稳定和确定性，主动接受一套精心设计的自我肯定的谎言，任由自己的灵魂被谎言吞噬？

或者,继续这样游离逃逸,直到死去?

当然,答案取决于我所站的位置。

许多送货机器人从我身边驶过,但我不再多看它们一眼。我把饥饿想象成实体——只是另一个需要背负的重量,不比背包重多少——它逐渐从我的注意中消失了。我让自己的头脑变得一片空白,只想着照在脸上的清晨阳光,只想着散步的乐趣。

过了一会儿,一种澄澈感涌上脑海。这是一种深沉的宁静,伴随着一种强烈的顿悟。奇怪的是,我完全不知道自己到底领悟了什么。我正在体验顿悟的乐趣,但这顿悟感来得莫名其妙,且毫无来由。不管怎样,这种感觉继续纠缠着我。

我暗想:这些年来,我一直在兜圈子,它究竟要把我带向何处?

带到这一时刻。带我踏上启蒙之路的第一步。

我所要做的,就是一直向前走。

四年来,我一直在追寻一种错误的道——追求自由的幻觉,为了奋斗而奋斗——但现在,我终于可以将这段旅程转变成……

转变成什么?通往地狱的捷径吗?

地狱?不存在什么地狱。只有轮回,只有欲障无穷、业劫无数。现在,我的理解仍然很模糊,但我知道只要再往前走几步,我很快就能找到真谛。

可就在这关键的刹那,我居然停下了脚步,这突如其来的优柔寡断把我自己都惊出一身冷汗——但几秒钟后,上帝救赎的美好愿景俘虏了我。我舍弃了禅宗,转身离开高速公路,翻过栅栏朝正南方走去。

这些小巷看起来很眼熟。我经过一个停车场,里面堆满了曝晒褪色的汽车残骸,塑料底盘因长久不使用而分崩解体;一家外墙完好无损的小店,贩卖色情电影和情趣用品,店里很暗,散发着腐烂地毯和老鼠粪的臭味；还有一家店的橱窗展示着四年前隆重推出的最新款燃料电池舷外发动机，看起来就像一个世纪前的奇异文物。

突然，一个高耸的大教堂尖顶映入眼帘。这一切是那么似曾相识，怀旧的情绪简直令我心醉神迷。我依然感觉自己像一个浪子，此刻正是第一次返家——可实际上这应该是我第五十次从此经过了。我喃喃念叨着祈祷文和信条，上次经过此处时，我也念诵过这些具有奇特安慰效用的字句。

很快，只有一件事让我困惑：我怎么能在知晓上帝的完美之爱后，还转身离开呢？这简直不可想象。我怎么能背叛上帝呢？

我来到一排质朴无华的房屋前；我知道这里无人居住，只有留守的边境教区机器人来修剪草坪、打扫树叶、粉刷墙壁。再往西南走过几个路口，我就再也不会背弃真理了。我满心欢喜地继续往前走着。

心里……只有一丝疑虑。

唯一的问题是……每往南走一步，就有一个事实愈难忽视：教义和经文中充满了最荒谬的事实和逻辑错误。为什么完美慈爱的上帝的启示会充满威胁和矛盾，让人忍不住皱眉头呢？为什么对于人类在宇宙中的地位，经文提出了那样一个令人困惑的错误观点？

是事实错误吗？隐喻必须符合当时的世界观；难道上帝应该用宇宙大爆炸和太初核合成的理论细节去迷惑《创世纪》的作者吗？为何会有矛盾？这是对信仰和谦卑的考验。我怎么能如此傲慢，用我那点儿可怜的推理能力去质疑全能者的金口玉言呢？上帝超越一切，包括逻辑。

尤其是逻辑。

但还是说不通。处女为什么会怀胎？五块面包和两条鱼怎么能喂饱五千人？复活又是怎么回事？只是诗意化的寓言，不能对每一个字都信以为真吗？如果是这样，除了一些善意说教和许多浮夸的表演外，还剩下些什么呢？如果上帝真的道成肉身、受难、惨死，然后再次复活来救我,那我的确应该把一切献给他……而如果这只是个美妙的故事,那我仍然可以关爱他人,但再也无须定期去教堂领受圣餐。

我转向东南方。

此处,宇宙的真相显得极度陌生、宏伟:真相存在于人类借以认识自身的物理定律中。人类的命运和目的被编码在宇宙精细结构常数中,隐藏在宇宙物质的平均密度中。人类无论以何种形式存在——机器人或者有机体——都将在未来一百亿年里继续奋进,直到超智能崛起,引起微调宇宙[1]的大爆炸,让人类在新生宇宙中继续存在。

当然,前提是我们在接下来的几千年里没有灭绝。

但即使人类灭绝,其他智能生物也将继续执行这项任务。火炬由谁传递并不重要。

完全正确。细节并不重要。可我为什么要关心一个后人类、机器人或外星人文明,在一百亿年后的作为或不作为呢?这些夸夸其谈的屁事儿跟我有什么关系?

我终于看到了玛丽亚,就在前面几个路口的远处——恰在这时,位于西方的存在主义吸引子坚定地引导我离开了这片纷繁宇宙观主宰的郊区。我稍稍加快了脚步——太热了,实在跑不动。更重要的是,突然加速会导致一些特殊的副作用,带来意想不到的世界观转变。

当我快要赶上时,她听到脚步声,转过头来。

我说:"嗨。"

"嗨。"她见到我似乎并不怎么激动——不过,这大街上也不适合大呼小叫地庆祝重逢。

我和她并肩而行,"你撇下了我。"

她耸了耸肩,"我想一个人待会儿,想好好思考一下。"

---

[1] 一种认为宇宙的各种物理常数都被某种超级智慧微调过以产生生命的假说。

我笑了起来,"如果你想思考的话,应该留在高速公路上。"

"前面公园里有一个吸引力平衡点。和高速公路一样适合思考。"

她说得对,我的出现打扰了她的清静。我问过自己无数遍:为什么我希望我俩在一起?因为我们有共同点吗?但所谓的共同点,是因为我们一直待在一起——游离在同一条轨道上,相互贴近、彼此腐化。因为我们彼此不同吗?但我们之间只是偶尔有点儿小分歧。而且在一起的时间越长,这一点点仅存的神秘感就愈发消磨殆尽;我们围着彼此打转,终将变成一对互相缠绕的双子星,消弭掉所有差异。

那么,究竟是为什么呢?

此时此地诚实的回答是:食物和性——不过等到明天,到了其他地方,我再回想时会毫无疑问地认为这个结论只是个愤世嫉俗的谎言。

当我们走向平衡地带时,我陷入了沉默。最后几分钟的混乱仍然萦绕在脑海中,把我搞得晕乎乎的。一连串令人眼花缭乱的短暂顿悟实际上已相互抵消,只留下一种莫名的怀疑感。我记得在熔毁时代之前,有一派理论家弄巧成拙地把轻信盲从渲染成了值得称赞的宽容美德,他们宣称:每一种人类哲学都有其价值,而且只要认真研究,就会发现它们都在诉说着同样的"普遍真理",所有哲学最终都可以相互调和。显然,这些彻底躺平的普世论者没有一个能幸存下来,去亲眼见证他们的假说被推翻。我估计在熔毁发生的三秒后,他们就皈依了当时离得最近的吸引子。

玛丽亚突然气呼呼地嘀咕了一声:"好极了!"我抬头看了看她,又顺着她的目光向公园望去。公园就在眼前,可如果她想享受一段只属于自己的宁静时间,叨扰者就不止我一个了——至少还有二十多个游离者聚集在树荫里。这种情况很少见,但确实会发生。平衡地带是所有游离者逃逸轨道的重合之处,而且在这里可以将逃逸速度放到最慢,所以偶尔有一群游离者聚在一起歇歇脚也不足为奇。

当我们走近时，我注意到一个奇怪的迹象：所有靠在草地上的人都面向同一个方向，看着被树丛遮住的某个东西或人。

是某个人。我们听到一个女人的声音。隔得远，话语模糊不清，但语调流畅。她语气自信，温柔却充满说服力。

玛丽亚紧张地说道："也许我们不应该再往前走了。也许平衡已经改变了。"

"也许吧。"我和她一样担心，但又很好奇。我并没有感受到任何熟悉的当地吸引子对我的吸引力，但忍不住有些怀疑——也许此刻我抱持的强烈好奇心恰好说明我已经着了某个吸引子的道。

我推测道："我们尽量停留在公园边缘。我们不能坐视不管，必须弄清楚到底发生了什么。"如果附近的吸引子盆地扩张并占领了公园，与发言者保持距离并不能保证不被俘获；她的言语、她的存在本身并不会伤害到我们——但玛丽亚点头同意了我的"情报优先策略"，她完全明白什么才最关键。

我们站在公园最东边的一条便道中央，没有感受到明显的吸引子的影响。演讲人是个中年女人，衣服灰尘扑扑，头发剪得乱糟糟的，皮肤黝黑，身材瘦削，看上去经常挨饿，一副标准的游离者的模样。只是，她的声音不对劲。她架起了一块木板，在上面贴了幅大大的城市地图：各种颜色将许多六边形吸引子盆地的边缘整齐地标记了出来。刚开始那些年，人们经常交换这样的地图。也许她只是在炫耀自己的宝贵玩意儿，希望能交换些有价值的东西。但我认为她不太可能得逞，每一个游离者的脑海里肯定都有这样一幅吸引子地形图。

她拿起一根木棍，在地图上比画了一番：我这才明白过来，原来她画的是一个由蓝色细线织成的网，它在诸多六边形的缝隙中穿梭萦绕。

女人说道："当然，这并非偶然。这些年来，我们之所以能远离吸引子盆地，并不是纯粹靠运气好，更不是因为逃逸技术高超。"她朝我们望了一眼,稍作停顿,然后继续平静地说道:"其实,我们是被我们自己的奇异吸引子所吸引住了。它和其他吸引子不同,并不是一个稳固的信念集,并不位于某个固定位置,但它仍然是一个吸引子。无论我们处于这条不稳定游离轨道的何处,它都无时无刻不在吸引着我们。我已经尽我所能,把能画的部分都画出来了。完整的图景也许无比复杂,但在这幅粗糙的地图上,你们应该能辨识出自己走过的几乎所有路径。"

我盯着地图,这个距离没法看清蓝色路线图的所有细节,不过可以看到过去几天我和玛丽亚走过的路线,它们的确也在其中,但是——

一位老人突然喊道:"你在盆地之间画了很多线。这又能证明什么?"

"并不是所有盆地。"她指向地图上的一个点,"有人去过这里吗?或者这里?没有吧?这里呢?还有这里?为什么去不了呢?它们都是吸引子之间的宽阔通道——看起来和其他通道一样安全。那么,为什么我们从未去过这些地方呢?因为它们和那些固定吸引子一样,不属于我们的领土。它们,不属于我们自己的奇异吸引子。"

我知道她在胡说,但她这番话让我深感恐慌,简直快喘不过气来。我们自己的吸引子。我们被自己的吸引子俘获了。我扫视了一下地图上的城市边缘。蓝线从不接近城市边缘。事实上,我走过的离城市中心最远的地方从来没有超出蓝线的包围……

这能证明什么?只能证明这个女人的运气并不比我好。如果她有幸逃离了这座城市,就不会再来这里宣称逃离是不可能的了。

人群中一个明显怀有身孕的女人说道:"你画出了自己的逃逸路径,仅此而已。你避开了危险——我也避开了危险——我们都知道该避开哪些危险的地方。你告诉我们的,无非就是这个。这就是我们仅有的共同点。"

"不!"女人又沿着蓝线比画了一下,"这才是我们。我们并不是漫无目的的游离者;我们是被这个奇异吸引子俘获的属民。总之,我们有同样的身份,属于同一个群落。"

人群中响起一阵哄笑和几声此起彼伏的辱骂。我悄悄问玛丽亚:"你认识她吗?以前见过她吗?"

"我不确定。应该没见过。"

"你不可能见过。这不是明摆着吗?她是某种机器人传教士——"

"她说话不太像传教士。"

"不是基督徒或摩门教徒派来的,是理性主义者。"

"理性主义者不会派遣传教士。"

"怎么不会?绘制奇异吸引子的分布图,这不就是理性主义者的行话吗?"

玛丽亚耸了耸肩,"盆地,吸引子——它们的确都是理性主义者创造的词汇,但每个人都在用。人们常说:魔鬼的腔调最动听,但理性主义者的行话最管用。总得有人来创造行话。"

女人又说了一句:"我将在沙地上建起教堂,我不要求任何人追随我——但你们所有人,终将追随我。"

我说道:"我们走吧。"我抓住玛丽亚的胳膊,但她生气地挣脱了。

"你为什么这么反对她?说不定她是对的。"

"你疯了吗?"

"每个人都有一个吸引子——为什么我们不能有一个自己的吸引子?比其他吸引子都更奇异的那种。你看,地图上最美的就属我们这个飘忽不定的吸引子了。"

我惊恐地摇了摇头,"你怎么能这样说呢?我们保持着自由。我们一直在努力争取自由。"

她耸了耸肩,"也许吧。或许我们已经被你所谓的自由所俘获。也许我们不再需要挣扎了。这有那么糟糕吗?反正我们还是得继续流浪下去,为什么要在乎呢?"

女人开始收起她的地图,人群也再无骚动,各自散去。似乎并没有人被这场简短的布道影响,每个人都平静地回到自己选择的游离轨道上。

我说道:"吸引子的属民被完全控制了。我可不愿像他们那样。"

玛丽亚笑着说:"相信我,你和他们完全不同。"

"对,你说得对,我和他们的确不一样。他们有钱、肥胖、安于现状。我又饿又累又困惑。这都是为了什么?我为什么要过这样的生活?那个机器人是想要夺走我悲苦生活的唯一意义。"

"是吗?好吧,我也又累又饿。可如果我也有一个自己的吸引子,这一切或许会更有意义。"

"你要怎么做?"我嘲笑道,"要崇拜它吗?要向它祈祷?"

"不。但我再也不用害怕了。如果我们真的已经被捕获,至少我们的生活是稳定的,即使踏错一步也无关紧要:我们会被自己的吸引子拉回来。我们不必再担心因为最小的失误而陷入某个吸引子盆地。如果她说的是真的,难道不值得高兴吗?"

我愤怒地摇摇头,"那是胡说——危险的胡说八道。游离于吸引子盆地之外是一种技能,是一种天赋。你很清楚。我们得小心选择路径,平衡各种相互对立的吸引子——"

"真的吗?我不想再走钢丝了。"

"你可以讨厌它,但不能否认它的存在!你难道没看出来吗?她只是想让我们安于现状!一旦有人认为可以轻易保持现在的游离状态,就难免会被吸引子盆地捕获——"

此刻,先知正在收拾背包,准备离开。我说道:"瞧瞧她,她也许是完美的仿品,但她是机器人,是骗子。他们终于明白小册子和布道机器不起作用了,于是就派了一个机器人来诋毁我们的自由。"

玛丽亚说道:"证明给我看。"

"证明什么?"

"你有一把刀。如果她是机器人,你就追上去叫住她,在她身上割一刀。证明给我看。"

那个女人,那个机器人,正穿过公园,朝西北方越走越远。我说道:"你了解我,我绝对办不到。"

"如果她是机器人,根本不会感觉到疼痛。"

"但她看起来像极了人类。我做不到。我不能把刀捅进那么逼真的仿真人体里。"

"其实是因为你知道她不是机器人。你知道她说的是实话。"

一方面,我很高兴能和玛丽亚争论,这证明我们仍然相互保持独立;但另一方面,我又觉得她的话太伤人了,必须予以反击。

我犹豫了一会儿,放下背包,穿过公园向先知跑去。

一听到我的动静,先知就转过身停了下来。附近没有其他人。我在离她几米远的地方停下,喘着气。她颇感好奇,耐心地看着我。我盯着她,感觉自己真是傻透了。我不能对她动刀子:毕竟她可能并不是机器人——也许她只是一个想法古怪的游离者。

她忍不住问道:"你想问什么?"

我几乎不假思索地脱口而出:"你怎么知道没有人离开过这座城市?你怎么能这么肯定?"

她摇了摇头,"我可没那么说。吸引子看起来像一个闭环。任何被它俘获的人都不可能离开。但可能也有其他人已经逃走了。"

"什么其他人?"

"某些不在吸引子盆地之内的人。"

我皱起眉,非常疑惑,"什么盆地?我说的又不是吸引子盆地里的属民,我说的是我们这些游离者。"

她笑着说:"抱歉。我不是指固定吸引子周围的盆地。我们的奇异吸引子其实也有一个盆地:所有的游离轨道加起来就是我们的奇异盆地。我还不清楚这个盆地的确切形状:就像奇异吸引子本身一样,奇异盆地肯定也无比复杂。六边形盆地间隙中的空地并非全都属于这个奇异盆地:一些地点必然会导向某个固定吸引子——这就是为什么有些游离者会被固定吸引子捕获。绝大多数区域的确属于奇异吸引子盆地,但还有极少数的一些点⋯⋯"

"什么点?"

"这些点可能通向无穷远的地方。通向真正的逃逸。"

"哪些点?"

她耸了耸肩,"谁知道呢?可能有两个点并行,一个通向奇异吸引子,另一个则最终通向城市外面。唯一的办法就是从两个点出发,分别走一下,看看会发生什么。"

"可是,你说过我们其实都已经被俘获了——"

她点了点头,"熔毁发生后,经过那么多次轨道绕行,散布在城市里的人一定都已被各个吸引子俘获殆尽。吸引子本身是稳定结构:盆地导向吸引子,吸引子导向自身。注定要归属于某个固定吸引子的人如今必然都已被俘获,注定要远离这座城市的人也必然已经离开。而我们这些流浪在轨道上的游离者,将会一直处于游离状态。我们必须理解、接受、学会与之共存⋯⋯也许这意味着创造我们自己的信仰,我们自己的宗教——"

我抓住她的胳膊,拔刀在她前臂上迅速划了一下。她大叫着挣脱,用手按住伤口。过了片刻,她松开手检查伤口,我看到她手臂上有条细细的红线,手掌上也有一缕红印。

"你这疯子!"她大喊一声,向后退去。

玛丽亚走了过来。那个很可能确实有血有肉的先知对她喊道:"他疯了!快把他赶走!"玛丽亚抓住我的胳膊,把脸凑近我的耳朵,轻轻嘀咕了一句。我哈哈大笑起来。女人惊惶地后退几步，转身拼命逃走了。

玛丽亚说的是："没有割开多少，但她显然不是什么机器人。我赢了。"

我犹豫了一下，然后假装投降。

"你赢了。"

夜幕降临时，我们又上了高速公路，这一次是拐向市中心的东边。夜晚，我们停宿在几座高耸的办公大楼旁，吃着当天的战利品：一个巨大的素食比萨。我们的思维正被附近一群占星家的残余影响力轻微扰动着，仰头凝视着上方的星空。

最后，玛丽亚说道："金星已经落山了。我应该睡觉了。"

我点点头，"我要等火星升起。"

这一天的记忆碎片在我脑海中胡乱闪回着——但我仍然记得公园里那个女人说的大部分话。

经过那么多次轨道绕行，人们一定早已被各个吸引子俘获殆尽……

所以现在，其实我们也已经被俘获了。但她怎么知道呢？她怎么能确定呢？

如果她错了呢？如果我们尚未抵达最后的安歇之地呢？

占星家的话仍然在我脑海里喋喋不休：她那些肮脏的、唯物主义、简化主义的谎言都是假的。除了关于命运的说辞还值得一听。我们喜欢命运。我们认同命运。

我起身向南走了十几米，借助别的吸引子抵消了占星术的影响。然后我转过身，看向已睡着的玛丽亚。

可能有两个点并行，一个通向奇异吸引子，另一个则最终通向城市外面。唯一的办法就是从两个点出发，分别走一下，看看会发生什么。

  对于此刻的我而言,她所说的一切像极了某种被严重扭曲和误解的理性主义模型。而此时的我为了抓住一丁点儿希望,只汲取了她的部分理论,却抛弃了其余一切。隐喻在不断变异和杂交,一次又一次……

  我走到玛丽亚身边,蹲下低头轻轻吻了吻她的前额。她一动也没动。

  我拿起背包,沿着高速公路继续前行。这一刻,我能感觉到:城市之外的荒野正穿越横亘在我面前的所有阻碍,召唤着我。

《游离之境》,首次发表于英国《中间地带》杂志第61期,1992年7月。

祈祷之海

The Best of Greg Egan

张 涵译

想要真理吗?拿信仰来换吧。

所获荣誉

1999 年 获得雨果奖最佳长中篇小说

1999 年 获得轨迹奖最佳长中篇小说

1999 年 获得《阿西莫夫科幻杂志》读者投票奖最佳长中篇小说

1999 年 提名澳大利亚奥瑞丽斯奖最佳科幻短篇小说

1999 年 提名霍默奖最佳长中篇小说

1999 年 提名提普垂纪念奖跨性别科幻小说

2000 年 获得日本早川书房《科幻杂志》读者投票奖最佳翻译类短篇小说

2001 年 获得日本星云赏最佳翻译类短篇小说

2010 年 获得法国幻想大奖最佳翻译类中篇小说

1

海浪轻轻地将小船托起又放下，我的呼吸也随着船体那吱吱嘎嘎的声音慢了下来。到最后，究竟是船舱在有节奏地轻轻摇晃，还是空气充盈我的肺后再次排出，这两者之间的区别就再难分辨了。我仿佛漂浮在黑暗中：每一次吸气都让我稍稍浮起，每一次呼气又让我再次下沉。

上铺传来我哥哥丹尼尔清晰的声音："你相信神吗？"

脑中的困意一下子就消失了，但我没有马上回答。我一直睁着眼睛，不过在这间没有灯光的船舱里，黑暗似乎在我面前动了起来，一缕缕幽灵般的光就好似受惊的昆虫在飞舞。

"马丁？"

"我醒着。"

"你相信神吗？"

"当然信。"我认识的所有人都相信神。每个人都会谈论她，每个人都向她祈祷。其中最为虔诚的就是丹尼尔了。自从去年夏天加入深海教会后，他每天都会在黎明前花上一千 τ 的时间来祈祷。我常常会在醒来的时候，发现他跪在船舱另一端的墙边喃喃自语、捶打胸膛，接着我便会暗自庆幸地继续沉沉睡去。

我的家人们一直都是过渡教会的信徒，但是丹尼尔已经十五岁了，可以自己选择信仰了。母亲默默地接受了这一事实，但父亲似乎对丹尼尔的特立独行和坚定信念感到非常自豪。我则对此抱着复杂的感情。在成长过程中，我已经习惯了整天跟在哥哥身后，但从来没有对此感到厌倦，因为他总是在帮我拓宽视野：给我读几段他正在读的书，教我些他正在学的语言中的单词短语，讲一些我还没有亲眼见识过的数学知识。我们时常一起熬到很晚，聊着恒星的核心或是超限数的大小关系之类的话题，但丹尼尔从没告诉过我，为什么他会改变信仰，为什么他变得越来越虔诚。我就这样和他疏远了，不知道是该为此感到痛苦还是感激。我可以看出，与深海教会相比，过渡教会就像是拙劣的赝品。但甘愿平庸的好处就是每天都可以睡到日出时分，所以也说不清这样究竟是好是坏。

丹尼尔问道："为什么？"

我抬头看着他的铺底，不知道是真的看到了，还是仅仅想象它存在于黑暗的船舱中，"肯定有谁引导着天使从地球来到这里。地球离圣约星太远了……没有神的帮助，怎么可能找到圣约星呢？"

我听到丹尼尔微微动了一下，"或许天使们拥有更为强大的望远镜，或许他们从地球朝四面八方分散，在不知道自己会发现什么的情况下完成了成千上万次探险。"

我笑了，"但是他们必须要来这里，重新获得肉体！"就算是不怎么虔诚的十岁小孩也知道这一点。神准备好圣约星，让天使在这里忏悔，因为他们偷走了永生的力量。过渡教会相信，一百万年之后，我们将重新获得成为天使的权利；深海教会则相信，我们会一直保有肉体，直到星星从天空坠落。

丹尼尔又问道："为什么你那么肯定曾经真有天使存在呢？神真的派她的女儿贝阿特丽斯来带领人们重获肉体吗？"

我思索了一会儿，能想到的唯一答案来自《圣典》。丹尼尔在多年前就曾教育我，求助于权威毫无意义。最后，我不得不承认："不知道。"我觉得自己很傻，但他愿意讨论这些深奥的问题，我很是感激。我希望自己相信神是源于正确的理由，而不仅是因为周围的每个人都信。

他说道："考古学家们已经证明，我们是在大约两万年前来到这里的。在那之前，没有证据表明这里曾有人类，或任何与人类同属一个生态系统的动植物存在。这表明,'穿越'发生的时间比《圣典》上记述的要更早。但有关日期的说法是可以有不同解释的,只要将其视作是使用了诗化的表达,一切就说得通了。绝大多数生物学家认为,本土微动物群可能在数百万年的时间里,从简单的化学物质演化成了现在的样子。但这并不代表神就没在过程中进行引导。一切都是相容的,真的。科学和《圣典》都是真实的。"

我觉得自己知道他的目标了,"所以,你已经找到用科学证明神存在的方法了?"我感到非常骄傲,我哥哥是个天才!

"不。"丹尼尔沉默了片刻,"问题是,反过来也一样。不管《圣典》里是怎么写的,人们总是可以对事实做出不同的解释。飞船离开地球可能另有原因。天使可能是出于其他目的为自己创造了肉体。我们没法去说服一个不信教的人相信《圣典》是神的福音。这完全是信仰的问题。"

"噢。"

"信仰是最重要的东西,"丹尼尔坚持道,"如果没有信仰,你就会受到诱惑,什么都会去相信。"

我开口表示同意,尽量不让自己的声音透露出失望。我本以为丹尼尔会教我更多东西,而不像现在这样,只会发表这种乏味的主张。类似的话曾让我在过渡教堂的布道中听得昏昏欲睡。

"你知道怎样才能获得信仰吗?"

"不知道。"

"去请求,就这么简单,请求贝阿特丽斯走进你的内心,赐予你信仰。"

我抗议道:"我们每次去教堂的时候,都会发出这种请求!"我简直不敢相信他已经忘记了过渡教会的礼拜仪式。祭司会把一滴象征着贝阿特丽斯鲜血的海水滴在我们的舌头上,随后,我们会祈求获得信仰、希望和爱。

183

"那你得到信仰了吗？"

我从来没有想过这个问题。"不确定。"我相信神，对不对？"可能吧。"

丹尼尔被逗乐了，"如果被赐予了信仰，你会确定的。"

我凝视着黑暗，感到非常不安，"必须去深海教会才能求得信仰吗？"

"不。即使在深海教会里，也不是每个人都把贝阿特丽斯放在心里。你必须按照《圣典》所说的那样：'就像一个未出生的孩子，赤身裸体，迷茫无助'。"

"我接受过浸礼，不是吗？"

"是在一个金属盆里，那时候你只有三十天大。让婴儿接受浸礼是父母的一种姿态，是在确认他们抱有美好的心愿。但这并不足以拯救一个孩子。"

我感到很迷茫。至少父亲赞成丹尼尔改变信仰……但现在，丹尼尔想告诉我，我们这个家庭与神之间的联系就算不是假的，也严重不足。

丹尼尔说道："还记得贝阿特丽斯最后一次出现时，都对她的追随者们说了些什么吗？'除非浸溺于我的血液，否则不再见我母亲的容颜。'于是他们捆住彼此的手脚，用石头把自己沉到海里。"

我的胸口一紧，"你也那样做了？"

"是的。"

"什么时候？"

"差不多一年前。"

我从来没有这么迷惑过，"妈妈和爸爸去了吗？"

丹尼尔笑了起来，"没去！那并不是什么公开的仪式。我在祈祷会里的一些朋友帮了忙——得有人在甲板上把你拉上来才行。可别指望贝阿特丽斯像对待她的追随者那样对待你。真想等她来切断绳索，把你送上水面的话,只能说你太傲慢了。但在水里的时候,你是真的与神独处。"

他从铺位上爬了下来,蹲在我的铺边,"马丁,你准备好把生命献给贝阿特丽斯了吗?"他的声音宛若黑暗中闪耀的灰色火花。

我犹豫了,"我直接潜到水里行不行啊?就那样在水下待一会儿?"我曾多次在夜晚下海游泳,没什么可怕的。

"不行。你必须身负重物沉入海中。"他的语气明确表明,这个问题没有任何妥协的余地,"你能屏息多久?"

"200 τ。"我是在夸大其词,目标是 200 τ 还差不多。

"够久了。"

我没有回答。丹尼尔说道:"我会和你一起祈祷。"

我爬下铺位,和他一起跪了下来。丹尼尔低声说道:"求求您,圣洁的贝阿特丽斯,赐予我的弟弟马丁勇气,助他接受您那珍贵的恩赐——您的血液。"然后,他开始用一种我认为是外语的语言祈祷,说出一连串我从未听过的刺耳音节。我忧心忡忡地听着,不确定是否希望贝阿特丽斯改变我的想法,担心这种热诚真会说服她。

我问道:"如果我不这么做呢?"

"那你就再也无法见到神的面容了。"

我知道那意味着什么:我将独自在死亡的腹中徘徊,停留在黑暗里,直到永远。就算我们不应该按字面意思来理解《圣典》,隐喻背后的现实也只可能会更糟糕。糟到难以形容。

"但是……妈妈和爸爸怎么办?"我更担心他们,因为我知道他们绝不会照丹尼尔说的那样身负重物,从船上跳下去。

"这需要时间。"他轻声说。

我感到一阵头晕目眩,他绝对是认真的。

我听见他站起身来,走到了梯子旁。他爬上几级梯阶,打开了舱门。门外的星光照出了他手臂和肩膀的轮廓,但他在转身面对我时,我仍然看不清他的脸。"加油,马丁!"他低声说道,"拖得越久,就越困难。"他的声音低沉而急切,依然像往常那样透着慷慨和狡黠,一点儿也没成年人的急躁。这样子就像是在发出挑战,让我和他一起午夜突袭食品储藏室似的——并不是因为他真的需要一名"共犯",而是因为他真心不希望我错过这份刺激,或是战利品。

我想,比起溺水,我更害怕堕入地狱。而我一直相信,丹尼尔会在前方出现危险时向我发出警告。但我这次并没有被他彻底说服,所以我肯定是受到了某种力量的驱使,而不仅仅是出于恐惧和盲目的信任才同意了他的提议。

也许,是因为他提出要让我去做他曾经做过的事情。那时我才十岁,渴望成为一个更伟大的人——不是要变成父母那样负担沉重的成年人,而是要踏上丹尼尔曾走过的那条充满奥秘和自由的道路。我想像他一样强壮,一样敏捷,一样机智,一样博览群书。确信神的存在并不是我的第一选择,但我也并不指望神真的出手赐予我其他什么东西。

我跟着丹尼尔上了甲板。

只见他从工具箱里拿出绳子、刀和四个用在渔网上的那种备用网坠。他把网坠在绳子上穿好后,我脱下短裤,光着身子坐在甲板上。他在我的脚踝处打了个8字结,我试着抬了抬脚。这些网坠看上去并不是很重,但我知道,它们在水里足以抵消我身体的那点儿微不足道的浮力。

"马丁,伸手。"

突然间,我哭了出来。要是胳膊可以自由运动,我至少可以在网坠的拉拽下游泳。但是如果双手都要被绑住,我就真的很无助了。

丹尼尔蹲下了身子,看着我的眼睛,"嘘,不会有事的。"

我恨我自己。我感觉自己的脸已经扭曲成一个面具,上面刻着婴儿哭泣的样子。

"你害怕吗?"

我点了点头。

丹尼尔微笑着鼓励我:"你知道这是为什么吗?知道这是谁干的吗?死神不想让贝阿特丽斯拥有你,想把你据为己有。所以他来到了这艘船上,把恐惧放入了你的心中,因为他知道自己就要失去你了。"

我看到有什么东西在工具箱后面的阴影里移动,有什么东西在黑暗中潜行。如果现在回到船舱里,死神会跟上我们吗?他会等丹尼尔睡着之后再采取行动吗?如果我背叛了贝阿特丽斯,还能求谁帮我赶走死神呢?

我凝视着甲板,羞愧的泪水从脸颊滑了下来。我伸出双臂,并拢手腕。

我的双手绑在了一起——并不是我想象的那样掌心贴掌心地绑,而是分别绑了几个圈,然后连在一起。随后,丹尼尔从船尾的绞盘上拉出一条长长的绳子,在甲板上盘好。我不愿去想象这绳子有多长,但是我知道,自己从没潜到那个深度。他拿起绳子末端的钝钩,从我两只胳膊间穿过,然后套在绳子上,拧成一个闭环。接着,他又检查了一遍我手腕上的绳子,保证绑得没紧到会勒伤我,也没松到能让我把手抽出来。过程中,我看到他的脸上写满了某样东西:一种对自己的怀疑或是恐惧。他说道:"紧紧抓住钩子,以防万一。不管出了什么事都不要放手。明白吗?"他对贝阿特丽斯轻声说了些什么,然后抬头看着我,又露出了自信的表情。

他扶着我站起来,拖着步子走到位于绞盘一侧的船舷护栏边。然后,他把我抱起来送到护栏外,让我站在船体的外壳上。甲板是无生命的矿化内壳,但护栏之外的船体明显还活着,光滑的保护性分泌物微微发着光。我的脚趾无力地蜷缩在仿佛涂了油一般的外壳上,什么也抓不住。船体只支撑着我的部分体重,但丹尼尔的手臂最终会累的。如果我想放弃,必须尽快才行。

187

一阵暖风吹过。我环顾四周,看着平坦的地平线、闪烁的繁星、水面上微弱的银光。丹尼尔吟诵道:"圣洁的贝阿特丽斯,我已做好准备为这世界赴死。让我浸溺于您的血液,让我获得救赎,得见您母亲的容颜。"

我重复着那些话,努力想真心实意一些。

"圣洁的贝阿特丽斯,我将我的生命献给您。我现在所做的一切,都是为了您。请走进我的内心,赐予我信仰。请走进我的内心,赐予我希望。请走进我的内心,赐予我爱。"

"赐予我爱。"

丹尼尔放开了我。起初,我的双脚仿佛神奇地粘在了船体上。我向后转身,但并没有开始坠落。我紧紧抓着钩子,把那块冰冷的金属按在肚子上,任由绞盘上的绳子绷紧,让我悬在半空中。我甚至绷紧身体做好了应对冲击的准备。就算是到了这个时候,我内心深处依旧相信自己可以随时放弃。

然后,我脚下一滑,落入海里,直接沉了下去。

那种感觉和跳水并不一样——就算是从一个从未尝试过的高度跳下去,都不会是这种感觉。不知要花多长时间才能停止坠落,整个过程变得愈发可怕起来。我在水中坠落的速度越来越快,就仿佛是从天上落下来一样。原本还幻想绳子可以让我浮在水面上,可现在它却把我带向了另一个极端:我的加速度似乎足以表明,甲板上的绳子并没有系在任何东西上,那散掉的绳头已经沉入了水面以下。那些贝阿特丽斯的追随者以前就是这么做的,对不对?他们没系绳子就投入了水中。所以,是丹尼尔切断了绳子,而我正向海底沉去。

然后,钩子猛地把我的手拉过了头顶。我的手腕和肩膀一阵生疼,终于停了下来。

我把脸转向水面的方向,但无论是星光,还是船体发出的微弱磷光都无法照到这么深的地方。我从嘴里吐出一串气泡,感觉到它们滑过我的上唇,却没有在黑暗中留下任何痕迹。

我小心翼翼地让手沿着钩子挪动。我仍然能感觉到绳子紧紧地绑着手腕,但丹尼尔警告过我别掉以轻心。我把膝盖抬到胸前,估计着网坠的拉力。如果绳子断了,至少我的双手可以自由活动,但即便如此,我也不是很确定自己是否能够升上水面。一想到我会越沉越深,还要想办法解开脚踝上的绳结,我就感到一阵恐惧。

我的肩膀很疼,但并没有受伤。我没费多大力气就把下巴拉到了与钩子底部平齐的位置。但再往上就有点儿麻烦了——双手被紧紧地捆在了一起,我没法很好地撑起身体。还好在第三次尝试中,我终于伸直胳膊,双臂笔直朝下地支撑住自己。

我其实并没有什么好的计划。但我突然想到,就算手脚都被绑住了,我依旧可以试着沿绳子往上爬。所以说,只要开始行动就好。我只需要倒过去大头朝下,抓住两膝之间的绳子,然后缩起身子,一边拖着钩子,一边用手抓住绳子更靠上的地方。

但如果我无法抓到足够高的地方让自己转回来,那会怎样呢?

我的脚会先露出水面。

然而,我甚至连第一步都做不到。我原以为会很简单,只要伸直胳膊,然后让自己往后倒就可以了。但在水中,就算是我体重的三分之二也不足以抵消那些网坠的重量。

我又换了一种方法:重新让身体往下坠,伸直胳膊吊着,然后尽量把腿往上伸,再把身体往上拉。但我的握力不足以抵抗网坠的扭转力,结果我只是绕着身体重心(就在膝盖附近)转了一圈。到最后,我还是弓着身子,却差不多是呈水平方向悬在了水中。

我又放松了下来,想要将双脚从胳膊间穿过去。第一次尝试,我没有成功。于是我思索了片刻,觉得似乎这么做也没什么用。就算我真的成功抓住了绑在双脚之间的绳子,并在这个过程中没有向后翻滚,没有让自己失去控制、肩膀脱臼,可在之后,我要么根本没法把手背在后面倒挂着沿绳子往上爬,要么会非常笨拙和费力,结果肯定是还没爬十分之一就耗尽了氧气。

我又从肺中吐出了一些空气。我能感觉到横膈膜上的肌肉正在抗议,因为我违背了机体的本能。虽然情况还不太紧迫,但我根本无法控制自己再次吸气的时机。一想到这点,我就很难保持冷静。我知道丹尼尔数到200τ之后一定会把我拉上水面。但我在水下最多只待过160τ。此刻,这额外的40τ简直像极了永远。

我几乎就快忘了这次考验的意义。不过,现在我已经开始祈祷。求您了,圣洁的贝阿特丽斯,别让我死。我知道您也曾像这样溺死自己,那是为了拯救我们这些生灵,但我死了对谁都没好处,还会害惨了丹尼尔……我不是在威胁您,这只是事实而已。紧接着,一阵焦虑袭来,我开始担心是不是冒犯了神的女儿?我继续挣扎着,逐渐失去信心。我不想死。但您已经知道这一点了,所以我也不知道您还想让我再说些什么。

我又吐出一些空气,真希望能弄清楚自己已经在水中待了多久。在水中,我不应该让肺中的空气排出得太快——肺里没有空气后,再想屏住呼吸就更困难了。但把二氧化碳憋得太久也不好。

祈祷似乎只会让我更加绝望,所以我努力回想着圣训。我无法逐字逐句地记起《圣典》中的段落,但其中最重要的那些段落大意开始在我的脑海浮现。

贝阿特丽斯以肉身之躯生活了三十年后,说服了所有天使重新化为凡人。在此之后,她回到天使们遗弃的飞船,驾驶它直接飞进大海。死神看见了,便把自己变成一条巨大的蛇,盘绕在水中,等待她的到来。虽然她是神的女儿,可谓是无所不能,但她还是让死神吞噬了自己。

这就是她对我们的爱。

死神以为自己会赢得一切。贝阿特丽斯被困在他的体内,孤独地留在黑暗中,而天使们已是肉体凡胎,所以他不必等到星星坠落就可以占有他们。

然而,贝阿特丽斯是神的一部分。死神吞噬了神的一部分,这是愚蠢的错误。三天后,他的嘴巴突然爆开,贝阿特丽斯浑身浴火、一飞而出。死神就这样破碎开来,衰退消失了。

我四肢麻木,但是胸膛仿佛在燃烧。死神依然强大到足以控制那些被堕入地狱的灵魂。我开始盲目地挣扎,浪费着血液中剩余的氧气,同时绝望地想要转移吸气的冲动。

求您了,圣洁的贝阿特丽斯……

求你了,丹尼尔……

明亮的斑点在我的眼底绽放,随后漂入水中。我看着它们卷入一个漩涡,就好像有什么东西吸引了它们似的。

那是巨蛇的大嘴,它在吞噬我的灵魂。我张开嘴,伤心地呜咽起来。死神游上前来,想要亲吻我,向我的肺中呼入冷水。

突然,亮光烧灼着一切,大蛇转身逃走了,活像一条苍白胆怯的蠕虫。一股满足感涌上心头,我仿佛回到了婴儿时期,被母亲紧紧抱着。我仿佛沐浴在阳光下,听着欢笑声和难以置信的美妙乐章。我身体里的每一块肌肉都在努力,迫使水流进我的肺。不过,此刻我发现自己似乎正毫不费力地用潜意识与之抗争,内心燃起一股奇异的狂喜之情。

冷空气掠过我的双手和双臂。我直起身子吸了一口,然后又沉了下去。我头晕目眩,口水直流,感激着自己的每一次呼吸。但与此同时,我也莫名地兴奋。先前充斥我整个视野的亮光已经消失了,但在我目光所及之处都留下了紫罗兰色的残影。丹尼尔一直拽着绳子,此刻已经把我的头拽到与护栏平齐的位置。他固定住绞盘,弯腰把我扛在了肩上。

待在水里的时候,我感觉非常温暖。但现在,我的牙齿不住地打着战。丹尼尔用毛巾裹住我,然后开始切绳子。我冲着他微笑道:"我可太高兴了!"他示意我安静点儿,随后开心地低声说道:"这就是贝阿特丽斯的爱。她会永远陪伴你的,马丁。"

我惊讶地眨了眨眼睛,为自己的愚蠢轻声笑了起来。到那个时候,我才把刚刚发生的一切和贝阿特丽斯联系起来。那当然是因为她。我让她进入我的心田,她也确实满足了我的请求。

从丹尼尔的表情可以看出,他在接受溺礼的一年后,仍能感受到她的存在。

他说道:"你现在所做的一切都是为了贝阿特丽斯。你透过望远镜瞭望,就是在为她的造物表达敬意。你吃饭、喝水或是游泳,就是在感谢她的恩赐。"我热诚地点了点头。

丹尼尔把所有东西都收拾得干干净净,甚至擦干了我在甲板上留下的水渍。回到船舱后,他背诵了《圣典》中那些我之前从未能真正领会的段落。现在听来,那些词句似乎都与溺礼和我的感受有关,就好像我打开那本书,发现每一页上都提到了自己的名字。

丹尼尔睡着的时候,我还醒着。这是我有生以来第一次忘却了孤独。神的女儿与我同在,我能感觉到,她的存在就像我脑中的火焰,在我目光背后的黑暗中散发着温暖。

赐予我安慰,赐予我力量。

赐予我信仰。

2

修道院在距离我家东北方向约四毫弧度[1]的地方。丹尼尔和我乘

---

1. 角度单位,1毫弧度 = 0.001弧度 = 0.0573°。

着小艇,前往约定地点与另外三艘小艇会合,随后一起参加祈祷会。在将近一年的时间里,我们每隔九天就会在夜晚踏上这段旅程。而在此之前,丹尼尔已经在这个祈祷会中待了一年。因此,我们并不需要费什么心,小艇对路线已经很熟悉了。它能以大洋中的营养物质为食,将水从外皮上的小槽喷出获得前进动力,还能利用阳光和圣约星上的磁场导航。它是天使留下的诸多遗产中的典范,我们的技术完全无法与之比拟。

巴塞洛缪、蕾切尔和阿格妮丝坐在一艘小艇上,与我们并排航行;其他几艘小艇在前面领路。巴塞洛缪和蕾切尔已经结婚了,他们比丹尼尔稍大一点儿。阿格妮丝是蕾切尔的妹妹,今年十六岁。因为我是祈祷会中年龄最小的成员,从加入那天起,阿格妮丝就总对我格外关照。她说道:"马丁,今晚可是你的大日子,不是吗?"我点点头,但并没有和她多聊,只想让她去找丹尼尔说话。

修道院出现在我们的视野时,已经是黄昏时分了。一座由上万个艇体构成的锥形塔楼从水中升起,造型与贝阿特丽斯的飞船相同,但指向的是天空,而非深海。虽然《圣典》的一些解说者坚持认为,贝阿特丽斯的飞船已经永远沉入了海底,她是凭借自己的力量升上水面的,但这座塔楼依旧是她战胜死亡的权威标志。为了纪念她与神分开的那三天,所有类似建筑都会熄灯以示敬意,但那是半年之后的事情了。现在,修道院的每一扇舷窗都亮着。

一条狭窄的隧道通向塔底,小艇察觉到了水中气息的变化,依次驶了进去。我知道它们并没有灵魂,但还是忍不住好奇如果它们知道自己在做什么,又会怎么想呢?平时,它们会停在为单壳艇准备的码头上,被一小块船皮包裹住,但是大部分身体依旧会暴露在外。也许比起和船屋停在一起,它们在本能的驱使下进入这种较大的建筑后会感觉更为安全,甚至更为舒适。我说起这件事的时候,后面小艇上的蕾切尔大笑起来。阿格妮丝说道:"别闹了。"

隧道的侧壁闪着浅绿色的磷光,前方的洞口处则充满了白色的灯光。灯光越来越亮,让人眼花缭乱。巨大的中庭周围环绕着一条运河,小艇继续前进,最后找到一处空码头停了下来。

我们下船的时候,脚步和溅起的水花都激起了回声。我抬头看着上方的天花板,成百上千个曲面三角形拼成了一个巨大的穹顶,上面画满了《圣典》里的场景。最初的图画已经有超过一千年的历史了,颜料涂在有生命的船皮上,几十年间就会褪去,所以修道士们必须经常进行修复。

《贝阿特丽斯化为天使》是我最喜爱的一幅画。天使没有肉身,不是从母体孕育出来,而是凭空出现在了虚形之城的街道上。在天花板上的那幅画里,贝阿特丽斯那缥缈的身体还未完全成型,小精灵们依旧在给她那无形的骨骼穿上无形的肌肉、血液和皮肤。一些身着闪亮长袍的天使斜眼看着她,谁都可以看出来,他们对此并不感兴趣。但他们还没有意识到她到底是谁。

尺寸稍小一些的壁画填满了连接着中庭和集会厅的走廊。我们这个祈祷会大概有五十人,包括几名祭司和修道士,他们的行为举止其实跟其他人没什么不同。要是在教堂里,你得参加礼拜仪式——祭司们要见缝插针地进行布道,而礼拜者们除了祈祷、唱歌和机械地做出回应,就没有什么别的事情可干了。但这里就没有那么正式了。每天晚上,都会有几个人发表演讲。他们有的是从其他修道院来访问的,有的就是祈祷会自己的成员。而在这之后,谁都可以请祈祷会的其他成员和他一起祈祷,内容也没什么限制。

我落在了其他人的后面,但他们给我在过道边留了个座位。阿格妮丝坐在我的左边,再往左是丹尼尔、巴塞洛缪和蕾切尔。阿格妮丝问道:"你紧张吗?"

"不紧张。"

丹尼尔笑了,仿佛这说法很荒谬似的。

我确认道:"真的不紧张。"本想让自己的声音听起来泰然自若,但实际上却显得有些阴沉而幼稚。

头两个演讲的都是世俗神学家,是前来修道院拜访的陆行者。其中一位谈起了那些信仰伪宗教的人们,解释说他们实际上膜拜的是贝阿特丽斯,只是自己不知道而已。他说那些人并不会堕入地狱,因为无法选择自己出身于怎样的文化环境之中。贝阿特丽斯能明白他们心怀好意,会赦免他们的。

我希望这是真的,但这对我毫无意义。要么贝阿特丽斯确实是神的女儿,所有背弃她的人都会堕入黑暗,要么……就没有"要么"了。因为我只要闭上眼睛去感受她的存在就知道了答案。不过这个人说完之后,所有人还是鼓起了掌,人们向他提出的所有问题似乎都是在对他的看法表示同情。也许是他的观点太过深奥了,我无法理解。

第二位演讲者将贝阿特丽斯称为"神圣的弄臣",还严厉地指责我们没有对她的幽默感提起足够重视。她引述了《圣典》上的某些事件,说那实际上只是玩笑,后来又开始长篇大论所谓"笑的治愈力"。整个演讲的吸引力就跟那些关于营养和健康的讲座差不多,我得努力撑着才能不让自己的眼睛闭上。最后,没有任何人向她提问。

然后,主持这场集会的卡罗尔发言道:"接下来,有请马丁来讲讲他的生命中所见证的贝阿特丽斯的力量。"

所有人都鼓掌欢迎。我站起身来,走上过道的时候,丹尼尔侧身对着阿格妮丝,用略带讽刺的口吻低声说道:"肯定会很精彩。"

我站在讲台上,开始了那个已经练习了好几天的演讲。贝阿特丽斯一直陪伴着我,无论我是在学习、工作,还是在吃饭、游泳,抑或仅仅坐在那儿看星星。每天早晨醒来,我审视自己的内心时,她都毫无例外地陪伴着我。每天晚上躺在床上,我都无所畏惧,因为我知道她在守护着我。在接受溺礼之前,我并不是很确定自己的信仰,但是现在,我绝不会再怀疑,神的女儿曾出于对我们的爱而获得肉体,继而牺牲自己，最后征服死亡。

这些话都是真的。可我在演讲时根本无法忘记丹尼尔的那句讽刺。我瞥了一眼之前坐的那一排座位，还有和我一同前来的那些人。我和他们究竟有什么共同点呢？蕾切尔和巴塞洛缪结婚了；巴塞洛缪曾和丹尼尔一同学习，如今他们仍在一支潜水球队里；丹尼尔和阿格妮丝大概已经相爱了。丹尼尔是我哥哥……但他和其他人唯一的区别是，他对我的轻视比任何陌生人都要致命。

在接下来的公开祈祷中，我没去注意人们互相分享的问题和祝福。我试着祈求贝阿特丽斯化解我心中的愤怒，但没有成功，或许我已经离她太远了。

集会结束之后，人们都去了旁边的房间聊天，我却犹豫不前。等其他人都在视线中消失了，我便躲进走廊，径直朝小艇走去。

丹尼尔可以搭他朋友的小艇回去，不需要绕很远的路。我可以在离船屋不远的地方等他赶上，要是爸妈看到我独自回来就麻烦了。丹尼尔肯定会生气，但他不会告密。

我在码头刚把小艇解开，它似乎就知道自己要去哪里了：从运河绕出去，回到隧道里，然后进入外海。小艇在平静而黑暗的水面上疾驰，我感觉贝阿特丽斯又回来了，这似乎昭示着她明白我必须离开。

我俯下身子，把手浸入水中，感觉着离子在小艇的皮肤细胞上进进出出产生的水流。它的外壳闪耀着磷光般的蓝色，与其说是照亮前路，不如说像是在向其他小艇发出警告。在贝阿特丽斯生活的那个时代，她的一位追随者曾在虚形之城里从零开始设计出这种生物。一想到天使曾了解的那些知识，我就感到一阵眩晕。我不是很确定为什么那么多知识都没有流传下来，但我希望能够重新发现它们。甚至连深海教会也教导我们说，只要不把那些知识再次用在追求永生上，就没有什么错。

修道院越来越小，最后变成了地平线上一个模糊的光点，水面上再也没有其他信标了,但是我会观星,也可以感知力场。我知道,小艇正在朝正确的方向前进。

接着,我看到远处出现了一个蓝色的光点。很明显,那并不是丹尼尔或其他人来追我了,因为那方向不对。我看着越来越近的小艇,感到一阵焦虑。如果对方是我认识的人,我根本没法想出一个独自出行的理由,这样消息就会传到我父母那里。

我还没来得及辨别清楚对面船上是谁,就听到一个声音喊道:"你能帮帮我吗?我迷路了!"

我思索了一会儿才做出回应。那声音干巴巴的,轻描淡写又直截了当地承认自己的无助,却又不像是在开玩笑。如果生了病,感受昼夜和力场的能力就会受到影响,也就很难根据星星判断位置了。我也曾经历过几次这样的情况,就算是安全地站在船的甲板上,也觉得那是一种糟糕的体验。夜已经这么深了,一艘只能依靠自己的力场感知能力的小艇确实有可能会迷失自己,尤其是要去一个它从未去过的地方。

我喊出了我们的坐标和现在的时间。我很有自信,能把坐标精确到几百微弧度、把时间精确到几百 τ 以内。

"这不可能!我能过去吗?让咱们的小艇聊聊。"

我犹豫了。从记事起,我就一直被灌输这样一个观点:如果一个人在海面,除非认识对方船上的乘客,否则应该远离其他船只。但是,贝阿特丽斯和我同在,如果有人需要帮助,我不应该拒绝对方。

"好的。"我停下小艇,等着那个陌生人靠近。在那艘小艇向这边驶来的过程中,我惊讶地发现上面的乘客是个年轻人。他看上去和巴塞洛缪差不多大,但声音听起来却苍老得多。

我们不需要去告诉小艇接下来该做什么,互相靠近就足以让它们进行化学信息的交换。那个人问道:"你一个人出来的?"

"是和我哥哥还有他的朋友们一起出来的,不过我走在了前面。"

听到这话,他笑了:"让你先走,是吗?那你觉得他们都在那里干什么呢?"我没有回答。那样揣测陌生人是不礼貌的。那个人扫视了一下地平线,以一种同情的姿态张开了双臂,"你肯定觉得自己被冷落了。"

我摇了摇头。他身后的地板上有一副双筒望远镜。所以早在他喊救命之前,就看到我是独自一人了。

他灵巧地从自己的小艇上跳了过来,落在了艇尾的长凳上。我说道:"这里没什么可偷的。"我起了一身鸡皮疙瘩,并不是出于恐惧,而是因为根本不敢相信眼前的情景。星光下,他站在长凳上,抽出了皮带上的刀子。刀上的细节——刀柄上的雕花,还有刀刃上的锯齿,都让这一切变得更像是一场梦了。

他咳嗽了一声,突然紧张了起来:"不想受伤的话,就按我说的做。"

我深吸一口气,用最大的力气呼喊求救。我知道,附近并没有其他人,但是觉得这可能会吓跑他。他环视四周,并没有生气,而是有些惊慌,似乎不怎么相信我会浪费这么大的力气去做无用功。我向后一跳,落进了水里。随后,我听到他追了过来。

我看到了小艇发出的那蓝色磷光,然后拼命朝着下方,朝着远处游了起来,根本没有浪费时间去寻找他的影子。我能听到耳中砰砰作响的血流声,但是我知道,我游得几乎悄无声息。不管他的速度有多快,在黑暗中,他都有可能从我身边游过去却不会发现我。如果没能很快抓住我,他可能会回到小艇上,等我浮出水面换气时再来找我。所以我必须游到很远的地方再浮出水面,这样就算他有双筒望远镜,也没法看到我。

我很害怕,感觉随时都会有一只手紧紧抓住我的脚踝,但是贝阿特丽斯与我同在。游泳的时候,我回想起自己接受溺礼时的情景,她的存在感比以往任何时候都更加强烈了。我的肺都快要爆炸了,她还是在帮助我继续前进，我的四肢机械地运动着，光斑漂浮在我的眼前。等我终于发觉自己必须浮出水面时，我仰面朝天，慢慢上浮，然后静静躺着，只把嘴和鼻子露出海面，抗拒着四处张望的诱惑。

我做了几次深呼吸，然后又潜了下去。

第五次浮上海面时，我终于敢回头了。我并没有看到我们那两艘小艇。我把身子挺得更高了，然后转了一圈，以防迷失方向，但视野里什么都没有。

我观察了一下天空中的星星，测试了自己的力场感应能力。小艇应该还没到地平线的另一边才对啊。我踩着水，乘着浪，努力不去想自己现在有多累。最近的船至少也在两毫弧度之外。游泳健将们会参加比这距离还长的马拉松比赛，其中有些参赛者的年龄比我还小，但我从没想过要去完成如此一场对耐力的挑战。时间已经是午夜了，事先又没做什么准备，我知道自己不可能成功游到那里。

如果那个人没再继续追我，那他会不会带走我的小艇呢？小艇很不值钱，上面的标记也很难改变，把它偷走无异于承认自己有罪。那我为什么没有找到它呢？要么是他把它放走了，要么是它决定自己回家了。

我知道它会走哪里，如果之前浮上水面的时候，我寻找过它，就应该能看到它经过。但现在，我不可能再遇到它了。

我开始祈祷。我知道，和其他人分开是我的错，但我也在请求宽恕，而且觉得自己确实得到了宽恕。我近乎平静地看着地平线，冲着海面上空流星划出的蓝光微笑，确信贝阿特丽斯不会抛弃我。

我一边踩水，一边在冷风中颤抖，但依旧祈祷着。就在这时，一点蓝光出现在了远处。海浪又把我向下拉了过去，那点蓝光消失了，但我绝不会认错，它不可能是流星。是丹尼尔他们吗？还是那个陌生人？我没有时间思考了。如果想要在对方经过的时候进入他们的听力范围，我必须得拼命游。

我闭上眼睛，祈求着神的引导。求您了，圣洁的贝阿特丽斯，请指引我。喜悦瞬间涌入我的脑海。就是他们，我很确定。我以最快的速度出发了。

我还没看清小艇上有多少人，就开始大喊。但我知道，贝阿特丽斯绝对不会让我搞错。一颗信号弹从小艇上射了出来，照亮了四个并肩站立的人影，他们在朝水中扫视。我大声欢呼，挥舞着胳膊。最终，有人看到了我。他们调转小艇朝我这边驶来。上艇之后，肾上腺素和解脱感让我充满了力量，我几乎觉得自己可以跳回水里，游着泳和他们比比谁先到家。

我以为丹尼尔会生气，但等我描述完都发生了什么之后，他只说了一句："咱们最好快点儿走。"

阿格妮丝拥抱了我。巴塞洛缪近乎敬佩地看了我一眼，但蕾切尔只是酸溜溜地嘟哝道："你真是个傻瓜，马丁。你都不知道自己有多幸运。"

我说："我知道。"

我们的父母站在甲板上。空荡荡的小艇早就到了，他们正准备出发去找我们。等其他人离开之后，我把事情仔细讲了一遍，但努力淡化了其中的危险因素。

我还没说完，妈妈就抓住了丹尼尔的衬衫前襟，开始扇他耳光。"我把他托付给了你！你这个疯子！我那么信任你！"丹尼尔半抬起胳膊想挡一下，但随即又放下了手臂，低头盯着甲板。

我突然哭了起来，"是我的错！"父母从来没有打过我们，我简直不敢相信自己的眼睛。

父亲安慰道："你看……他现在回家了。他很安全，没被伤到。"他用一只胳膊搂住我的肩膀，小心翼翼地问："是这样的，马丁，对吧？"

我含泪点了点头。现在发生的事情比在小艇上或是海里那会儿还要糟糕。此时，我感觉自己比当时要无助一千倍，要幼稚一千倍。

我说道："贝阿特丽斯一直在守护着我。"

妈妈翻了翻白眼，放开丹尼尔的衬衫，大笑起来，"贝阿特丽斯？贝阿特丽斯？你根本不知道他会对你做些什么吧？你太稚嫩了，他可是拿着刀的。"

湿衣服带来的寒意似乎更重了。我摇摇晃晃的，努力让自己站直。然后，我固执地低声说道："贝阿特丽斯就在那里。"

父亲说："快去换衣服吧，不然你会冻死的。"

我躺在床上，听着他们大声训斥丹尼尔。当他终于沿着梯子爬下来时，我羞愧难当，恨不得让自己淹死。

他问道："你没事吧？"

我什么话都说不出来，无法要求他原谅我。

"马丁？"丹尼尔打开了灯，脸上满是泪痕。他轻笑着擦去了眼泪，"见鬼，你让我担心死了。别再那么干了。"

"不会了。"

"好。"就这样结束了，没有叫嚷，没有指责，"你愿意和我一起祈祷吗？"

我们并肩跪在地上，祈祷我们的父母能够平静下来，同时也为那个想要伤害我的人祈祷。我开始颤抖，才意识到先前的一切有多可怕。突然，话语从我的口中喷涌而出——我既认不出、也听不懂自己说出的词句。不过我知道，我是在为丹尼尔祈祷，祈祷他一切都好，祈祷我们的父母不要再因为我的愚蠢去责备他。

那些奇怪的词句不断地从我口中说出，我所有的感觉器官都被一股难以理解的洪流淹没了。我知道这是怎么回事：贝阿特丽斯把天使的舌头赐予了我。我们获得肉体的时候，不得不放弃所有那些知识。但有时候，她会赐予人们这样祈祷的能力，因为天使的语言可以表达

201

我们无法用词句表达的东西。在接受溺礼之后，丹尼尔也曾有过这样的能力，但这种能力无法传授，甚至无法去祈求。

我最终闭上了嘴巴，大脑飞速运转着，"也许贝阿特丽斯策划了今晚发生的一切？也许她安排了这些，引导我经历这一时刻。"

丹尼尔摇了摇头，轻轻皱眉，"不要得意忘形。你获得了她的恩赐，就好好接受。"他用肩膀轻轻推了推我，"现在，趁还没惹上其他什么麻烦，上床睡觉吧。"

我在床上躺着，几乎到了黎明都还没睡着，心中充满了幸福。丹尼尔原谅了我。贝阿特丽斯保护了我，祝福了我。我不再感到羞耻，只觉得谦卑和惊喜。我知道自己没有做任何值得眷顾的事情，但是我的人生被神的爱意包裹着。

3

根据《圣典》上的记载，地球上的海洋常被风暴搅动，其中满是危险的生物。但在圣约星上，海洋很是平静。天使们在这里进行生态创造的时候，没有引入任何会给他们的凡人化身造成伤害的东西。四大洲和四大洋都同样宜居，就像神在创造男人女人的时候，都是无差别地对待的。因为在神的眼中，男女平等，水行者和陆行者也一样。（有些解说者坚持认为，事实确实如此：神不介意我们住在什么地方，也不介意我们是否生来就有阴茎。我虽然无法理解其中的逻辑，却也觉得这是个不错的想法。）

我听说某些不知名的教派会这样教导它的教徒：半数的天使实际上变成了那种可以在水中生活、在水下呼吸的人。但神毁灭了他们，因为这是在蔑视贝阿特丽斯的牺牲。然而，没有一个合法的教会支持这个观点，而且考古学家也没有发现这些惨遭厄运的神秘近亲的任何踪迹。人就是人，只有一种。水行者和陆行者甚至可以通婚——如果他们能够就居住地达成一致的话。

我十五岁的时候，丹尼尔和祈祷会里的阿格妮丝订婚了。这倒也很正常，这样他们就不需要因为自己的伴侣没有接受过溺礼祝福，而费心解释或争吵了。没错，阿格妮丝是一名水行者。不过，她家族的一个很大的分支和我们家族的一个小分支都是陆行者，所以在商讨之后，我们决定在海滨小镇费雷兹为他们举办婚礼。

我和父亲一起去为丹尼尔和阿格妮丝挑选船体。饲养员戴安娜拖来了连成一串的六个成熟的船体，父亲坚持要走到它们的背上，亲自检查这些船体是否有瑕疵。

等检查到第四个的时候，我失去了耐心，嘟哝道："重要的是水下的部分。"实际上，从上面就可以了解船体的大体状况，但吃水线以上即便有几个小缺陷也没什么关系。

父亲若有所思地点点头，"这倒是没错，你最好下水检查下面的情况。"

"我不要。"我们确实不能轻信这女人会以合理的价格卖给我们健康的船体，但要下水可就太尴尬了。

"马丁！这是为你哥哥和嫂子的安全着想！"

我瞥了一眼戴安娜，让她知道我对她有些同情，然后脱掉衬衫，一头扎进了水里。我游到最后一个船体那里，潜入船底。我非常仔细地开始了检查工作，手指滑过每一寸船体表面。我决心要花很长时间完成这项工作——长得超出父亲的期望，借此来惹恼他；同时，我还决定检查完六个船体再浮出水面，以此给戴安娜留下深刻的印象。

未经装配的船体露出水面的部分会比一艘装满家具和破烂的船更高。但我惊奇地发现，就算待在这个生物的阴影中，光线也足以让我看清它的外皮。过了一会儿，我意识到这种反常现象之所以会出现，是因为水比平时浑浊一些，造成这种现象的那些不知是什么的微粒物

203

质将阳光散射到了阴影中。

在温暖明亮的水中穿行着,我感受到贝阿特丽斯的爱比以往更加强烈了。我不再生父亲的气。他想给丹尼尔和阿格妮丝最好的船体,我也一样。至于给戴安娜留下好印象……我骗谁呢?她是个成年女性,年龄至少和阿格妮丝差不多,而且很可能只把我当成孩子。检查完第三个船体之后,我感到呼吸变得有些急促。于是我浮出水面,兴高采烈地报告说:"到目前为止,没有发现任何瑕疵!"

戴安娜低头对我笑了,"你的肺活量很大。"

六个船体都很完美,我们选择了最后那个,因为它最容易被拆下来。

费雷兹建在一处河口,码头却在河流上游的某个地方。这有助于我们做好准备。比起从海洋瞬间过渡到陆地,这一路海浪逐渐平息,让我们更容易适应。不过在从甲板跳上码头时,我还是觉得自己仿佛撞上了某种巨大而坚硬的东西——这颗星球本身。我曾经上过两次陆地,时间都不到一天。而婚礼庆典会持续十天,不过至少我们还能回船上睡觉。

除了婚姻圣礼,其他所有庆典活动都会在仪式大厅里举行。我们沿着拥挤的街道朝大厅走了过去。路上,我无礼地盯着每一个人。几乎没有人像我们一样赤着脚,在比任何甲板都要粗糙的铺路石上走了几百 τ 之后,我能理解这是为什么了。我们的穿着与众不同,皮肤更黑,口音明显不属于本地……但是没有人回头看我们。在这里,水行者并不罕见。这让我更觉不自然,因为对方并没有对我表现出同样的好奇心。

在大厅里,我参与了婚礼准备工作,主要是在阿格妮丝的一名专横的叔叔的指挥下,拖着家具走来走去。在这个陌生的环境中看到这么多的水行者聚在一起,我感受到了一种全新的震撼。但更奇怪的是，我意识到自己不一定能分辨出哪些是陆行者，我们的外表甚至衣着都没有明显的区别。我开始感到有点儿内疚：如果连神都无法分辨，为什么我还要去寻找什么区别呢？

我们在外面大厅的后花园里吃了午饭。草地很柔软，让我的脚有些发痒。丹尼尔试穿结婚礼服去了，我的父母正在完成他们的一些重要工作。周围的人当中，我认识的只有少数几个。我坐在一棵树的树荫下，假装不去注意这株植物那巨大的体积和奇异的结构。不知道是否可以午睡一会儿，我无法想象在草地上睡觉会是什么感觉。

这时候，有人在我旁边坐了下来，我转过身。

"我是莱娜，阿格妮丝的远房表妹。"

"我是丹尼尔的弟弟，马丁。"我犹豫了一会儿，然后向她伸出了手。她握了握手，微微一笑。那天早上，我笨拙地亲吻了十几位陌生人，都是远房亲戚，但这次我没敢那么做。

"新郎的弟弟，和我们其他人一起干这些苦差事。"她摇了摇头，装出一副钦佩的样子。

我真的很想说些笑话来回应她，但如果没能成功，结果就会变得更糟糕。"你住在费雷兹？"

"不是。我住在米塔尔，比这里更靠近内陆的一个地方。我们现在住在我叔叔家。"她露出一副苦相，"和其他十个人住在一起，完全没有隐私可言，这真是太可怕了。"

我应道："我们就轻松一些了，把家都带过来了。"真是白痴，说得就好像她不知道似的。

莱娜笑了，"我已经有很多年没坐过船了。有时间你一定得带我参观一下。"

"当然，我很乐意。"我知道，她只是随便和我聊聊，实际上绝对不会接受我的邀请。

她说道："你家只有你和丹尼尔两个孩子吗？"

"是的。"

"你们肯定很亲密。"

我耸了耸肩,"那你呢?"

"我有两个弟弟,一个八岁,一个九岁。我想他们还算不错吧。"她一只手托着下巴,冷冷地看着我。

我感到有些窘迫,避开了她的目光,这不仅是因为我一厢情愿地认为那眼神的背后还藏着某种东西;除非她的父母在她出生时还非常年轻,否则他们不太可能再生更多孩子了。所以说,家庭成员的个数是奇数,这是不是表明有人去世了呢?或者说,在她生活的那个地方,并不是所有人都遵循习俗——父亲和母亲都要生出同样数量的孩子呢?不到一年之前,我研究过这个地区的情况,但我对这类事情的记忆力很差。

莱娜说道:"你一个人待在这里,似乎很孤独。"

我转过身,惊讶地对她说:"我从不孤独。"

"是吗?"

她似乎真的很好奇。我张嘴想告诉她贝阿特丽斯的事,但又改了主意。我曾对朋友们说过这方面的事情——普通朋友,不是接受过溺礼的朋友,之后都后悔了。虽然并不是所有人都会笑我,但他们听后都显得非常尴尬。

我说道:"米塔尔有一百万人口,对不对?"

"是的。"

"对于同样大的面积,海里的人口只有十人。"

莱娜皱了皱眉,"恐怕对我来说,这有些难以想象。"她站起身来,"不过,也许你会想出一个连陆行者都能理解的说法。"她抬手告别,转身离开了。

我说:"也许我会的。"

婚礼是在费雷兹的深海教堂举行的,那是一艘用石头、玻璃和木头建造的飞船。这座教堂的外形如同我熟悉的那些教堂的劣质仿品,但实际上却可能比那些由活船体建成的建筑更接近真实的天使飞船。

丹尼尔和阿格妮丝站在教堂天花板最高点的正下方,面前是一位祭司。他们身后两侧,斜立着双方的至亲。我的父亲——也就是丹尼尔的母亲——在我们这一列的最前面,然后是我的母亲,接着是我。因此我和蕾切尔站在了同一排。蕾切尔一直在向我投来轻蔑的目光。在我经历了那次险境之后,父母最后还是允许我和丹尼尔继续去参与祈祷会的集会活动。但是不到一年,我就失去了兴趣。不久之后,我再也不去教堂。贝阿特丽斯时常出现在我身边,没有哪种集会或是仪式能让我更加靠近她。我知道丹尼尔不赞成这种行为,但他没有因此而训斥我,我们的父母也毫无异议地接受了我的决定。如果蕾切尔认为我是个背信者,那就是她的问题了。

祭司问道:"你们二人谁为这场婚姻提供了纽带?"

丹尼尔说道:"是我。"在过渡教会的结婚仪式上,已经不会再问这个问题了。这真不关别人的事——在某种意义上,这个问题几乎算是一种亵渎了。不过,深海教会的神学家们连比这更严重的教义分歧都能解释,我还有什么可说的呢?

"丹尼尔和阿格妮丝,你们是否愿意庄严宣誓,这根纽带会把你们结合在一起,至死也不会将它与他人分享?"

他们异口同声道:"我们庄严宣誓!"

"你们是否愿意庄严宣誓,在共享这根纽带时,也将平等地分享婚姻中的每一点快乐和每一份负担?"

"我们庄严宣誓。"

我走神了,想起了莱娜的父母。也许他们家里有一个孩子是收养的。莱娜和我已经设法溜上小船三次了,都是在傍晚的时候,那时候父母都还没回来。我们做了一些我从未与其他人做过的事,但我仍然没有勇气问她什么私人问题。

突然,祭司说道:"在神的眼中,你们现在已经合为一体了。"我的父亲开始轻声哭泣。丹尼尔和阿格妮丝亲吻的时候,一股矛盾的情绪也涌上了我的心头。我会想念丹尼尔的,但是我也很高兴自己终于有机会能和他分开生活了。我希望他幸福,但我已经开始对他的幸福感到嫉妒了。与此同时,一想到他娶的是阿格妮丝这样的人,我又觉得压抑和恐惧。她善良、虔诚又慷慨,和丹尼尔会善待彼此,善待他们的孩子。但是,他们谁也不会对对方最为珍视的信仰发出一点点的质疑。

用这种方法来达成和谐让我觉得害怕,不仅仅是害怕贝阿特丽斯对此表示赞成,还害怕她也希望我这么做。

莱娜握住了我的手,不断喘息着。我们面对面坐在我的床铺上,她用另一只手的手掌滑过我的身体。我弯下身子吻了她,手指朝着她展示给我的地方移动。她的颤抖传遍了全身。

"马丁?"

"怎么了?"

"你想进入我的体内吗?"

我摇了摇头。

"为什么?"

"你会怀孕的。"

她笑了,"别傻了。我能控制的。你也会学会的。这只是经验问题。"

"而且我想要更多,我看得出你也是。"她恳求般地笑着,"我保证,这对我们两个都好,比你这辈子做过的任何事情都好。"

"不可能。"

"我可以看出你没有把这东西放进过谁的身体里。但这没有什么好难为情的。"

"谁说我觉得难为情了?"

她严肃地点点头,"好吧,是害怕。"

我把手抽了回来,头撞到了我们俩上方的铺位上。那是丹尼尔之前的床铺。

莱娜抬起胳膊,把手放在我的脸颊上。

我说:"我不能那么做。我们还没有结婚。"

她皱起了眉头,"我听说你已经抛弃了那些东西。"

"哪些东西?"

"宗教信仰。"

"那你就搞错了。"

莱娜说道:"天使创造了我们的身体,就是让我们去做这种事情的,没必要觉得罪恶。"她的手滑过我的脖子,抚摸着我的胸膛。

"但是纽带应该……"应该什么?《圣典》上只说了它是用来让男人和女人平等地团结在一起的。《圣典》上说神不会区分男女,而在深海教会,在神的注视下,祭司只让丹尼尔来掌控优先权。所以,我为什么要在乎祭司的想法呢?

我说:"好吧。"

"你确定?"

"确定。"我双手捧着她的脸,开始吻她。她引导着我进去,冲击性的快感几乎令我高潮,但我控制住了自己。

这种感觉并不比接受溺礼好,但确实非常相似,因此这肯定得到了贝阿特丽斯的祝福。就在我们彼此相拥时,我决定向莱娜求婚。她很聪明,很强壮。她怀疑一切。我不在乎她是陆行者,我们可以做个折中的选择,住在费雷兹。

我持续兴奋着,以前从没发生过这种事。我能感觉到,她的肌肉在随着我们的动作还有她缓慢的呼气,有节奏地收紧和放松。然后她叫了出来,手指用力戳着我的后背。我再次尝试从她体内滑出一点儿,但那根本不可能,她把我抱得太紧了。就是这样了,没有回头路了。

现在我感到了害怕。"我从来没有……"眼泪在我的眼眶里打转。我想要甩掉泪水。

"我知道。我知道这很可怕。"她把我抱得更紧了,"但是,来感受一下,是不是棒极了?"

我几乎感觉不到自己的身体了,但是仿佛有一股液体之火流过了我的腹股沟,一波又一波的快乐在向更深处蔓延。我说道:"是的。你也有这种感觉吗?"

"不一样,但是也很舒服。你很快就会知道了。"

"我还没想过那么遥远的事情。"我承认道。

莱娜笑了,"马丁,一种全新的生活正等着你。你根本不知道自己都错过了什么。"

她吻了我,然后开始抽身离去。我痛苦地大叫了出来,于是她停下说道:"真抱歉,我慢慢来。"我伸手去摸我们结合的地方,一滴血从那里流了出来。

莱娜说:"你不会在我身上晕倒吧?"

"别傻了。"我确实感觉一阵恶心,"要是我还没准备好该怎么办?要是我做不到该怎么办?"

"那我就会在几百 τ 之后放开。天使们又不傻。"

我无视了这种亵渎的说法,设计我们身体的并不是普通的天使,而是贝阿特丽斯本人。我说道:"你得保证不会强行用刀割开。"

"这可不好笑。有人真的会那么做的。"

"我知道。"我吻了吻她的肩膀,"我觉得……"

莱娜微微挺身,我感到体内的核心脱离了我的身体。温暖的血液从我的腹股沟流出，但受伤带来的疼痛感已逐渐减轻。我的神经系统已经与受损的部位失去了连接。我问莱娜："你有感觉了吗？它成为你的一部分了吗？"

"还没有。要过一段时间才能形成连接。"她用手指抚摸着我的嘴唇，"我可以待在你身体里吗，一直待到连接形成？"

我高兴地点点头。我已经不在乎那种感觉了，一想到能奇迹般地把自己身体的一部分交给莱娜，我就已经觉得妙不可言。我很久之前就研究过人类的生理结构，了解了包括营养物质的交换和器官的独立免疫系统在内的各种知识。我知道，贝阿特丽斯利用了许多用于胚胎孕育的技术建立了这根纽带，但是亲身体会她的精妙设计如此戏剧性地应用到我的身上，这让我既震惊又感动。我想除此之外，只有分娩才能让我离她更近了。

然而在我们最终分开的时候，我却还没有完全做好准备去正视即将出现的景象，"噢，太恶心了。"

莱娜笑着摇了摇头，"新的看上去总是有点儿……结痂。大部分都可以被洗掉的，剩下的那些在几千 τ 之后就会脱落。"

我轻轻地擦拭我的……她的"阴茎"。我那刚刚形成的"阴道"已经不再流血了，但是这时候我才发现，我们把这里搞得乱七八糟的。"我得在父母回来之前把这里打扫干净，否则他们会闻到气味的。"

我冲洗身体后穿上了短裤。随后，莱娜帮我把床单拿到了甲板上，用洗衣钩把它挂在水里。床单上的纤维会利用水中的营养物质驱动自我清洁程序。

这座码头仿佛被遗弃了似的，附近的大多数船只属于来此参加婚礼的人。我告诉父母自己太累了，无法继续参加庆祝活动。今天晚上，他们会持续庆祝到黎明，不过丹尼尔和阿格妮丝可能会在午夜前离开，去尝试莱娜和我刚刚做过的事情。

211

"马丁,你在发抖吗?"

拖延没什么好处。在丧失勇气之前,我开口问道:"你愿意嫁给我吗?"

"有意思。噢……"莱娜握住了我的手,"对不起,我一直都分辨不出你是不是在开玩笑。"

我说:"我们交换了纽带。虽然不是在婚后发生的也没什么关系。但如果按照惯例来,一切都会更顺利一些。"

"马丁……"

"我们也可以只是住在一起,如果你希望那样的话。我不在乎的。在贝阿特丽斯眼里,我们已经结婚了。"

莱娜咬住了嘴唇,"我不想和你住在一起。"

"我可以搬到米塔尔。我可以找一份工作。"

莱娜摇了摇头,但仍然握着我的手。她坚定地说道:"不。在我们结婚之前,你必须先知道这意味着什么、不意味着什么。你并不想娶我,我也不想嫁给你。所以打起精神来吧。"

我把手抽了回来,坐在甲板上。我都做了什么?我以为我们得到了贝阿特丽斯的祝福,以为一切都在她的计划之中……但我其实只是在自欺欺人而已。

莱娜坐到我的身边,"你在担心什么?担心父母会发现?"

"是的。"这倒不算什么,但是说出事实并没有什么意义。我转身面对她,"我们什么时候……"

"大概十天吧。有时候第一次会久一点儿。"

我早就知道这一点,但我希望她的经验可以反驳我的理论。十天,到那时候,我们都已经离开这里了。

莱娜说道:"你是怎么想的?觉得自己永远无法结婚了吗?你以为有多少婚姻会用到其中一人生来就有的纽带?"

"十有八九。除非她们都是女人。"

莱娜看了我一眼,柔和的目光里带着几丝怀疑,"我估计也就只有五分之一。"

我摇了摇头,"我不在乎。我们交换了纽带,所以必须在一起。"莱娜的脸沉了下来,我也下定了决心,"否则我必须把它拿回来。"

"马丁,这也太荒谬了。你很快就会找到另一个爱人,到时候你就会忘记现在担心的事情了。或者你会爱上一个深海教会里的好男孩,这样的话,你就会庆幸自己不用想办法摆脱额外的纽带了。"

"是吗?也可能他只会讨厌我没能等到真的可以为他这么做。"

莱娜哼了一声,抬头望着天空,"天使们会把事情搞定的,我之前这么说过吗?没有身体还过了一万年,他们认为他们可以……"

我生气地打断了她:"别他妈这么亵渎神明!贝阿特丽斯很清楚自己在做什么。如果我们搞砸了,那也是我们自己的错。"

莱娜毫无表情地说道:"用不了十年,就会有那种可以阻止纽带脱落的药了,到时候还会有另一种药可以让无法脱落的纽带脱落下来。我们会从天使那里赢回对身体的控制权,尽情做我们喜欢的事情。"

"太恶心了,真是太恶心了。"

我盯着甲板,痛苦让我感到有些呼吸困难。这就是我想要的,对不对?一个与丹尼尔那甜美虔诚的阿格妮丝截然相反的爱人?我以为我们有一辈子的时间来争论彼此哲学观念的差异,不会因此分开,但这种想法显然只存在于我的幻想中。

现在我只能孤注一掷了。我把接受溺礼的事情告诉了莱娜。她没有笑,而是静静地听着。

我问道:"你相信我吗?"

"当然。"她犹豫了一下,"但是你有没有想过,还有其他理由可以解释你那天晚上在水中的感受?你缺氧了……"

"人们总是在缺氧。水行者的孩子们会花半辈子的时间,努力让自己能在水下待更久。"

莱娜点点头，"没错。但是这并不一样，对不对？你在水下所待的时间超过了仅凭意志力可以坚持的时间。然后……你接受了那种暗示，有人事先告诉你接下来可能会发生什么。"

"不是这样的。丹尼尔从来没有告诉过我那会是什么样的。事情发生时我很惊讶。"我平静地看着她，准备好反驳她提出的所有假设。我觉得自己在经受磨炼，但已经差不多平静了下来。这就是在交换纽带之前，贝阿特丽斯对我的期望，不是举行一个死气沉沉的仪式，而是诚实地告诉莱娜，和她做爱的到底是个怎样的人。

我们几乎争论到了天亮，谁也没能说服对方。莱娜帮我把干净的床单从水里拖了出来，藏在了甲板下面。离开之前，她写给我一个在米塔尔的朋友家的地址，以及我们可以见面的地点和时间。

遵守这个约定是我这一辈子所做过的最困难的事情。整整三天我都在尽力讨好住在米塔尔的表亲们，好让他们不得不在婚礼结束之后邀请我和他们一起待一段时间。等到了米塔尔，我就不得不无情地利用诡计和谎言，确保自己在约定当天顺利摆脱他们。

那天下午三点左右，在一个陌生人家里，莱娜和我郁郁寡欢地撤销了我们之间发生的一切。我本来担心这种行为本身会重新点燃我那些愚蠢的幻想，但在街道上分手时，我感觉自己好像已经不认识她了。

这一次，我的腹股沟明显肿了起来，比之前在船上疼得还要厉害。不过我知道，几天之后，只有情人之间亲密的抚摸或是医学检查才能发现我曾经做了些什么。

在返回海岸的火车上，我在脑海里一遍又一遍地回忆着这些事情的整个过程。我怎么会错得如此离谱呢？人们总是谈论性具有迷惑和欺骗的力量，但我一直认为那只是一种廉价的犬儒主义做派。另外，我并没有盲目地屈从于性，我以为自己是受到了贝阿特丽斯的引导。

但如果我错了的话……

我得更加小心。虽然贝阿特丽斯的话语总是很清晰，但我必须更加耐心，更为谦卑地去倾听她的声音。

就是这样。她就是想让我学到这些东西。我终于放松下来，看着窗外闪过的模糊的森林，这是生态创造的又一次胜利。机会总还会有的，如果我需要证明这一点，那证据就在这里了。天使们尽其所能来到了离神尽可能远的地方，但神却转过身来，把圣约星赐予了他们。

4

十九岁的时候，我去了位于米塔尔的大学学习。最初，我打算专攻生态创造学，而且想在离家更近的地方学习。但最终，我被迫接受了这个从地理上和能力上都最能接受的机会，和巴拉特一起工作。巴拉特是一位陆行者生物学家，对本土微动物群很感兴趣。"天使技术本身就是一个迷人的学科，"他告诉我，"但是，我们不能寄希望于利用天使的造物来倒推和破译生物进化的密码。我们顶多只能想办法去了解，在我们抵达圣约星并对它造成破坏之前，这个生物圈是什么样的。"

我设法说服他接受了一种妥协方案：我的论文会涉及生态创造对本土微动物群造成的影响。这样，我就有理由去研究天使的发明了，再顺带研究一下过去几十亿年间，居住在圣约星上面的那些缺乏生气的单细胞生物。

"生态创造的影响"这个主题太过宽泛了，在巴拉特的帮助下，我把研究范围缩小为一个尚待解决的特定问题。长期以来，地质学证据表明，随着新物种改变了溶解气体的平衡，海洋表层海水的碱性变得更强了，含氧量也变得更低了。一些本土物种很可能因为这一波改变而逐渐衰退，也许其中有些物种已经完全灭绝了。但是目前，微生动物依旧在海洋上层蓬勃发展着。那么，它们是一直都存在，不断去适应这里的环境？还是从其他地方迁徙过来的？

米塔尔离海岸不算近，但这无法成为研究海洋的障碍。大学会定期组织考察活动，而我在着手前往生物的自然栖息地采集活体标本之前，还要先完成许多图书馆和实验室里的工作。除此之外，河水甚至雨水里面都满是密切相关的物种，而且由于某些曾生活在"被破坏"的海洋中的生物已经移居到了这些地方，我其实随手就能找来许多研究样本。

巴拉特的要求很高，但待人并不严苛，而且他的其他学生也都很欢迎我。我很想家，但不是那种病态地想，而且在陆地上生活时的梦境颇为生动，时常还会带来潜在的迷失感，这些都让我感觉到令人眩目的快乐。我并没有完全实现孩童时的梦想，解开天使的秘密，而且也没多少机会按照自己的想法把研究方向转到生态创造本身。但就在我开始研究圣约星上那些完全没有经过人为设计的原始生物时，我发现它们体内生化反应的细节非常复杂而优雅，猛地吸引了我的注意力。

只有在想到性的时候，我才会觉得痛苦。我不想最后变得和丹尼尔一样，所以绝不会考虑去找一个接受过溺礼的人结婚。但是，我不想像上次和莱娜那样重蹈覆辙。我无意与任何人发生身体上的亲密关系，除非对方能让我下定决心，把生命中最重要的那件事情告诉对方。然而，这想法在这个地方是行不通的。在几次失败的尝试后，我打消了结婚的念头，转而全身心投入到工作中。

当然，米塔尔大学里有丰富的社交活动，你并不是非得和谁交换纽带。我加入了一个有关天使文化的非正式讨论小组，每隔九天在学生楼的一个小房间里进行一次集会——就像之前在祈祷会里一样，不过我并不认为小组里会有多少信徒。实际上，这里也不需要多少信徒。就算不讨论贝阿特丽斯的神性，我们也可以很好地对天使的遗产进行分析。《圣典》是在"穿越"结束很久之后，由生活在更单纯的那个年代的人们写成的。我们没理由把它当成绝对正确的。如果一位不信教的人能够把过去的某些事情解释清楚，我没有理由拒绝接受这样的见解。

"很明显，来到圣约星的只有一小部分人类。"说话的是人类学家席琳，一名非常像莱娜的女子。每次见到她，我都得有意提醒自己，我们之间是不可能的。"我们并没有同质化到所有人都会选择前往另一颗星球，使用一种全新的身体形态，无论是什么样的文化力量，都只会让一小批人做出相同的选择。为什么天使们会有一致的立场呢？因为其他人可能依旧生活在地球上的虚形之城中，或是其他哪颗星球上。"

"那么，为什么他们没有联系我们呢？时间已经过去了两万年，为什么没人来转转、打个招呼什么的？"戴维是一名数学家，一个来自南大洋的水行者。

席琳回答道："来到这里的天使不会希望出现访客。我们所知道的故事里，贝阿特丽斯说服所有天使放弃永生，还有意省略了对其他人的描述，这就说明他们并不怎么想去联系其他人。"

一名我不认识的女子插嘴道："不过，刚开始情况可能不是这么清晰。有证据表明，定居者级别的技术在'穿越'之后依旧使用了超过三千年，远远超过了生态创造所需要的时间。新的物种不断地被创造出来，工程项目继续使用着那些先进的材料和能源。但是，在接下来不到一个世纪的时间里，一切都停滞了。人们做出了三个决定——放弃永生；在圣约星定居；放弃那些能让人离开这里的技术，防止有人改变主意——但《圣典》把这些原本独立的决定合而为一了。可是我们知道事实并非如此。完成'穿越'的三千年之后，有些事情发生了变化，整个试验都变得不可逆转了。"

这些猜测会激怒那些普通而虔诚的水行者，更不用说接受过溺礼的人了，但我平静地听着，甚至觉得其中有些想法可能是真的。对贝阿特丽斯的爱是我宇宙观中唯一不可撼动的，其他的一切都是可以讨论的。

尽管如此，某些辩论依然让我很难接受。有天晚上，戴维在参加完一个物理学家的研讨会后直接来到了我们这边。他从演讲者那里听到的东西已经非常令人不安了，而他却更进一步，得出了一个更令人难以接受的结论。

"为什么天使选择成为凡人？在活了一万年之后，为什么他们抛弃了光辉灿烂的前途，像动物一样在这颗泥巴球上死去呢？"我只得忍住不开口回答：因为神是永生的唯一来源，而贝阿特丽斯想指出他们所拥有的不过是对那份神赐的拙劣模仿。

戴维顿了一下，接着给出了自己的答案——他的答案其实就是笨拙地复述了贝阿特丽斯的真理，"因为他们发现，自己并非不死之身，没有谁可以永生。我们都知道，宇宙在空间和时间上是有限的，他们肯定也清楚这一点。最终，宇宙会发生坍缩，也就是'星星会从天空坠落'，但要找到解决问题的方法也不难。"他笑了，"我们是还没有能解决所有问题的物理知识。不过，刚才一名来自提亚的非凡的女子告诉我，我们可以把自己的思想编码成波，让这种波围绕不断缩小的宇宙进行传播，波速非常快，因此在一切都消失之前，我们可以思考无限个问题！"戴维因为这大胆的想法开心地笑着。我一本正经地想：都是些什么亵渎神明的废话啊。

接着，他张开双臂："难道你们看不出来吗？假设天使们都抱着一种期望，想用某种绝妙的办法阻止自己与宇宙一同毁灭。但是后来，他们有了足够的知识，却发现所有的逃生方案都不可行。于是，这种状况对他们产生了严重的影响。后来，有一群人做出决定，他们毕竟还是普通人，倒不如去接受那不可避免的结局，接受他们祖先的生活方式，以肉体形式迎接灭亡。"

席琳若有所思地说道:"贝阿特丽斯的神话给整个事件披上了一层宗教的外衣,但这也许只是人们事后对世俗真理的重新解读。"

太过分了,我无法保持沉默,说道:"如果圣约星真的是一群绝望的无神论者建立的,那又是什么改变了他们的想法呢?想要'事后解读'的想法又是从何而来的呢?如果把天使带到这里的启示与神无关,那么为什么如今我们这颗行星却盛行着神的传说呢?"

有人冷嘲热讽道:"你以为呢?当然是文明崩溃了。"

我愤怒地刚想开口回应,却被席琳抢先了,"不,马丁说的有道理。如果戴维是对的,那么宗教的兴起就更需要理由了。我认为现在没有人能把它解释清楚。"

后来,我躺在床上,思考着自己当时还应该说些什么,还应该发表哪些反对意见。(还想起了席琳。)抛开神学不谈,整个小组的风气已经开始让我觉得不舒服了。也许我最好把时间都花在实验室里,尽心研究那些毫无意义的微生物来讨巴拉特欢心。

或许,我应该回家。我可以在船上帮忙。父母已不再年轻了,而丹尼尔有自己的家庭要照顾。

我从床上爬了起来,开始收拾行李,但是收拾到一半,我又改了主意。我真的不想放弃自己的研究。而且我也一直都知道,在感到困惑或是愤恨的时候,需要什么样的解药。

我收起了背包,关上灯,躺下去,闭着眼睛,请求贝阿特丽斯赐予我平静。

我是被一阵敲门声吵醒的。敲门的年轻人和我一样,都是寄宿生,但我们并不熟悉。他显得非常疲惫和愤怒,但有什么让他压住了怒火。

"这消息是给你的。"

母亲感染了一种不明病毒,医院在比我家还要偏远的地方,这趟旅程要花将近三天的时间。

旅途中的大部分时间我都在祈祷。但是花在祈祷上面的时间越长，我就越觉得祈祷是一件困难的事情。我知道，只要用天使的语言对贝阿特丽斯说句话，母亲的生命就有可能得到拯救。但是我的自我怀疑，我的自私、自满，都在玷污这个请求的纯洁性，也让失败的可能性不断增加。

在生态创造的过程中，天使们没有创造任何会伤害他们凡人化身的东西。那些土生土长的生命体也对寄生我们没有一点儿兴趣。几千年来，我们已经除去了DNA里的病毒。既然贝阿特丽斯亲自选择了每一对碱基对，那么这一切肯定都在她的计划当中。衰老和致命伤都不足以毁灭我们。死亡不得不在毫无征兆的情况下降临，来得悄无声息、毫无预兆。

《圣典》上就是这么说的。

这家医院简直是一座由相连船体构成的迷宫。等我终于找对了走廊，从远处第一个认出来的人就是丹尼尔。他伸出胳膊，正抱着女儿苏菲往高处举，微笑着看向她。这个画面瞬间驱散了我所有的恐惧，我差一点儿就跪下来感恩了。

接着，我看到了父亲。他双手抱头，坐在房间外面。我看不到他的脸，但也不需要看。他既不焦虑，也不疲惫，而是已经被击垮了。

我在一片临终祈祷声中走了过去，知道自己想要的其实是改变过去。丹尼尔向我打了招呼，好像什么事都没发生似的，还问起了我旅途的情况——可能是想减轻我受到的打击。然后，他注意到我的表情，把一只手搭在了我的肩膀上。

他说道："现在，她与神同在。"

我和他擦身而过，走进了房间。母亲的躯体躺在床上，已经整齐地摆放好了：胳膊伸直，眼睛紧闭。眼泪顺着我的脸颊流下来，我气愤极了。我的爱本可以阻止这一切，但在我需要的时候，它去了哪里？贝阿特丽斯本可以发现的。

丹尼尔独自跟着我进了房间。我回头瞥了一眼门口，看到阿格妮丝正抱着苏菲。

"她与神同在了，马丁。"他对我微笑着，就好像这里发生了什么好事。

我麻木地说道："她没有接受过溺礼。"我几乎可以肯定，母亲根本就不是信徒。她之所以一直留在过渡教会，是因为如果绝大多数时间都要在船上工作，待在教会就是与朋友保持联系的一种方式了。

"在她失去意识之前，我曾和她一起祈祷。她让贝阿特丽斯进入了她的内心。"

我盯着他。九年前，他很确定：你要么接受溺礼，要么堕入地狱。情况就这么简单。我自己的信念很久以前就温和了下来，我无法相信贝阿特丽斯真的如此专横和残忍。但是我知道母亲不仅会拒绝整套繁杂的仪式，还会认为这套哲学观点对她来说都像机械结构一样没有意义。

"她这么说的吗？她这么告诉你的？"

丹尼尔摇了摇头，"但很明显。"他的心中充满了对贝阿特丽斯的爱，忍不住笑了起来。

我突然感到一阵厌恶，恨不得把他的脸按到甲板上。他才不在乎母亲相信什么，只是想减轻自己的痛苦，消除自己的疑虑罢了。想到她将堕入地狱——或者仅仅是死了、消失了、被抹去了——就让他无法忍受。其他的一切都源于此。他所说的一切，所相信的一切，都不是真的。所有这些都只是他个人需求的一种表达。

我回到了走廊，蹲在父亲身边。他尚未看我一眼，就用胳膊搂住了我，把我抱在身边。我能感觉到黑暗席卷了他，让他失落而无助。我想要拥抱他，可父亲只是把我抓得更紧了，让我一动不动地就待在那里。我颤抖了几下，然后不再哭了。我闭上眼，让他抱着我。

我原本决心留在父亲身边,和他一起面对一切。但是过了一会儿,一团火焰径自从我的颅骨中亮了起来,那熟悉的温暖、熟悉的安宁、熟悉的信念又回来了。丹尼尔说得对,我的母亲与神同在。我怎么会怀疑这一点呢?没有必要去追根究底。贝阿特丽斯的手法超出了我的理解范围。但有一件事我能亲身体会到,那就是她爱的力量。

我没有动,没有把自己从父亲孤独的怀抱中挣脱出来。但现在,我成了一个骗子,仅仅为了安慰他而祈祷,利用我获得的恩典为他说情。贝阿特丽斯把我从黑暗中拉了出来,我再也无法分担他的痛苦了。

5

母亲去世后,我对神的信仰在不断消退,却又从未彻底动摇过。大部分的教义都从我脑中消失了,只剩下一个更便于捍卫的信仰内核。不管《圣典》是不是迷信的胡言乱语,教堂里是否满是傻瓜和伪君子,天空依旧湛蓝,贝阿特丽斯依然是贝阿特丽斯。每当听到无神论者和信徒之间的辩论,我都会发现自己越来越愿意站在无神论者一边——不是因为我暂时接受了他们的结论,而是因为他们比对手要诚实得多。也许那些与他们争论的祭司和神学家跟我一样,对神有着同样直接、个人的体验,但也许事实并非如此,也许他们只是迫切地需要去相信某种东西。不过他们从来不会透露自己信仰的真正来源,相反,只会进行一些可笑的尝试,企图从历史记录或者生物学、天文学、数学的角度来"证明"神的存在。丹尼尔在十五岁的时候就说得很对了——这种事情是没有办法证明的。听到这些人曲解事实,我感到非常不安。

我离开后,父亲只能雇用帮手和他工作,这让我很内疚。一年后,他搬到了丹尼尔的船上,我就更内疚了。但我知道,如果他觉得我是为了他才放弃了自己的事业,肯定会非常生气的。有时候,这是我留在米塔尔的唯一理由。就算我真的只想把一切都抛在一边,回去拉网,还是会担心我的决定被他误解。

我花了三年时间完成了那篇论文,题目是《水生微生动物在生态创造后的迁徙》。我最初的假设是,淡水物种补充了海洋上层的空缺。结果这种想法是错的。微生动物没有基因,只会在细胞分裂后重新合成酶家族。但是,在对这些可遗传分子进行比较之后,我发现并不是雨水从上面带来了新生命,而是由于天使的造物消耗了水中大量的氧气,一个生活在海洋深处的物种从下层稳步地移向了海洋表层。再加上我们用同样的手段证明,在河水中发现的几个物种与海洋表层生物存在亲缘关系,论文的结论就更让人惊讶了。然而,这些淡水物种并不是谁的祖先,而是最近才迁徙过来的。在深海中生活了十亿年的微生动物突然能够在比以往更靠近水面的地方生存(并繁殖和变异),它们偶然发现了一种能让自己在氧气中茁壮成长的突变,便开始利用氧气。生态创造可能导致了其他本土生物的灭绝,但是来自地球的侵略使这种古老的底栖生物得以发动一场迟来的入侵。无论是否有意,天使们引发的一系列事件已将它从海洋深处释放出来,让它在整颗行星上殖民。

所以,我证明了自己最初的假设是错的,顺利拿到了学位,并在一个小圈子里名声大噪。不过这个圈子实在太小了,对我们彼此来说,所有人都很有名气。我并没有看到一片广阔的新领域在自己面前展开。任何与本土生物学有关的东西都会迅速成为学术上的死胡同。我一直都怀疑事情会变成这样,却没有努力往其他领域闯荡。

在接下来的三年,我坚持沿着阻力最小的道路前进:协助巴拉特进行他的研究,从事其他人都不想做的教学工作。巴拉特的其他学生大多数都找到了更好的工作,我发现自己在米塔尔越来越孤独。但这并不重要，我有贝阿特丽斯。

在二十五岁的时候，我可以清晰地看到自己的未来。其他人在破译天使的遗产，并在此基础上继续进行研究，而我却远远地看着他们，继续摆弄自己那些将所有的天使污染物都小心翼翼清除掉的海水样本。

最后，等一切都快来不及了，我终于决定跳槽。巴拉特一直待我很好，但他从没指望过我报以殉道般的忠诚。年底的时候，提亚会举办一场双生态（自然生态和天使生态）微生物学会议，这可能是这类活动最后一次举办了。我没有什么新的成果可供展示，但要找一个合理的理由参会并不难，而且这会是寻找新职位的理想场所。我那关于微生动物的伟大发现或许还没有被生物学家的大群体彻底遗忘，可以试着重新唤起这方面的记忆。除此之外，我怀疑就算自己不顾道德，主动献上美男计，我的纽带也可能已经生锈了。

不过话又说回来，也许我会很幸运。也许我会偶然遇见一个有权有势且接受过溺礼的水行者，而我所要做的，就是向他承诺自己的工作会为贝阿特丽斯带来更大的荣耀。

提亚是东海岸一座拥有一千万人口的城市。新建的塔楼与天使时代留下的那些空荡荡的建筑并排矗立在城里。那些被掏空的巨大机器可能在生态创造中起过作用。在穷乡僻壤长大的我见识有限，简直想像个孩子一样呆呆地看着它们，但实际上我已经老大不小，也太过骄傲，没有拉下面子那样做。这些穹顶和圆柱比我家乡修道院天花板上的插画还要古老得多，上面并没有贝阿特丽斯的形象，也没有天使的图案。但为什么要有呢？这些东西都是早在她之前就出现了。

这所大学位于提亚郊区，面积竟有整个米塔尔的三分之一那么大。一条地铁线路环绕着校园，和我同车的学生都难以置信地看着我身上那些过时的衣服。我把行李留在宿舍，直接来到会议中心。巴拉特选择留在房里，也许他是不想看到自己的研究领域被公开埋葬。这样一来，事情就简单多了，我可以自由地寻找新的职业，而不用担心让他难堪。

大门旁的屏幕上列出了新增的会议日程。我几乎径直走过了显示器，根本没怎么注意上面的内容，因为我早已决定好要参加哪场讲座。但是在三步之后，刚才偶然瞥见的一个题目出现在我的脑海里，我只得回头看了看，确定那不是想象出来的。

卡拉·雷吉亚：Z/12/80排泄物的欣快作用

我站在那里，难以置信地笑了起来。我认出了发言者和她的合作者们的名字，虽然从未见过本人。如果这不是恶作剧的话……他们都做了什么？把它晒干、吸食，然后写成研究报告？Z/12/80是"我的"微生动物之一，是从海洋中逃出来的一种动物。提亚的空气和水中挤满了这种生物。如果它的排泄物可以令人感到愉悦，那么整座城市都会处于一种极乐状态。

我当时就知道他们究竟发现了什么。我知道，但是不敢承认。我满脑子都是那些装满精神药物分解物的培养瓶，一边嘲笑自己对它们的忽视，一边跑去听了这场讲座。但在整整两天的时间里，我一直在努力让自己接受这一事实，寻找不去在意它的方法。

卡拉解释说："Z/12/80的排泄物中有一种胺，能够与我们那由天使制造的大脑中的受体结合。"由于有人（没有人认出我，没有人来看我一眼）已经证明，Z/12/80在生态创造时并不存在，那么这种相互作用肯定不是人为设计的结果，所以就是预料之外的了，"想要确定环境中的这种物质在早期移民文化的崩溃中起了什么作用，那就要靠考古学家和神经化学家了。但是在过去的一万五千到一万八千年里，我们一直浸泡在这种物质中。我们之所以依旧能够表现出各种情绪，可能是因为能够减少内源性分子的分泌及其与同一受体的结合，从而对该物质产生的效果进行校正。不过，这只是一个基于事实的猜测。至于在不同条件下摄入不同剂量的该物质，会对不同个体产生什么样的影响，这显然将是具有相关专业知识的调查人员极感兴趣的问题。"

我告诉自己，我没有感到不安。贝阿特丽斯是通过自然法则对这个世界造成影响的；我很久以前就不相信什么超自然奇迹了。而现在，即使有人发现她那天晚上是如何在水里对我产生影响的，也不会改变什么。

我继续努力寻找着工作。所有参加大会的人都在谈论卡拉的发现。最终，他们发现了我的研究与这项最新进展的关系。于是，在我自我推介的时候，人们不再目光呆滞地看着我了。在接下来的三天时间里，我收到了七份工作邀请——都是关于微生动物生化研究的。毫无疑问，现在我是无法回避这个方向、无法逃到更广阔的天使生物学的世界中了。一个人甚至直接站出来问我："你是个水行者，要知道，海洋中Z/12/80的含量要多得多。你觉得与海洋接触是否是理解这一问题的关键呢？"他笑着说，"我的意思是，你小时候就在这种东西里面游泳，对不对？你看起来似乎并没受到什么影响。"

"显然是这样。"

在提亚的最后一晚，我彻夜难眠。我凝视着黑乎乎的房间，看着灰色的火花在面前舞动。（是房水[1]中的污染物？视网膜受到电气干扰？我曾听说过对这种情况的解释，但已经记不清了。）

我用天使的语言向贝阿特丽斯祈祷。我仍然能够像以前那样强烈地感受到她的存在，这种影响显然不只是因为剂量问题，也不只是经皮肤吸收后导致的结果。仅仅在海底足够深的地方游泳，是不足以让人产生接受溺礼的那种感觉的，还需要加上缺氧带来的压力，以及丹尼尔当时给我的心理建设。那些微生动物的排泄物肯定会推动着某些神经内分泌子系统接入某个新领域——或是通过一条全新的路径来

---

1. 无色透明的液体，是眼睛里的一种组织液。

接入某个旧领域。平静、快乐、满足、被爱的感觉,这些并不是未知的情感,但当特定的理由——比如"贝阿特丽斯赐予我爱"——被设定为大脑召唤这些情感的条件,它就能在被需要时招之即来了。

我仍然能够感受到那些感情。这才是最诡异的地方。就算我躺在黑暗中,感觉很快就能说服自己——我为之生存的理由其实根本就不存在——但我的身体反应依旧根深蒂固,我仍然能够感受到自己像之前一样被爱、被祝福。

也许贝阿特丽斯又给了我一个机会,让我明白她仍然会原谅这种亵渎,欢迎我回头。但我为什么相信会有谁来"原谅我"呢?你是不能和神讲道理的,神只讲信仰。而现在,我知道了,我信仰的来源只是一个毫无意义的偶然,一个由生态创造所引发的意外的副作用。

我依旧有选择的机会,依然可以认定自己对贝阿特丽斯的爱不会受任何理由的影响,那是一种无法理解的力量,不会因什么证据而改变。

然而,我做不到。我为她破例太久了。每个人都生活在双重标准之下,但我已经把自己的标准推到了极限。

我开始又哭又笑,真是难以想象这样一幅情景:数以百万的人都被同样地误导了。一切都是因为那些微生动物……那么,究竟是怎么回事呢?一名水行者跑去潜水玩儿,偶然经历了一次奇怪的新体验?然后,成千上万的人,一代又一代地重复着这样的体验——直到最后,一个脆弱的男人或女人由于受到某种驱使,刻意为这种体验赋予了某种意义。那应该是一个非常渴望爱和保护的人,所以会情不自禁地去幻想原始情感的背后藏着某种真实存在的力量;抑或,那人拼命地想要相信死亡仍然是能被击败的,尽管天使们发现自己终究还是凡人。

幸运的是,我出生在一个没有极端信仰的时代。我没有以贝阿特丽斯的名义杀害任何人,也没有因为自己的信仰而受苦。我毫不怀疑,在过去的十五年里,要是丹尼尔没把我跟绳子、网坠一起丢下船,我会比现在快乐得多。

然而,无法改变的事实就是:这一切都建立在谎言之上。

我仅仅睡了几千 τ,在黎明时分就醒了,感觉自己头痛欲裂。我闭上眼睛,像以前成千上万次那样,寻找着她的存在。每当我早上醒来,审视自己的内心,她都无一例外地在那儿,赋予我力量和指引;每当夜晚躺到床上,我都无所畏惧,因为我知道她守护着我。

但是,这次什么都没有了,她消失了。

我跌跌撞撞地从床上爬起来,感觉自己就像一个杀人犯。在经历了这些之后,我不知道自己该怎么活下去。

6

我拒绝了会议上收到的所有工作邀请,留在了米塔尔。巴拉特和我花了两年时间,建立了我们自己的研究小组来研究动物胺的作用。接着我们又花了九年时间,阐明了动物胺在大脑中的作用机理。我们的新成员都有扎实的神经化学背景,他们的工作都做得比我出色,但等巴拉特退休之后,我发现自己竟成了这个团队的代言人。

在很大程度上,我们最初的成果并没有受到科学界的重视。对大多数人来说,我们的神经化学系统是否符合天使最初的设计,是否在一万五千年前被某种意想不到的污染物改变了,这都无关紧要。但是,等米塔尔的动物胺小组开始发表详细阐述宗教体验在生物化学方面成因的论文时,这个话题又突然激起了公众的敌意。

大学加强了安保措施,尽管出现了一些不愉快的事情,比如死亡威胁和一些投掷石块者的抗议,但所幸没人受伤。我们收到了许多来自广播公司的邀请——不过,大多数是因为对方认定我们在道德上有义务去"面对批评",而不是广播公司在道德上有义务给我们一个机会,去冷静而清晰地把自己的工作解释清楚,以免被愤怒的狂热分子斥责。

我渐渐学会躲开那些狂热分子,但很难去躲避那些蒙昧主义者。我原以为自己会遭到来自教会的反对——毕竟捍卫信仰是他们的工作,但最无知的那些回应其实都来自研究其他学科的学者。在一次电视辩论中,我与一位深海教会的祭司、一位过渡教会的神学家、一位海神玛尼的信徒和一位来自提亚的人类学家对质。

"这一发现实际上与任何信仰体系都没什么关系。"人类学家平静地解释道,"所有的真理都有一定的局限性。在费雷兹的每一座教堂里,贝阿特丽斯都是神的女儿,而我们是从地球来的凡人化身。在向南几毫弧度的一座沿海村庄里,玛尼才是至高无上的造物主,正是她让我们在这里诞生。用宗教领域的概念去解释科学领域的情况,这个过程或许会'否定'某些宗教上的真理……但同样,用科学领域的概念来解释宗教领域的事情也存在局限性。不过都是讲自己的故事罢了,不能说哪个故事就更伟大。"他慈祥地笑了笑,那笑颜就像是孩子们开始争抢玩具的时候,父母高兴地让他们学会分享时的表情。

我说道:"你觉得哪些人会同意你对'真理'的定义?有多少人会崇拜一个只存在于信仰中的神,从而感到满足?"我转身面对深海教会的祭司,"对你们来说,这样足够吗?"

"绝对不够!"她怒视着人类学家,"虽然我非常尊敬我的弟弟,"她用手示意那位玛尼的信徒,"但你不能把那些有幸在真正的信仰中长大的人单独圈出来,然后说只有这些人能享受贝阿特丽斯无限的力量和爱……毕竟这可不是某种地域民谣啊!"

那名玛尼信徒恭敬地附和着。玛尼创造了最遥远的那些恒星,以及圣约星的海洋。也许有些人会用另一个名字称呼她,但如果这颗星球上的所有人明天都会死去,她仍然是玛尼,不变、不灭。"

人类学家安慰道:"当然。但是根据所处环境,从更广阔的视角来看……"

"我非常高兴能有神存在于我们内心。"那位过渡教会的神学家说道,"请求获得更多似乎……不够谦恭。与其无谓地为这些终极问题所烦恼,不如把自己约束在人类应有的尺度上。"

我转身对他说道:"所以,实际上你既不关心是否有一个无限强大而又充满爱的存在创造了你身边的一切,并计划在你死后将你迎入怀中……也不关心宇宙是否仅仅是一段量子噪音,最后终将消失并抹去我们所有人?"

他重重地叹了口气,仿佛回答这个问题是在要求他完成某项艰巨的任务似的,"我对这些问题没有兴趣。"

后来,深海教会的祭司把我拉到一边,低声说道:"坦白地讲,我们都非常感激你揭穿了那个实行溺礼的可怕邪教。他们是一群宗教激进主义的乡巴佬,没有他们,教会会变得更好。但是你绝对不能错误地认为你的工作会影响到那些普通而礼貌的信徒!"

一群人聚在岩石潮水潭旁边的海滩上。我站在人群后面,听着两个站在脚踝深的乳白色液体里的老人讲话。从米塔尔来这里要花四天时间,但是在听说偏远的北方海岸发生了微生动物爆发之后,我只得亲自来看看情况。我们的动物胺团队实际上已经为这种情况招募了一位人类学家——一个能够分辨客观现实存在与人类生物化学作用的思想产物的人。但是,席琳只有一部分时间跟我们在一起,现在她还在进行其他研究。

"这是一个古老而神圣的地方!"其中一人张开双臂走进水潭,吟诵道,"只要看看它的形状,你们就能明白。它集中了群星、太阳和海洋的能量!"

"力量的中心就在那个开口处的旁边，"另一人指着一个水深及他小腿的地方补充道，"有一次，我走得离那里太近了，差点儿迷失在了海洋那伟大的梦境之中。这时候，我的这位朋友来了，他救了我！"

这些人不是玛尼的信徒，也不是其他正式宗教的成员。根据我从之前的新闻报道中了解的情况，这种生物爆发每八年或十年就会出现一次，而且这两个人在五十多年前就已经成为这个水潭的"管理员"。当地的一些村民把这件事当成了一个笑话，但其他人却很尊敬这两位老人。只要付一点点钱，游客和当地人就可以听着他们的吟诵，被泼上那醉人的液体。蒸发作用使这些经历了微生动物爆发的积水浓缩，在接下来的几天时间里，水中动物胺的含量会达到我们在米塔尔实验室培养瓶中那么高的水平。随后，那些微生动物就会耗尽养分，在硫化氢云团中集体死亡。

我看着人们排队等待着仪式开始，却发现自己在努力忽略所有人可能受到严重影响的可能性。这是大白天，没有人会担心自己的生命受到威胁。两位老人那泛神论的胡说八道里，不时透着一股街头骗子讲套话时常有的严肃态度。他们微不足道的诚意，以及金钱的易手都足以破坏这种行为的正当性。这看起来不过是在敲游客们的竹杠，并不是什么可以改变人生的经历。

吟诵结束之后，第一位顾客跪在潭边。其中一名管理员在一个小金属杯里装满了水，把水泼到了她的脸上。过了一会儿，她开始喜极而泣。我靠得更近了，心里一紧。她知道旁观者对自己的期待，仅此而已。她一直在配合，不想破坏这种乐趣——就像那些好心人会假装被嘉年华里的灵媒读到想法那样。

接下来，管理员为一个年轻小伙儿吟诵起来。他甚至还没被水泼到，就开始疯狂地摇晃起来。等水泼出后，他长出一口气，抽泣了起来，整个身体都在颤抖。

我沿着队列继续向后看。此刻排在第三位的是一个年轻女孩，她忧心忡忡地环顾着四周,应该不会超过九岁或十岁。她的父亲(我猜测的)站在身后,手放在她的背上,好像在轻轻地推她向前走。

我对扮演人类学家完全失去了兴趣。我强行穿过人群,来到水潭边,然后转身对着排队的人们讲道:"这些人都是骗子!这没什么神秘的。我可以准确地告诉你水里有什么:一种药物,是一种海浪退去后被困在这里的生物释放出来的天然物质。"

我蹲下来,准备把手伸进水潭里。其中一名管理员冲上前来,抓住了我的手腕。他上了年纪,我本可以轻松打发掉他,但是有些人已经开始起哄了,我不想和他扭打在一起,引起骚乱。于是,我退后离他远些,然后又开始讲话。

"我已经在米塔尔大学研究这种药物有十多年了。它存在于世界各地的水中。我们用它解渴,用它洗澡,每天在它里面游泳。但是在这里,它的浓度很高,你们如果不知道自己在做什么就去使用它,那么这份无知就会害死你们!"

先前抓着我手腕的那名管理员大笑了起来,"海洋的梦境非常强大,没错,但是我们不需要听你的意见!五十年来,我和我的朋友一直在研究它的传说,到最后,我们已经强大到了能够站在这神圣的水中!"他指了指自己粗糙的脚。我敢肯定,他的血液循环状况已经变得很差了,这样一来,他吸进体内的动物胺剂量就会被限制在一个可以接受的水平上。

他向我伸出肌肉发达的胳膊,"所以,滚回米塔尔,内陆佬!滚到你的书和破机器里去!这些神圣的秘密你了解多少?对海洋你又了解多少?"

我应道:"你才不能理解呢。"

我走进水潭,他开始哭号我用未经净化的身体污染了那里的水。但我径直从他身旁走过。另一名管理员跟在我后面。尽管穿了多年的鞋子后,我的脚已经变得脆弱了,但我还是忍着岩石锋利边缘带来的刺痛,继续向开口处走了过去。动物胺起了作用。我能感受到那尘封已久的快乐、平静和"爱",一种强烈的麻醉感。

我回头看了看。老人已经不再追我了,看起来他真的很害怕,不敢再继续往前走了。我脱下衬衫,把它揉作一团,扔到水潭边的一块石头上。接着,我继续向前,朝那"力量的中心"走去。

水没到了我的膝盖,我能感觉到自己的心在怦怦直跳。长大之后,我的心跳从来没有这样剧烈过。人们在潭边向我大喊大叫——有些人对我的亵渎行为感到愤怒,有些人显然在担心我的安全,因为我面对的是一个无法控制的力量。我没有转身,而是用最大的声音喊道:"这里没有'力量'!没有什么是神圣的东西!这里除了那种药物,什么都没有……"

旧习难改,我差点儿都要开始祈祷了——求求你,圣洁的贝阿特丽斯,不要让我重拾信仰。

我躺在水里,让它浸过我的脸。我的视野变成了白色,感觉自己正在离开身体。贝阿特丽斯的爱如潮水般涌入我的心中,一切都没有改变:她的存在一如既往的明显,一如既往的不可否认。我知道我被爱着,被接受了,被原谅了。

我等待着,凝视着那道光,仿佛在期待一个声音、一份幻象、一场精致的幻觉。有些接受过溺礼的人就曾经历过这样的体验。在这之后,他们是如何找回理智的呢?

但是对我来说,这里只有情感本身,压倒一切却没有任何粉饰。它并没有变得单调,我可以花好几天的时间沉浸其中。但现在我明白了,这并不比让温暖的阳光照在身上更能表明我在这个世界的位置。我再也不会把它误认为是真正的手在触摸我了。

我爬了起来,睁开眼睛。紫罗兰色的影子在我面前起舞。我花了几τ的时间平复了呼吸,感觉自己又能站稳了。然后我转过身,涉水回到岸边。

人群安静了下来，但我并不清楚这是出于厌恶，还是某种不情愿的尊重。

我又说道："它不仅仅在这里，不仅仅在水中。现在，它已经成了我们身体的一部分，存在于我们的血液中。"我的视线依然模糊，看不清是否有人在听我说话，"但只要知道这一点，你们就自由了。只要你准备好面对这样的可能性：一切让你精神振奋的事情，让你情绪高昂，让你心中充满喜悦的事情，一切让你的生活变得有价值的事情……都是谎言，都是错误，都毫无意义——那么，你就永远不会被奴役。"

他们让我毫发无伤地离开了。我回头看着队伍重新排了起来，但那个女孩儿已经不在队伍里了。

我猛然从一个曾做过的梦中惊醒。

我把妈妈从船尾放进了水里。她的双手绑着，双脚挂着重物。她很害怕，但她信任我，"你会把我安全带上来的，对吧，马丁？"

我安心地点点头。但是等她消失在海浪下，我心想：我在做什么？我再也不相信那些鬼话了。于是我拿出一把刀，开始切绳子……

我把膝盖抱到胸前，在黑暗中蜷缩在陌生的床上。这里是铁路沿线的一座小镇，我正在回米塔尔的路上。此刻是午夜之后，黎明之前。

我穿好衣服，走出了旅店。镇中心空无一人，天空繁星点点，就像家乡那样。在米塔尔，一切都会消失在光的迷雾中。

那三颗恒星，被不同权威人士称为"地球的太阳"，都升到地平线以上了。如果他们没有搞错，也许我还能活着看到利用望远镜拍摄的地球本身的照片。但是与天使们取得联系的愿景——如果真有一群人还留在那边的某个地方的话——并不能激起我的半点儿兴趣。我对着星星无声地呼喊道：你们那些退化了的后代并不需要你们的帮助！我们为什么要再次与你们相聚？我们要超越你们！

我坐在广场边缘的台阶上，捂着脸。虚张声势没有什么用。无论什么都没用。如果从小就学会面对现实，也许我会变得更为坚强。但是，每当我在夜里醒来，想起我的母亲已经死了，知道我所爱的每个人都会随她而去，我也会消失在同样的虚空之中，就会感觉自己好像被活埋了一样。我仿佛回到了水里，被捆绑着，身上挂着网坠，根本没人会把我拉上去。

这时候，有人把手搭在了我的肩膀上。我吓了一跳，抬起头来。那是一名和我年纪差不多的男子。他并没有威胁的意思，如果说真有什么，那就是他看起来反而对我有些警惕。

他问道："你需要住处吗？如果你愿意，我可以让你待在教堂里。"在他身后不远处，有一辆装满清洁设备的手推车。

我摇了摇头，"这里没那么冷。"我不好意思解释自己在附近有一个非常好的房间，"谢谢。"

就在他要走开的时候，我叫住了他："你相信神吗？"

他停下了脚步，盯着我看了一会儿，好像想要判断这个问题里面是不是藏着什么陷阱——就好像我是当地教区居民雇来审查他的宗教观念似的。或许，在这个绝望到半夜坐在小镇广场上向陌生人乞求安慰的人面前，他只是想显得老练一点儿。他摇了摇头，说道："我小时候信。现在不信了。'相信神'这种想法倒是不错……但是没有什么意义。"他怀疑地看着我，仍然不确定我的动机。

我又问道："那你不觉得这样的生活让人无法忍受吗？"

他笑了，"也不总是这样。"

他回到自己的手推车旁，推着车子朝教堂走去。

我留在台阶上，等待黎明到来。

《祈祷之海》，首次发表于美国《阿西莫夫科幻杂志》，1998年8月。